KB036550

최후의 인간

최후의 인간

초판 1쇄 발행 2022년 10월 14일

지은이 장-바티스트 쿠쟁 드 그랭빌
옮긴이 신정아+최용호
펴낸이 조기조
펴낸곳 도서출판 b
등 록 2003년 2월 24일(제2006-000054호)
주 소 08772 서울특별시 관악구 난곡로 288 남진빌딩 302호
전 화 02-6293-7070(대) | 팩시밀리 02-6293-8080
이메일 bbooks@naver.com | 홈페이지 b-book.co.kr

ISBN 979-11-89898-81-6 03860
정가 18,000원

최후의 인간

Le Dernier Homme

장-바티스트 쿠쟁 드 그랭빌 Jean-Baptiste Cousin de Grainville

신정아+최용호 옮김

도서출판 b

| 일러두기 |

1. 이 책의 저본으로는 샤를 노디에의 서문과 함께 두 권으로 나뉘어 출간된 *Le Dernier Homme* 1811년 판본을 사용하였다. 다만 몇몇 표기상의 오류를 바로잡고, 독자의 혼동을 피하고자 2010년 안느 퀴피엑 교수가 파이요(Payot) 출판사에서 출간한 최신 판본을 참조하여 여러 등장인물의 대화를 따옴표를 통해 구분하였다.
2. 샤를 노디에의 서문에 달린 두 개의 각주(원주 표기)를 제외하면 작품에 달린 모든 각주는 옮긴이가 붙였음을 밝힌다.

| 차 례 |

1811년 판본 서문[1]

— 새 편집자의 사전 고찰

나는 그랭빌 씨의 이름을 알고 있었다. 사람들이 그의 재능과 그가 쓴 작품에 대해 말하는 것을 들었다. 우연히도 그의 작품 중 하나가 내 손에 들어왔고, 나는 커다란 불행과 위대한 미덕이 사람들로 하여금 존경심을 갖게 만드는 이 작가를 추억하며 호기심을 가지고 그것을 읽었다. 이 작품의 운명이 나를 놀라게 했다. 초판본은 세상에 알려지지 않은

1. 그랭빌의 『최후의 인간』 초판본은 작가 사망 직후인 1805년 서문 없이 발간되었고 독자나 비평가의 관심을 전혀 받지 못한 채 유통망에서 사라졌다. 이에 안타까움을 느낀 샤를 노디에가 1811년 이 작품을 두 권으로 나누어 다시 출간하면서 새 편집자의 사전고찰이라는 제목으로 서문을 달아놓았다. 흥미로운 것은 이러한 의도와 정성에도 불구하고 1811년 판본에는 1805년에 없던 철자 표기 오류 등이 간혹 눈에 띈다는 사실이다.

채 유통되다 이름도 없이 사라졌기 때문에 그 어느 저널리스트도, 그 어느 문인도 감히 이 책에 대한 대중의 무관심에 대해 항의할 생각을 하지 못했다. 예외라면 호라티우스에 관한 흥미로운 주석을 다는 와중에 아주 사려 깊으면서도 잘 쓰인 한 문단[2]에서 로마의 작가에 대해서 만큼이나 열렬한 숭배의 감정을 담아 그랭빌 씨에 관해 이야기했던 한 영국인을 꼽을 수 있다. 예전에 한 프랑스인이 영국인들에게 밀턴의 천재성을 드러내 보여줬던 것이 사실이라면, 이 박학다식한 영국인, 즉 크로프트 기사는 분명 칭송할 만한 경쟁 심리에 이끌렸던 것이리라. 나는 안 그래도 그의 방대한 지식에 많은 빚을 지고 있는 우리 프랑스 문학이 이 흥미로운 발견에 대해서 그에게 깊이 감사하기를 바란다.

곰곰이 생각한 끝에, 나는 『최후의 인간』이라는 작품에 대해 독자들이 무감할 수밖에 없었던 이유를 찾아냈다. 그랭빌 씨의 사망 직후 어떠한 서문 격의 글도 없이 잘 정렬되지 못한 종이에 인쇄되어 출간된 탓에 어떤 이들은 이 작품을 그저 시시한 소설로만 생각했고 그 결과 작품은 판단 능력이 없는 일군의 독자들 수중에 떨어지게 되었다. 다른 이들은

2. (원주) *Horace éclairci par la ponctuation*, par le chevalier Croft, Paris, Ant.-Aug. Renouard, 1810, in-8. p. 78, 79 et 80.

이 작품에서 언뜻 아름다운 서사시의 밑그림을 알아보긴 했으나, 출간 당시의 상태로는 엄밀한 비평의 대상이 되기에는 너무나 불완전했다. 사람들이 하는 말에 따르면, 그랭빌 씨는 나이 열여섯에 『최후의 인간』을 처음으로 구상했는데, 유감스러운 죽음이 그를 덮쳤던 무렵이 되어서야 이 작품을 완성하기 위한 노력을 기울이게 되었다고 한다. 말하자면 출간된 판본은 그가 막 운문으로 작성하기 시작했던 작품의 위대하고 훌륭한 밑그림에 지나지 않는 것이었다.[3] 따라서 우리가 지금 읽고 있는 것은 끔찍한 파국이 문학에서 앗아가 버린, 그 진가를 인정받지 못했던 위대한 인물로부터 남은 것 전부일 뿐이다. 확신컨대 그랭빌 씨는 자기 자리에 놓였어야만 했다. 물론 내가 감히 그 자리를 결정할 수는 없지만, 식견이 있고 감수성이 있는 자라면 필시 그 자리를 클로프슈토크[4]의 자리보다 한참 아래에 두지는 못할 것이다. 어디 한번 두고 볼 일이다.

다시 한번 반복하지만, 문예 공화국의 거대한 위계질서

3. (원주) 제1장은 운문으로 완성되었고, 나는 그것을 수중에 지니고 있다.
4. 프리드리히 고틀리프 클로프슈토크(Friedrich Gottlieb Klopstock, 1724~1803). 독일의 시인으로 그의 주저 『구세주』는 밀턴의 『실락원』을 본떠 20장으로 저술된 헥시메타의 대작이다.

속에서 자리를 정하는 일은 그에 문외한인 나의 소관이 아니다. 하지만 나로 하여금 결심하게 만든 감정, 그러니까 고귀한 영혼이 불운하게 잊혀버린 재능의 편에서 항의하게 만드는 일종의 경건한 마음, 겸손하면서도 명예를 얻지 못한 천재가 불러일으키는 존경심이 내가 하는 행동의 핑계가 되어줄 것이다. 어느 누가 그것을 거부할 수 있을까?

이제 나는 그랭빌 씨의 독자에게서 내 마음을 이해하는 마음을 발견했다고 거의 확신하므로 그에게 이렇게 물을 것이다. 당신은 시가 온갖 경이로움으로 빛나게 했던 오랜 세월이 흐른 후에도 여전히 시로부터 벗어나 있었고, 어쩌면 시가 감히 예견조차 못 했던 것이 아닐까 싶은 하나의 주제를 포착했던 이 사람에 대해 어떻게 생각하는가? 밀턴이 묘사했던 바대로 막 태어난 지구의 아름다운 날들과 대비를 이루는, 감동적이면서도 숭고한 세상을 구상한 것에 대해 어떻게 생각하는가? 또한 늙어빠진 세계의 조락과 결함에 대해, 지상낙원의 열락 속에서 우리의 최후의 자손들이 마주한 불길한 사랑에 대해, 그리고 그 사랑의 시작점에 도래한 모든 것의 종말에 대해 당신은 어찌 생각하는가? 시인은 단순하면서도 기발한 방법으로 그의 서사시를 구성하는 주제 제시부를 최후의 인간이 인류의 아버지, 즉 최초의 인간에게 들려주는 이야기의 틀 속에 배치하는 능력을 보여 주었다. 내가 보기엔 그것 하나만으로도 서사시의 뮤즈가 불어넣을 가장 아름다운 구상들과 어깨를 견줄 만한 놀라운 발명인데, 그에 더해 그 도입부부터 상상력의 틀을 깨는 이 놀라운 우화가 최고로 자연스럽고 흥미로운 방식으로 유일무이한 경이라는 장르를 통해 쭉 유지되고 있는 것에 대해 당신은 뭐라 말할 것인가? 마지막으로 저자가 밝은 곳에 드러내려 하지 않았던 이 습작에서 매 페이지마다 가장 탁월한 표현들, 가장 뛰어난 비교들, 가장 완성된 묘사들을 발견한다면 당신은 뭐라 말하겠는가? 어쩌면 당신은 그랭빌 씨의 작품에 대해 꽤 불완전한 생각밖에는 없을지도 모른다. 그렇다면, 다시 한번 말하는데, 어디 한번 판단해볼 일이다.

그랭빌 씨는 자기가 쓴 시에서 아직까지 굵직한 면들만을 염두에 두고 있었기 때문에 사실상 세부적인 에피소드들은 거의 제공하지 않았다. 하지만 작품의 주제와 밀접하게 연결된 지구의 정령의 개입, 티베스와 그 아내의 부활, 그리고 무엇보다 사멸할 준비가 된 자연이 마지막 경련을 일으키는 와중에서도 '최후의 인간'이 그 기념비인 조각상에 경의를 표하며 자신의 먼 선조에게 바친 존경심은 감수성이 풍부한 사람들이나 취향을 가진 사람들이라면 절대 놓칠 수 없는 아름다움의 한 유형을 제공하는 것처럼 보인다. 그중에서도 마지막 특징으로 말하자면 이는 내가 보기에 그랭빌 씨가 그 치하에서 글을 썼던 군주에 대한 가장 섬세한, 그리고 이런 표현이 괜찮다면, 가장 숭고한 칭찬이 담겨 있는 것 같다. 적어도 확실한 것은 이러한 칭찬이 가장 사심 없는 것이었다는 점이다. 왜냐하면 그랭빌 씨는 죽기 얼마 전에, 말하자면 그가 불행에 익숙해진 나머지 인간들이나 행운으로부터 더 이상 기대할 것이 없다는 사실을 알아버린 지 이미 오랜 후에 이런 식으로 황제[5]에 대한 그의 존경심을 바친 것이니 말이다.

그는 자신의 서사시에서 소설적인 부분이 나머지 부분에 비해 다소 부족하다는 사실을 숨기지 않았다. 시간이 허락했다면 그 스스로 부적절한 상황들, 따분한 세부 묘사들, 몇몇 취약한 페이지와 과한 문장들을 제거했을 것이다. 어떤 풋내기라도 그리할 것이 분명하기에 내가 그 일을 시도할 수도 있었을 터이다. 하지만 나는 그와 같은 작가라면 실수까지도 존중하기로 마음먹었다. 그러니 비평도 나를 모방할지어다.

5. 나폴레옹 1세를 말한다.

내가 의심할 수 있을까? 그랭빌 씨는 자신의 미망인에게 후세가 필시 사랑하게 될 하나의 이름만을 남겼다. 그리고 나는 그의 유산을 위해 변론하는 것이다.

샤를 노디에[6]

6. 샤를 노디에(Charles Nodier, 1780~1844). 프랑스의 소설가이자 비평가로 1824년 아르스날 도서관의 관장이 되어 파리에 정착한 후 얼마 지나지 않아 파리 문학계의 지도자 반열에 오르게 되었다. 후일 프랑스 낭만주의 운동의 핵심이 되는 빅토르 위고, 알프레드 드 뮈세 등의 젊은 작가들과 교류하면서 프랑스 낭만주의 운동의 선구자 역할을 했다. 괴테와 셰익스피어의 열렬한 찬미자였던 노디에는 프랑스 낭만주의가 외국 문학으로 눈을 돌려 영감을 얻을 수 있도록 적극 장려했다.

첫 번째 노래

팔미라의 폐허 근처에는 시리아인들이 죽음의 동굴이라고 불렀을 정도로 두려워하는 외딴 동굴이 있다. 누구라도 그곳에 들어갔다가는 즉시 그들의 대담함에 대한 징벌을 받고야 말았다. 사람들 얘기로는 일군의 프랑스인들이 겁도 없이 손에 무기를 들고 감히 그곳에 발을 들이려 했다가 목이 잘려 숨졌으며, 새벽녘이 되자 그들의 절단된 사지가 주위의 사막에서 흩어진 채로 발견되었다고 한다. 고요하고 평화로운 밤이면 동굴이 내는 구슬픈 소리가 들려온다. 종종 마치 군중의 아우성과도 흡사한 떠들썩한 소리가 새어 나오기도 한다. 때로 동굴이 소용돌이치는 불꽃을 토해낼 때면 대지가 흔들리고 팔미라의 폐허는 바다의 거센 물결처럼 요동친다.

나는 아프리카를 두루 돌아다녔고 홍해의 해안가까지 거슬러 올라갔다가 팔레스타인을 거쳐 이곳으로 왔다. 어떤 비밀스러운 영감이 나를 이끌었는지는 모르겠다. 나는 제노비아[7]가 통치했던 이 찬란한 도시를, 무엇보다 사람들이 죽음이 거주한다고 믿고 있는 이 위험한 동굴을 보고 싶었다. 나는 시리아인 몇 명을 대동해서 그곳으로 갔다. 동굴의 외관으로만 봐선 무서울 게 하나도 없었다. 늘 개방된 입구에는 야생의 포도나무 가지가 그늘을 드리우고 있어서 여행객이 동굴 안쪽 높이 패인 둥근 천장 아래서 쉬어가고픈 마음이 들게 했다. 입구에서 출입을 막는 괴물 따위는 없었다. 단지 신변의 안위를 염려하는 자의 공포만이 동굴을 접근 불가능한 것으로 만들고 있었다.

주의 깊은 눈길로 동굴을 살피고 있자니 동굴 위쪽으로 횃불을 든 남자가 나타나는 게 보였다. 눈매는 꿰뚫어 보듯 날카롭고, 위엄 있는 이마에는 평화가 자리하고 있었다. 두려움과 희망 따위는 모르는 채, 마치 영원한 현재를 살고 있다는 듯 완벽한 평온을 누리고 있는 사람의 모습이었다. 자기

7. 시리아 팔미라를 거점으로 하는 팔미라 제국의 황후이자 태후, 여제이다.

뜻을 어떻게 전달했는지는 몰라도 나는 이곳으로 나를 불러들인 자가 그라는 사실을 즉각적으로 이해했다. 뜻하지 않게 어떤 저항할 수 없는 힘에 이끌려 이곳으로 오게 된 느낌이었다. 동행한 시리아 사람들이 공포에 사로잡혀 소리를 지르며 붙잡으려는 것을 뿌리치고 내가 동굴 안으로 들어선 것은 그런 연유에서였다.

나는 짙은 어둠을 가르며 오래도록 걸었다. 이런 무시무시한 장소 안으로 깊숙이 발을 들여놓을수록 대담함이 점점 커지는 것에 나 자신도 놀랄 지경이었다. 그런데 갑자기 몸을 마음대로 움직일 수가 없다. 발도 말을 듣지 않는다. 마치 조각상이 된 듯이 꼼짝 못 하는 처지가 되었다. 지금껏 들이마셨던 공기도 내게서 멀어진다. 진공 상태 속에 놓인 것 같다. 움직일 수 없지만 살아 있는 상태에서 나는 완전한 휴식을 맛본다. 너무도 감미로운 것이라 최고로 달콤한 쾌감들을 넘어서는, 인간이 알지 못하는 쾌락이여! 돌연 나를 덮고 있던 어둠이 걷힌다. 순수한 빛이 나를 비추자, 나를 둘러싸고 있는 사물들의 윤곽이 드러난다.

나는 단단한 바윗돌로 만들어진 반달 모양의 우묵한 곳에 서 있다. 정면에는 형태로만 보면 그 유명한 델포이의 신탁을 전하는 무녀가 앉는 삼각의자와 흡사한 사파이어 왕좌가 놓여 있다. 보이지 않는 어떤 힘이 단단히 비끄러매어둔 것처럼 왕좌 위로 황금색과 쪽빛 구름이 흩어지지 않고 드리워져 있다. 연기 없는 불길이 헤아릴 수 없이 많은 촛대 위에서 고정된 채 타오르고, 반원형 공간의 벽을 장식하고 있는 신비로운 거울은 거기에 눈길을 던지는 자에게 거대한 수평선을 펼쳐 보인다. 내 오른편에 서 있는 다이아몬드 기둥의 아랫부분에는 건장한 체격의 늙은이가 묶여 있었는데, 그는 양어깨가 훼손된 채로 부서진 괘종시계의 파편들과 땅 위에 펼쳐진 두 쪽의 피투성이 날개를 고통스럽게 바라보고 있다.

그때였다. 왕좌에 앉아 군림하는 정령이 목소리의 형태를 빌리지 않고, 나로서는 도저히 알 수 없는 수단을 이용해서 내게 다음과 같이 말을 걸어온다. "나는 내 거처가 불러일으키는 두려움을 무시한 채 감히 자신들의 대담함으로 그 입구를 열 수 있다고 생각하는 불손한 자들을 죽음으로 벌해 왔다. 하나 그대는 그 같은 운명을 겪게 될까 두려워할 필요가 없다. 내가 그대를 이곳으로 불렀으니 말이다. 나로 말하자면 영원한 미래를 환히 꿰고 있는 천상의 정령이다. 내게는 모든 사건이 이미 지나간 것과 같으니라. 이곳에서 시간은 사슬에 묶여 있고, 그것의 제국은 파괴되었다. 나는 예감과 꿈의 아버지다. 나는 신탁들을 읊어주었고, 유명한 정책들에 영감을 주었다. 필멸의 인간이 어떤 죄로 손을 더럽힐라치면, 나는 그 즉시 그의 눈앞에 인간적 정의가 그에게 예정해놓은 모든 징벌 장치를 가까이 가져다 놓고 그에게 고통을 주기 위해 자신이 받게 될 형벌과 죽음의 예언자가 되게 만든다. 내가 그대의 발길을 이 동굴로 인도한 것은, 인간들이 암울한 미래를 보지 못하게 가려주는 베일을 걷어내어 그대를 우주의 운명을 끝장낼 장면의 구경꾼으로 삼기 위함이다. 그대를 둘러싸고 있는 이 신비의 거울 속에서 잠시 후 최후의 인간이 나타날 것이다. 그때 그대는 마치 배우들이 더 이상 존재하지 않는 영웅들을 재현하는 극장에서처럼, 최후의 인간이 지구의 최후의 세기를 살았던 최고로 저명한 인물들과 대화를 나누는 것을 듣게 될 것이다. 그대는 최후의 인간 마음속에 자리한 비밀스러운 생각을 읽게 될 것이고, 그의 행동의 목격자이자 판관이 될 것이다. 내가 이렇게 하는 이유는 단순히 이런 광경을 보여줌으로써 그대의 호기심 어린 욕망을 만족시켜주고자 함이 아니다. 나를 고무시키는 것은 더 고귀한 의도다. 최후의 인간은 그를 알아보고 찬미해줄 후손을 지니지 못할 것이다. 나는 그가 태어나기 전에 이미 인간의 기억 속에서 살아가고, 자기 자신과의 투쟁과 그 투쟁에서의 승리를 기념하길 원한다. 인류의 악행을 줄이고, 시간의 지배를 끝내고, 정의로운 자들이 기다려왔던 영원한 보상을 앞당기기 위해 그가 어떤 고통을 감내하게 될 것인지를 사람들에게 말해주어라. 또한 전달될 가치가 있는 이 이야기를 사람들에게 드러내라. 다만 이 광경이 재빨리 지나갈 것이고 이후 영원히 사라지게 될 것임에 각별히 주의해야 할 것이다."

천상의 정령이 자신의 의도를 밝히고 나자 내가 있는 공간 안으로 '피'하는 소리와 함께 공기가 차 들어온다. 나는 그것을 느끼고, 힘껏 들이마신다. 공기가 혈관 속을 돌기 시작하면서 아까 잃어버렸던 몸의 움직임이 다시 돌아온다. 마찬가지로 모든 것이 변하고 주변의 모든 것이 되살아난다. 촛대의 불길이 요동치고, 왕좌 위에 걸려 있던 구름이 우아하게 흔들리고, 묶여 있던 늙은이는 사슬을 끊고 날개를 달더니 이내 날아가 버린다.

얼마 지나지 않아 내 앞에 놓인 신비의 거울 속에서 화려한 궁전이 솟아오른다. 지구상에서 가장 강력한 군주들의 작품이지만 시간이 흐르며 퇴색하기 시작한 궁전이었다. 궁전의 어느 회랑 아래 한 여인이 느린 발걸음으로 다가오는 것이 보인다. 우아한 자태도 그렇고 감히 천상의 얼굴이라 칭할 만한 매력적인 용모도 그렇고 그녀가 필멸의 존재인 인간이라고 믿기가 어려웠다. 하지만 감히 판단컨대, 슬픔이 가득 찬 눈으로 미루어 그녀는 불행한 것 같았다. 한 젊은 남자가 그녀의 곁에서 걷고 있다. 그는 시선을 아래로 둔 채 그녀와 마찬가지로 깊은 상심에 잠긴 듯 보인다. 그때 삼각의자에서 나온 듯한 목소리가 내게 말한다.

"저기 보이는 젊은이는 오메가르라고 한다. 시데리는 출중한 미모로 이미 그대의 마음을 사로잡은 여인의 이름이다. 이들이 바로 지상의 마지막 거주자들이다. 그대가 소리 높여 찬양해야 할 사람들이 바로 이들이다. 그 일을 하다 보면 정신이 동요될 때도 있을 것이고, 능력이 못 미친다는 생각에 포기하고 싶을 수도 있다. 하지만 결코 그대의 재능에 절망하지 말지어다. 내가 그대의 용기를 북돋아 줄 것이다. 또한 극복하지 못할 장애물이란 없다는 사실을 기억하도록 하라."

천상의 목소리에 따라 오메가르와 시데리의 모습에서 우리 인류의 마지막 흔적을 알아보게 되자 나는 가시덤불 아래서 유명한 도시의 잔해를 발견한 여행자처럼 가슴 한구석이 뭉클해져 오는 것을 느꼈다. 나는 두 사람을 차례로 뚫어져라 응시했다. 오메가르에게 주의를 기울이고 있자니 시데리에게 눈길을 주지 못하는 게 아쉬웠다. 할 수만 있다면 두 사람을 단 하나의 동일한 시선 아래 묶어두고 싶었다. 벌써 나는 그들을 사랑하기 시작했고, 그들의 슬픔 때문에 마음이 아려왔다. 그들이 왜 그리 슬퍼하는 것인지 연유를 알고 싶은 마음에 나는 다음과 같은 말로 천상의 정령에게 간청을 드렸다.

"지구의 마지막 날을 목격할 기회를 주신 분이시여, 오메가르와 시데리를 축성祝聖하는 일에 저를 선택하신 것에 감사를 표합니다. 제 남은 생을 기꺼이 그 일에 바치겠습니다! 제게 당신의 정신과 사유를 불어 넣고, 제 영혼 속에 예언자의 불길을 부어주고, 제 목소리가 자랑스러운 나팔 소리가 되게 해주십시오. 이런, 내가 무슨 소리를 하고 있지? 미래의 어느 날 지구와 인류의 후손에게 닥칠 운명을 사람들에게 알려주어야 할 때 사람들이 내 얘기를 듣게 만들기 위해 당신의 도움이 필요하단 말인가! 아! 만일 그토록 소중한 후손들의 운명이 사람들의 자애로운 마음을 걱정스럽게 만든다면, 사람들이 지구에서 자신들을 먹여 살린 다정한 고향 땅을 사랑한다면, 후세를 통해 삶이 계속된다는 희망으로 자신들이 필멸자라는 사실을 위로할 수 있다면, 사람들은 나를 찾아와 이야기를 들려달라 청할 것이고, 그 이야기를 듣느라 몇 날 며칠을 보낼 것이며, 나 역시 그 이야기를 반복해서 들려주는 것이 하나도 지겹지 않으리라. 하지만, 당신께 간청하노니, 제발이지 오메가르와 시데리가 겪는 고통의 이유를 제게 알려주십시오. 그리도 젊은데 역경을 겪어야만 하다니! 그러니까 불행은 인종을 가릴 것 없이 모든 인간의 마지막 아이들까지 좇을 것이고, 그들 역시도 그들의 조상처럼 눈물로 대지를 적시게 될 것이란 말인가!"

내가 미래를 주재하는 천상의 정령에게 간청하는 사이 오메가르와 시데리, 그리고 그들이 거주하던 궁전이 사라진다. 대신 그 자리에 잔잔한 물결이 이는 흙탕물로 둘러싸인 섬이 나타난다. 유황과 타르로 뒤덮인 섬은 지옥의 출입구와 지근거리에 있어 육안으로도 그 출입문이 쉽게 분간되었다. 창공과 행성들의 빛은 절대 그 안으로 침투하지 못했다. 끓어오르는 대지의 심장부에서 끊임없이 뿜어져 나오는 어두운 불길만이 그 섬을 비추었다. 부드러운 초목은 애당초 자라나지 못했다. 그곳에는 살아 있는 존재라곤 없었다. 심지어 부엉이나 뱀들조차도 그곳을 피했다.

이 외딴 섬의 유일한 거주자는 그 풍모가 존경과 동정을 불러일으키는 불행한 늙은이였다. 그는 자신이 저지른 죄의 대가를 치르기 위해 세상의 모든 죄지은 자들이 지옥으로 들어가는 것을 지켜보는 형벌을 받아 그곳에 있는 것이었다. 세상의 시작부터 그가 감내해왔던 형벌은 여전히 그에게는 생생함을 잃지 않았다. 지옥의 문이 돌쩌귀 위에서 돌아가는 소리가 들리면 그의 몸은 전율에 휩싸였고, 백발이 된 머리칼이 쭈뼛 솟아올랐다. 그는 도망치거나 고개라도 돌려보려 무진 애를 썼다. 하지만 제압할 수 없는 어떤 힘이 그를 꼼짝 못 하게 붙들어 맸고, 어찌할 도리 없이 악마가 두려움에 떠는 희생자를 붙잡아 탐욕스러운 불길 속으로 내던질 때까지 두 눈을 고정한 채 바라볼 수밖에 없었다.

이 존귀한 늙은이는 신의 심판을 받고 이 섬에 유폐된 인류의 시조 아담이었다. 신에 대한 불복종으로 그는 인류의 죄를 창시했다. 그의 죄를 벌하기 위해 신은 인류 불행의 장본인이 죄지은 후손들이 징벌받는 것을 지켜보기를 바랐다. 이 형벌이 얼마나 오랫동안 지속될지 모르는 채 그는 오랜 세월 동안 매일매일 자신의 해방을 기다려왔다. 하지만 그런 일은 결코 일어나지 않았다. 해방을 바라기에는 너무나 지쳐서 더 이상 어떤 욕망을 가질 힘조차 없었기에 그는 늘 견뎌내야 하는 일인 양 자신의 고통을 그저 참아내고 있었다. 고통을 달래줄 희망마저도 마음속에서 꺼져버린 지 이미 오래인 지금 저 멀리서 가벼운 구름 하나가 바람보다 더 빠르게 그에게로 다가와 멈춰 서는 것이 보인다. 구름 속에서 모습을 드러낸 것은 천사 이튀리엘, 그러니까 꽃이 만발했던 에덴의 낙원에서 창조주 신의 명령을 그에게 전달해주던 바로 그 천사다.

예기치 못한 모습에 놀라 넋이 나간 인류의 시조는 뭔가 말을 하려 했지만, 그의 입에서는 분절되지 않은 몇몇 소리만이 흘러나온다. 그의 영혼은 완전한 동요 상태에 휩싸인다. 그가 움직임을 자제하려 하면 할수록 북받치는 흥분으로 인해 몸을 주체하기가 더욱 힘들어진다. 그는 탈진하고 만다. 마치 얼이 빠진 것 같다. 두 눈은 초점을 잃고, 온몸에는 전율이 인다. 마침내 정신을 차린 그는 마치 오래된 피로를 씻어내는 사람처럼 휴식을 취하고, 말을 할 수 있게 되자마자 천사에게 이렇게 말한다.

"당신은 예전에 지상낙원으로 나를 찾아오곤 했던 그 천사님이시군요. 오! 그 행복했던 날 이후로 내가 얼마나 고통받았던가! 영겁의 세월이 흘러갔도다. 나의 고통이 끝났다고 알려주러 왔습니까?" 이 말을 끝으로 그는 천사의 대답을 재촉하려는 듯 갑자기 말을 멈춘다. 그러고는 입을 벌린 채 행여 천사의 말을 한마디라도 놓칠까 두려워 감히 미동조차 하지 않는다. 그때 하늘의 심부름꾼이 그에게 말한다. "나는 너를 지상으로 데려갈 것이다. 주께서 계획을 달성하기 위해 너를 그곳으로 부르신다. 그분은 신비한 빛을 부어 네게 그 계획을 드러낼 것이다. 그 임무의 성패에 달린 너의 해방은 지구가 파괴되는 바로 그날 이루어질 것이다. 나머지는 나도 모른다. 다만 커다란 변화가 준비되고 있으며, 천국이 여러 움직임으로 동요하고 있고, 영원한 주께서 안식에서 나오셨다고만 말해두겠다. 주께서는 온 우주에 천사의 군대를 풀어놓으셨다. 주의 명령을 집행하기 위해 신호만을 기다리고 있는 막대한 수의 천사의 군대가 지금 이 순간 신이 거주하시는 지성소로부터 공허의 출입구에 이르기까지 신이 창조하신 모든 공간을 가득 채우고 있다."

이튀리엘이 말을 멈췄다. 하지만 천사의 입만을 바라보던 인류의 아버지는 여전히 그의 말을 듣고 있다. 천사의 말 한마디 한마디는 그의 영혼을 희망과 기쁨으로 채워주었다. 마치 다시 태어난 것만 같다. 그가 외친다. "아! 진정 행복한 날이로다! 주의 이름으로 내게 천상의 명령을 전달하러 오신 분께 영광을! 정녕 당신의 약속을 믿어도 된단 말입니까? 뭐라고! 내가 둥근 천공을 다시 보게 된다고! 그리 오래도록 내 눈이 보지 못했던 빛을 철철 내뿜는 불의 항성을 다시 보게 된다고! 내게 혼례의 횃불이 되어주었던 밤의 행성을 다시 보게 된다고! 나의 자손들과 부드러운 녹지를 다시 본다고! 인간의 목소리를 다시 듣게 된다고!"

이 말을 하고 나서 아담은 천사의 발치에 무릎을 꿇고 엎드린다. 그는 천사의 두 발을 오래도록 가만히 끌어안고 있다. 그의 영혼은 동시에 느껴지는 여러 새로운 감정들을 소화하기에 충분치 않다. 이슬방울처럼 넘쳐흐르는 눈물이 길을 내고 기쁨을 진정시킬 때까지 아담은 벅찬 감정에 휩싸여 있다. 이윽고 자리에서 일어선 그는 계속해서 천사에게 말한다.

"원하시는 그곳으로 저를 데려가십시오. 이 끔찍한 섬에서 멀어지기만 한다면 저는 어디서든 행복을 찾을 테니까요. 아! 다시는 이 섬으로 돌아오지 않기를! 여기서 나는 영겁의 고통을 선고받은 모든 죄인이 내 앞을 지나가는 것을, 내가 보는 앞에서 그들의 첫 번째 아버지와 그들의 탄생일을 저주하는 것을 보아왔어요. 지옥의 문이 열리는 것을 보았고, 그 소리는 오래도록 내 귓가에서 울려 퍼졌지요. 지옥의 문이 열려 있으면 이 고문의 장소에서 새어 나오는 신음과 고함소리가 들려왔어요. 때로는 그곳에서 넘실대는 불꽃마저도 보았답니다. 오! 이런 끔찍한 장면이 더 이상은 눈앞에 나타나지 않기를! 아! 나의 해방자여, 그대에게 간청하노니, 속히 이 섬을 빠져나갑시다. 가장 빠른 지름길로 갑시다. 공기를 타고 갑시다."

그의 간청이 이루어진다. 천사 이튀리엘은 어두운 구름으로 그를 휘감아 감추고는 한순간도 지체하지 않고 공중으로 들어 올린다. 그들은 빠른 속도로 하늘의 평원을 통과해 오메가르의 거처에서 그리 멀지 않은 프랑스 제국의 어느 땅 위에 내려앉는다.

천사가 인류의 아버지에게 말한다. "자, 너는 지금 네가 창조되었던 땅 위에 서 있다. 방금 빠져나온 섬으로 돌아가 오랜 세월 동안 겪은 고통을 다시 시작하고 싶지 않다면, 주께서 맡긴 임무를 잘 끝마쳐야 한다." 이 말을 끝으로 천사는 그의 눈앞에서 사라지고, 인간들의 아버지를 가리고 있던 구름도 순식간에 걷힌다.

자신이 딛고 선 땅을 알아보자마자 아담은 기쁨에 겨워 대지의 품 안으로 몸을 던진다. 그는 땅에 입을 맞추고 가슴과 입술로, 대지 위로 펼친 두 팔로 대지를 쓸어내린다. 그가 말한다. "오, 내 고향! 오, 내 최초의 거주지여! 내가 만지고 있는 것이 진정 너인가!" 이어 땅을 직접 보고 싶어 마음이 급해진 그는 몸을 벌떡 일으키더니 자신의 주위로 탐욕스러운 눈길을 던진다. 태양이 하루의 운행을 시작하고 있었다. 그 순간 인류의 아버지는 형언할 수 없는 놀라움에 사로잡힌다. 녹음이 사라지고, 마치 바위처럼 메마르고 벌거벗은 평원과 산들이 시야에 들어온다. 희끄무레한 껍질로 뒤덮인 말라 비틀어진 나무들이 보인다. 태양은 힘을 잃고 이 사물들 위로 창백하고 음울한 빛을 드리우고 있다. 자연 위로 이런 끔찍한 풍경을 펼쳐 놓은 것은 겨울도, 차고 짙은 겨울의 안개도 아니었다. 겨울처럼 잔인한 계절에도 자연은 정력적인 아름다움을 보존하고, 이런 활력이야말로 이듬해의 풍요를 약속해주는 법이다. 하지만 땅도 공동의 운명을 겪었다. 오랜 시간 자신을 소진해온 세월의 흔적과 인간의 노력에 맞서 싸웠던 대지는 이제 뚜렷한 노쇠의 징후를 드러내고 있었다.

아직 젊었던 어머니와 긴 시간 헤어졌던 아들이 세월의 무게로 허리가 굽은 어머니와 재회하면서 어머니의 변한 모습에 가슴이 슬픔으로 죄어드는 것을 느끼며 눈물을 감춘 채 포옹을 나누게 되듯이 인류의 아버지 역시 고통 없이는 자연의 퇴락을 바라볼 수가 없었다. 그가 말한다. "오 대지여, 창조주의 손에서 그토록 아름다운 모습으로 태어나는 것을 내 눈으로 똑똑히 봤던 대지여! 그대의 아름다운 언덕들과 꽃들이 얼룩무늬처럼 새겨져 있던 그대의 들판과 녹음이 우거졌던 그대의 요람은 대체 어떻게 된 것이냐? 이제 그대는 하나의 거대한 폐허에 지나지 않는구나. 노화는 그 광채가 영원할 것 같았던 태양의 얼굴마저도 창백하게 만들었단 말인가. 내가 태양의 시선을 견딜 수 있다니." 이 말을 끝으로 그는 자신을 엄습한 중요한 생각들에 사로잡힌 듯 입을 다문다. 잠시 후 두 손을 하늘을 향해 들어 올리며 외친다. "오, 신이시여, 당신의 젊음은 당신의 피조물들보다 오래 살아남으니, 당신의 영광에 압도되는군요! 인간이란 얼마나 작으며, 신은 세상의 폐허 가운데 얼마나 크게 느껴지는지! 당신이야말로 유일한 존재시니, 제게는 이 우주에서 당신만이 보입니다!"

인류의 아버지는 천상의 신께 영광을 바치다가 갑작스러운 변화를 체감한다. 거룩한 불꽃이 자신의 마음을 덥히는 것이 느껴진다. 그는 감격했고 흥분에 휩싸였다. 신이 그의 임무의 목적을 알려주려 한다. 신은 결코 감각할 수 있는 형태로 그의 눈앞에 나타나지 않는다. 그의 영혼을 내적인 빛으로 채우고 감각의 도움을 빌지 않은 채 조용히 말을 건넨다. 아담은 경건한 침묵에 잠겨 운명의 최고 중재자의 말씀을 공손하게 듣고, 지상 명령에 복종할 것을 약속한다. 그는 오메가르에게 가서 전능한 신의 이름으로 인간이 할 수 있는 가장 고통스러운 희생을 요구해야 한다. 능변과 설득 외에는 다른 어떤 수단도 사용하지 않고서 말이다.

아담은 자신이 맡은 일의 중대함에 겁을 집어먹는다. 암운이 드리운 얼굴은 그를 사로잡은 근심을 드러내고 있다. 그가 말한다. "아! 나는 지옥의 문으로 돌아가게 되리라. 고통으로 얼룩진 영겁의 세월이 또 한 바퀴 돌아가겠구나. 슬프도다! 천사들의 시선 아래서 신에 의해 선택되었음에도 계명 중에서 가장 쉬운 것조차 지키지 못했던 내가 과연 연약하고 더 불완전한 젊은이로부터 내게 부족했던 미덕을 얻어낼 수 있을 것인가!" 슬픔에 잠긴 인류의 아버지는 하늘을 향해 간청하듯 손을 들어 올리고, 원하신다면 사람들의 마음을 감동케 하는 신께서 오메가르가 순종하는 마음을 지닐 수 있도록 준비시켜 달라고 기도한다.

그런 연후에 그는 신적인 영감으로 은밀히 안내를 받으며 대지 위를 나아가고, 얼마 안 가 오메가르가 거주하는 궁궐이 눈앞에 나타난다.

인류의 아버지가 천상에 자리를 잡을 것이냐 아니면 지옥의 문으로 다시 돌아갈 것이냐를 결정하는 순간이 다가온다. 마음이 동요한 그는 가슴이 옥죄어 오는 것을 느끼며 간신히 걸음을 옮긴다.

그때 며칠 전부터 침울한 멜랑콜리에 빠져 있던 오메가르와 시데리가 그들의 거처에서 나오고 있었다. 지난밤 그들은 불길한 징조에 시달린 나머지 숙면의 달콤함을 누릴 수 없었다. 그들은 피로 뒤덮인 유령들이 궁전에서 활보하는 것을 보았다. 불길이 그들 주위로 너울대는 것이 보였다. 소름 끼치는 신음소리가 땅속에서 흘러나오는 것이 들렸다. 그들은 떠오르는 첫 태양 빛을 받으며 어지러운 영혼을 달래고, 잠에서 깨어나는 자연의 풍경 속에서 절실히 필요로 했던 평온을 길어내기 위해 밖으로 나온 참이었다.

지옥의 문이 있는 섬에 추방되어 오랜 세월 고통을 받아 왔고, 같은 고통이 그만큼 긴 시간 동안 되풀이될까 봐 두려움에 떨고 있기는 했지만, 눈앞에 한 인간의 모습이 나타나자마자 아담의 고통은 모두 잊혔다. 이제 그는 자손들에게, 그가 최초의 아버지였던 자식들에게, 이승을 떠난 이후로 살아 있는 것을 볼 수 없었던 자신의 동류에게 말을 걸게 될 것이다. 만일 그가 떠맡은 잔인한 임무가 걸림돌이 되지 않았다면, 자기 이름을 밝히면서 자손들을 두 팔로 안아볼 수 있었다면, 그를 움직이는 신이 자신을 드러내는 것을 금하지 않았다면 그 재회의 순간이 얼마나 감미로웠을까!

오메가르는 시데리와 단둘이 살고 있는 고독한 은둔지에 나타난 이방인을 보고 놀란다. 지금까지 이곳을 방문한 여행객은 한 명도 없었다. 노인의 출현은 그들에게 좋은 징조로 보인다. 그들은 신이 자신들에게 위안자를 보내주었다고 생각한다. 순간 우울한 슬픔이 사라지고, 그들을 떠났던 안도감을 되찾는다. 자기 동류에 대한 인간의 선한 영향력이여! 불행한 사람 둘이 만나게 되면 서로 말을 나누기도 전에 벌써 위안을 얻게 되는구나!

아담이 먼저 오메가르와 시데리에게 인사를 건네며 침묵을 깬다. "하늘의 평화가 그대들과 함께하시고, 하늘이 그대들을 축복으로 가득 채워주시며, 하늘의 명령에 따를 의지와 불행을 이겨나갈 용기를 주시기를 바랍니다. 이는 당신들에게 소중한 사람이자, 누군지 알게 되면 사랑하지 않을 수 없을 이 불쌍한 늙은이가 그대들을 위해 비는 소원입니다."

오메가르가 답한다. "존경하는 이방인이시여, 당신은 갈구하는 그 사랑을 이미 얻으셨습니다. 당신이 눈앞에 나타나자마자 하늘이 우리에게 아버지를 보내주신 것 같았으니까요. 기쁨의 빛이 슬픔으로 가득 찬 우리 가슴 속으로 들어왔고, 행복이 우리 가운데 함께 거하기 위해 돌아왔다고 느꼈습니다."

"행복이라고!" 인류의 아버지가 대답한다. "애통하도다! 그것은 지상에서는 너무도 드문 것이로다. 행복은 하늘에서 찾아야 하고, 그 행복조차도 자주 잔인한 고통과 커다란 희생을 치러야 얻어지는 법이라오. 한데 그대들이 근심하는 연유를 물어봐도 되겠소? 나의 오랜 역경과 견줄 만큼 끔찍한 것인지 말이오."

"우리의 운명이 바뀐 건 불과 며칠 전의 일입니다." 오메가르가 말한다. "물리칠 수 없는 공포가 우리의 영혼을 사로잡았습니다. 모든 게 공포를 불러일으킵니다. 우리가 하는 일, 우리의 기쁨, 우리의 말들, 우리의 침묵, 밤이 오고 태양이 다시 돌아오는 것, 우리가 공포를 없애기 위해 행하는 노력조차도요. 우리는 삶을 살아나가는 게 두렵습니다. 우리의 불행이 멈추지 않고 계속 증가할 것만 같아서요. 무시무시한 징조가 우리를 공포로 몰아넣었습니다. 간밤에는 피범벅이 된 유령들이 우리 앞에 나타났어요. 공중에서 위협적인 목소리가 들렸고, 궁전은 마치 불길에 휩싸인 듯했습니다. 아무래도 하늘이 우리에게 성을 내는 모양입니다."

"잘못 생각한 것은 아닌 듯하오." 아담이 대답한다. "그대들은 잘못을 저질렀고 그에 대한 후회로 괴로워하는 것이오. 나는 그대들이 큰 불행을 당할 처지라는 것을 알고 있소. 그 불행에서 벗어날 방법을 가르쳐주기 위해 이렇게 내가 온 것이라오. 다만 그대는 모든 걸 솔직하게 말해야 하고, 내게 그대가 가진 불행의 이야기를 들려주어야 하오."

오메가르가 그에게 말한다. "어르신은 숨이 막힐 것만 같은 마음에 위안자가 필요한 순간에 와주셨습니다. 내가 기꺼이 당신께 흉금을 털어놓는 것을 믿으셔도 됩니다. 당신이 약속한 모든 도움을 달게 받겠습니다. 나는 후회하고 있고, 잘못을 빌고 싶은 일을 하나 저질렀습니다. 계속 생각나는데 결과적으로는 용서받을 만한 일이라고 생각합니다. 나의 양심에 횃불을 비춰주십시오. 잘못을 고백할 준비가 되어 있습니다. 필요하다면 내 인생 이야기를 전부 해드리지요. 그런데 어르신이 날 죄인 취급하지나 않을지 염려가 됩니다."

아담이 그에게 말한다. "내가 누군지 안다면 당신은 나라는 사람이 남한테 엄격할 권리를 잃어버렸다는 것을 알게 될 거요. 관대함이란 정의로운 자들에게는 하나의 미덕이겠지만 내게는 언제나 의무가 될 것이오. 그러니 마음 편히 그대의 영혼을 열어 보여도 좋소. 나는 판관이 아니라 위안자가 될 것이오. 그대에게 행복과 평화를 되돌려줄 수는 없지만, 그대가 잃어버린 선을 회복하는 방법은 가르쳐주겠소."

이렇게 대화를 나누는 동안 인류의 아버지는 자주 시데리에게 눈길을 주었다. 매력적인 용모, 겸손하고 신중한 몸가짐, 어깨 위에서 찰랑거리는 금발머리, 우아하면서도 위엄과 기품이 넘치는 몸매, 이 모든 것이 망자들의 거처에서 지내는 동안 그 운명을 알지 못했던 자기의 소중한 아내를 떠오르게 했다. 아담이 깨어나서 옆에 누운 이브를 처음 봤을 때, 그녀 역시도 시데리와 마찬가지로 청춘의 봄날처럼 싱그러웠고, 사랑스러웠고, 애처로울 만큼 수줍음을 탔었다. 예전의 행복했던 순간들이 생생한 색채로 뇌리에 되살아난다. 아담은 감격에 겨워 눈물을 쏟는다.

노인의 존귀한 태도, 마음의 비밀에 대해 뭔가 알고 있는 듯한 느낌, 그리고 그가 흘린 눈물 덕분에 그를 신뢰하게 된 오메가르는 지금 당장이라도 자신의 고통을 주제로 이야기를 시작하고 싶은 마음이다. 이미 한참 멀어진 터라 궁전은 보이지 않았다. 그들은 침묵이 내려앉은 동굴 속으로 들어갔다. 오메가르는 이곳이 자신의 속내를 털어놓기에 적당하다고 생각한다. 그는 시데리와 인류의 아버지 사이에 자리를 잡고 앉아 자기 삶의 비밀을 털어놓을 준비를 한다. 한편 공기 속을 지배하는 고요는 오메가르의 이야기에 주의 깊게 귀를 기울이도록 권했다. 태양이 지평선 위로 떠오르기 시작했고, 푸르디푸른 창공을 가리는 구름 한 점 없었다. 세계의 조락치고는 참으로 아름다운 날이었다.

두 번째 노래

내 아버지는 세상 왕들의 가문이라 불리는, 우주에서 가장 저명한 집안 출신입니다. 우리 가문은 양 세계에서 옹립된 모든 권좌 위에 앉았고, 너무나 오랜 기간 통치를 했기에 끝없이 길게 이어지는 이 군주들의 기억을 역사가 다 보존할 수 없을 정도였습니다. 내 아버지는 당신 조상들의 처소였던 바로 이 궁전에 거주했습니다. 그의 통치가 중반부에 이르렀을 때 아버지는 백성 없는 왕으로 남았습니다. 프랑스는 물론이고 유럽 전체가 그저 광대한 은둔지에 불과했답니다.

내가 태어나던 해는 세상의 혼인이 불임이 된 지 이십 년이 되어가고 있었습니다. 뒤를 이을 후손들 없이 애통하게도 수명을 다해가던 사람들은 자기들과 더불어 지구가 최후의 주민을 잃게 되리라고 생각했습니다. 그러니 나의 출생은 놀라움과 기쁨의 발작을 일으킬 만한 사건이었지요. 그들은 축제를 벌여 나의 탄생을 축하했습니다. 사람들이 하는 말로는 새로 태어난 아기 인간을 보기 위해 유럽 대륙 사방 끝에서 여인들이 몰려들었답니다. 그녀들이 나를 아기 인간이라고 불렀다지요. 아버지는 나를 팔에 안고 "인류가 아직 살아 있다!"라고 외쳤습니다. 그러고는 나를 영원한 주께 봉헌하면서 이렇게 말합니다. "오! 신이시여! 이것이 혹시 저를 기만하는 착각입니까? 이 아이는 새로운 종족의 아버지가 될 것입니다. 당신은 이 아이를 제가 아니라 이 땅에, 이 세상에 주셨습니다. 이 아이가 세상의 유일한 희망입니다. 그러니 아이의 생명을 지켜주십시오. 아이는 당신의 것입니다. 저는 당신께 제 아들을 바칩니다."

기쁨은 그리 오래가지 않았습니다. 나는 유럽인들의 생식력 노화 속에서 탄생한 마지막 아들로 남았습니다. 사람이 자기가 누군지를 알기 시작하는 나이에도 이르지 못했을 때 나는 날 낳아주신 부모님을 잃었습니다. 이곳에 홀로 남은 나는 스스로 매장의 예를 행하고, 내 손으로 직접 무덤을 파서 소중한 분들의 유해를 묻었습니다. 장례의 의무를 다한 이후로는 그저 따분한 날들을 보냈을 뿐입니다. 나는 살아 있는 존재들의 활기가 없는 이 웅장하면서도 고독한 궁전이 모든 거처 가운데 가장 슬픈 곳이라고 느꼈습니다. 권태가 천천히 나를 갉아먹었고, 나의 젊음은 시들어 갔습니다. 동류의 사람들에게 내 감정과 생각을 전하고 싶은 욕구로 괴로워하던 나는 이 고독한 공간을 버리고 유럽에 아직까지 인간들이 남아 있는지 찾아보기로 했습니다.

작별 인사를 드리러 부모님의 무덤으로 찾아갔던 날, 근처의 언덕 아래에서 화염과 연기로 이루어진 불기둥이 대지 한복판에서 솟아올라 산 정상까지 솟구치는 것을 보았습니다. 대기는 극도로 고요한데 불기둥은 쉬지 않고 동요하며 동시에 지평선의 양극단을 향해 격렬하게 밀려가고 있었습니다. 마치 강력하게 불어대는 여러 개의 맞바람이 불기둥을 장난감 삼아 놀고 있는 것 같았습니다. 가만히 바라보고 있자니 방향을 바꾼 불기둥이 나를 향해 돌진합니다. 피하려고 했지만 도망가는 나를 쫓아오면서 따라잡더니 나를 덮치기 일보 직전에 멈춰 섭니다. 그 광경만 생각하면 지금도 몸서리가 납니다. 나는 소용돌이치는 불기둥 한가운데서 입으로 폭포수 같은 불길을 토해내며 이 화산을 만들어내고 있는 사람을 봅니다. 그 사람은 부단히 움직이고 있었습니다. 물결치는 머리칼은 불길에 휩싸인 뱀들처럼 보였고, 흑단보다 검은 두 눈은 어두운 광채를 내뿜었으며, 도드라져 보이는 근육은 용광로 속에서 달궈지는 쇳덩이 같았습니다.

이 광경을 보면서 비록 끔찍하긴 했지만 내 안의 연민은 공포보다 강했습니다. 나는 그곳에서 고통받고 있다고 믿었던 불행한 존재를 구출하기 위해 불길 속으로 몸을 던지려 했습니다. “그만두어라. 그러다간 나를 돕기는커녕 네가 죽고 말 게다. 이 불은 나의 삶터이자 양식이다. 네가 공기 속에서 숨을 쉬듯, 나는 이 불길 속에서 생명을 호흡한다.” 이 말을 하고 나서 그는 입을 다물었습니다. 그의 눈에서 방울져 떨어지는 눈물을 주변의 맹렬한 불길이 집어삼키는 게 보였습니다. 그의 입에서 쏟아지던 불꽃이 잠잠해졌습니다. 불꽃이 곧 움직임을 멈추겠거니 생각했던 찰나 그가 되살아나 이렇게 소리쳤습니다. “오메가르야, 대체 내가 네게 무슨 소식을 알려주게 되었단 말이냐! 네 용기가 아무리 가상해도, 네 영혼이 어떤 끔찍한 일에도 맞설 준비가 되어 있다 해도, 내가 하는 말은 너를 놀라게 하고 고통스럽게 만들 것이다. 너를 떠받치고 있는 이 지구가, 네가 고요한 눈길을 던지고 있는 이 지구가 네 발아래서 무너져 내릴 것이다. 지구 멸망의 날이 도래했다.”

이 소식을 듣고 나는 공포에 휩싸였습니다. 자신이 감추어진 낭떠러지 위를 걷고 있다는 말을 방금 전해 듣고는 매 순간 굴러떨어질까 봐 두려움에 떨면서 더 이상 감히 한 발짝을 내디딜 수도, 그렇다고 그 자리에 그대로 머물러 있을 수도 없는 사람처럼, 나는 땅에 붙어 있어야 하는 데 절망했습니다. 우주의 경계를 넘고 싶었고, 신의 손이 불쑥 나타나 나를 궁창의 끝까지 데려다주었으면 싶었습니다. 나 자신도 인정하는 어리석고 쓸데없는 소망들이었지요. 차라리 나는 이 두려운 진실을 의심하는 편을 택했고, 괴로운 내 영혼을 위무하기 위해 감히 진실과 맞서 싸우려 했습니다. 나는 내게 나타났던 기이한 존재에게 이렇게 말합니다. "지구의 멸망이 그토록 가깝고 그토록 빠를 수 있다는 게 가당키나 합니까! 어떤 것도 그러한 사건을 예고하는 것 같지 않아요. 대기는 평화롭습니다. 자연은 최후의 시간 전에 그것이 다가오는 것을 느끼지 못하고, 단말마의 고통을 겪지도 않을 거란 말입니까!"

"아!" 그가 내게 말합니다. "제발이지 내가 잘못 생각한 것이기를! 하지만 이 끔찍한 진실은 모든 곳에서 동시에 내 눈에 띈단 말이다. 이런! 어떻게 내가 지구의 운명을 모를 수 있으리! 지구의 움직임을 주재하는 정령인 내가, 지구와 함께 태어나 그것이 천상의 별들 가운데 자리를 잡고 태양의 주위를 돌며 그 첫 번째 날을 그려 가던 모습을 보았던 내가, 아시아의 가장 높은 산 위로 나를 불러 말씀하시던 신의 목소리를 기억하는 내가 말이다.

창조주 신께서는 이렇게 말씀하셨다. '너는 창공을 가득 메운 별들을 보고 있다. 이 별들은 그 숫자만큼의 세계이고, 각각의 별에는 그 별을 보호할 임무를 지닌 정령이 있다. 나는 너를 지구의 정령으로 삼았다. 너는 지구의 구성 요소들이 지구를 다스리는 법칙들을 알게 될 것이다. 세심한 보살핌으로 지구의 젊음과 수명을 늘리도록 해라. 너는 지구가 사는 만큼 살게 될 것이니 네 삶은 거의 불멸과 같다. 인간들은 계속해서 네 앞을 지나쳐가겠지만 그들이 되살아나 더 이상 죽지 않게 될 때, 너와 지구의 죽음은 영원한 것이 되리라. 나는 운명의 책에 그 치명적인 때를 인류가 생식 능력을 잃어버리는 날로 정해두었다.'

얼마 안 가 나는 내 삶에 기한이 있다는 사실을 잊어버렸다. 나는 세대에서 세대로 이어지며 계속해서 새로 태어나는 사람들보다 오래 살아남았다. 인류의 생식력은 소진될 수 없는 것처럼 보였다. 나는 내가 불멸의 존재라고 믿었다. 마침내 이러한 환상이 깨져야 할 때가 왔구나. 오늘날 인간종을 영속시킬 수 있는 사람은 너와 단 한 명의 여인밖에는 없다. 그녀가 소멸하거나 네가 죽는다면 지구는 해체되어 카오스 속으로 들어갈 것이다. 그리고 나는 영원히 사라지게 되겠지. 불임이 된 인간들이 죽음에게 지속적으로 희생자를 바치지 않게 된 이후로 위험은 극에 달했다. 죽음의 게걸스러움은 단지 잔인한 배고픔이 아니다. 그것은 살아 있는 모든 존재에게 마수를 뻗친다. 그러나 네가 죽음의 공격을 피해 인류를 생식할 수 있게 만들어 줄 유일한 여인을 찾아 결혼으로 연결될 수만 있다면 나의 파멸의 시기를 늦출 수 있으리라. 내가 이러는 건 며칠 더 사는 것에 큰 의미를 부여해서가 아니다. 나는 호기롭게 죽을 수 있다. 나는 인간들에게서 어렵사리 이 교훈을 얻었다. 하지만 나는 꺼지기 일보 직전인 태양을 되살릴 수 있는 커다란 별이 곧 우리 대기권으로 다가와 낮의 항성에 그 열기와 최초의 광채를 되돌려줄 것이라는 사실을 알고 있다. 지구가 파괴되지만 않으면 태양은 새로운 불길을 받아 활기를 되찾을 것이고, 노년의 옷을 벗어 던지고 봄날의 빛나는 옷으로 갈아입게 될 것이다. 청춘을 되찾은 인류로부터 수많은 아이가 태어날 테고 나는 두 번째 삶을 시작하게 될 것이다. 그리하여 나는 내가 살아온 오랜 세월에 단지 며칠이 아니라 무한한 세월을 덧붙이게 될 것이다. 이 희망을 포기하기 전에 나는 지구 만물을 교란하고, 모든 비밀과 자연의 힘만큼 위대한 내 권능의 힘을 소진할 것이다."

정령의 마지막 말에 최후의 날의 도래가 내게 불러일으켰던 공포가 가라앉았습니다. 나는 강한 이해관계가 그로 하여금 나를 구해주도록 만든다는 사실을 기쁘게 느꼈습니다. 그리하여 그에게 이렇게 대답했지요.

"제가 당신에게 도움이 될 수 있다면 위험한 일을 명하는 것을 두려워 마십시오. 감히 그 일을 하겠습니다. 비록 아직 어리긴 해도 제겐 용기가 있습니다. 저는 굶주림으로 난폭해진 맹수들과 여러 번 맞붙어 싸웠고, 혼자서 놈들을 때려눕히고 그 피로 제 손을 적셨습니다."

그러자 정령이 대답하기를, "네게 필요한 것은 그런 종류의 용기가 아니다. 필요한 것은 통찰력을 가지고 계획을 구상하는 영혼의 힘이고, 그 어떤 것으로도 누그러지지 않는 오랜 참을성이고, 장애물에 맞닥뜨릴 때 불타오르는 열정이다. 위인들이 지니는 이런 미덕을 오늘 끌어내라. 네 앞에 길이 열릴 것이다. 너는 프랑스를 구했던 구국의 여걸[8]을 영국인들

8. 프랑스의 국민적 영웅이자 로마 가톨릭교회의 성인인 잔 다르크를 의미한다. 오를레앙의 처녀라고도 불리는 잔 다르크는 1431년 1월 잉글랜드 점령 지역이었던 도시 루앙에서 시작된 종교재판의 결과에 따라 같은 해 5월 루앙의 비외 마르셰

이 화형에 처했던 도시를 알고 있다. 도성 안으로 가서 이다마스라 불리는 남자를 찾아가거라. 하늘이 어떤 방법을 통해 지구를 재생시킬 적임자로 너를 정했는지 그 남자의 입으로 듣게 될 것이다. 이 일을 수행하는 것을 두려워 말라. 네 눈엔 안 보일지라도 내가 너를 안내하고 지원할 것이다." 내가 대답을 하려고 했을 때 그가 말을 끊으며 이렇게 말했습니다. "나는 더 이상 머무를 수도 네 얘기를 들을 수도 없다. 지구의 중심으로 돌아가서 지구를 풍요롭게 만드는 불을 지펴야 한다." 이 말을 끝으로 그는 사라졌습니다.

공포의 잔재로부터 완전히 벗어나진 못했지만, 지구와 인류의 운명이 내 머리 위에 놓여 있는 것을 보는 자부심이 나를 위로했습니다. 나는 서둘러 지구의 정령의 명령을 이행했습니다.

나는 출발합니다. 서쪽을 향해 빠른 걸음으로 네 시간도 채 걷지 않았는데 궁전들과 고대의 기념물들로 가득한 거대한 도시가 눈 앞에 펼쳐집니다. 이 도시의 주민은 폴리클레트와 세피즈라는 이름을 가진 부부가 전부였습니다. 그들은 주변의 평야가 내려다보이는 도시 성문 근처의 편안하고

• •

광장에서 군중들에 둘러싸인 채 화형에 처해졌다.

소박한 집에 살았습니다. 세피즈가 나를 알아보자마자 남편을 부르며 소리칩니다. "여보, 방금 사람을 봤어요. 이쪽으로 오고 있다고요!" 폴리클레트는 내게 수많은 질문을 한꺼번에 쏟아냅니다. 내가 누구인지, 어디로 가는 길인지, 어디서 왔는지, 여행의 목적이 무엇인지 등을 묻습니다. 무엇보다 나의 젊음이 그를 놀라게 한 것 같았어요. 그는 자기가 유럽의 가장 젊은 사람 중 하나라고 생각하고 있었습니다.

내가 그에게 말합니다. "나의 출생은 워낙 떠들썩하게 알려진 일이라 당신이 모르실 리가 없습니다. 유럽 전체가 그 요람을 방문했던 아기 인간이 바로 납니다." 이 말에 폴리클레트와 세피즈는 기쁨을 터뜨립니다. "뭐라고요!" 세피즈가 내게 말합니다. "그러니까 당신이 내가 봤던 그 아기란 말이지요. 그때 내 나이가 스무 살이었어요. 내 기억 속에 항상 존재하는 행복한 날들이여! 어머니는 당신의 탄생을 축하하는 축제에 날 데려갔어요. 사람들 말이 당신은 세계의 구세주, 새로운 종족의 줄기가 될 거라고 했지요. 온화한 봄이 들판에 다시 내려와 땅을 비옥하게 하고, 여름은 농작물을 익게 하고 황금빛으로 물들일 거라고 했어요. 이런 약속을 믿고 폴리클레트는 나와 결혼했지요. 그런 희망들이 어떻게 사라져버렸나! 우리가 고대했던 자연의 부활 대신에 날마다 그 쇠퇴만이 다가왔잖아요."

내가 그녀에게 말했습니다. "기운을 내세요. 당신은 그 행복한 시대에 접근하고 있습니다. 그것은 헛되이 예측된 게 아녜요." 나는 그녀에게 지구의 정령이 어떻게 내게 나타났는지 말했고, 내가 그에게서 받은 명령과 그가 내게 주었던 장엄한 희망을 얘기했습니다. 내가 말하는 동안 폴리클레트는 감정을 추스르느라 무진 애를 먹었습니다. 그는 내 말을 듣는 즐거움과 동시에 내 말을 중단시키고 싶은 욕망에 사로잡힌 것 같았습니다. 그는 내 말을 들으면서 함께 이야기하기를 원했을 겁니다. 마침내 내가 이야기를 끝내자 그가 말했습니다. "친애하는 오메가르여, 그대의 운명은 그대에게 그랬듯 내게도 이미 예언되었고, 그대와 관련된 신탁도 이미 이루어지기 시작했답니다.

어느 날 나는 아내와 나를 생각하며 임박한 지구의 파멸과 최후의 날의 도래가 예고하는 비참한 미래를 걱정하면서 아내에게는 숨긴 슬픔을 집어삼킨 채로 집 근처에 있는 사원에 들어갔습니다. 신이 종종 기적을 통해 자신의 능력을 나타내셨던, 한때는 세상에서 꽤 유명했던 성전이었지요. 내 기도는 너무나 간절해서 내 영혼을 고양케 했습니다. 나는 갑자기 엄청난 인파로 둘러싸인 당신의 요람으로 옮겨졌다고 생각했습니다. 나는 당신의 어린 시절을 함께 했던 그 은총과 함께 그곳에서 다시 당신을 봅니다. 내가 당신을 바라보고 있자니, 당신은 내게 시선을 멈추고 다정한 눈길을 던지면서 미소 지으며 말합니다. '폴리클레트, 당신이 알지 못하는 내 아내를 보면 당신의 근심 걱정도 곧 끝날 거예요.' 그 미소와 말속에 어떤 매력이 묻어났는지 모르겠어요. 슬픔은 사라지고, 평화가 내 영혼에 되돌아옵니다. 당신의 약속을 믿고 있고, 나의 믿음은 배반당하지 않을 겁니다. 당신이 우리의 불행을 끝나게 해줄 존재인 아내를 찾을 것이니까요."

이 말을 하며 집에 도착한 폴리클레트는 내게 극진한 대접을 해주었습니다. 나는 이 도시를 장식하는 사치스러운 궁전들 대신 그가 선택한 소박하고 검소한 집으로 들어갔습니다. 그의 아내는 요리의 가짓수와 풍성함으로 나를 놀라게 한 식사를 서둘러 차려냈어요. 나는 어떤 자비로운 신이 이런 식으로 그들의 필요를 채워줄 수 있는지 도무지 짐작할 수가 없었습니다. 내가 놀라움을 표하자 폴리클레트는 다음과 같이 내 호기심을 만족시켜주었습니다. "난 오늘까지 기근의 공포로부터 날 지켜왔어요. 처음에는 오랫동안 야만인들의 방식대로 살았습니다. 자주 사는 곳을 바꾸었지요. 때로는 낚시를 하면서 호수와 강기슭, 또는 바닷가에 머물렀고, 때로는 사나운 짐승들이 사는 숲속으로 몸을 옮겨 놈들과 치열한 전투를 벌이며 살았습니다. 이런 방랑자의 삶에 지쳤을 때, 주민이 없는 이 텅 빈 도시를 지나가게 되었습니다. 이곳을 장식하는 기념물을 믿는다면, 이 도시의 기원은 시간의 밤 속에서 길을 잃을 만큼 오래되었더군요. 이곳의 주인이 된 나는 거리의 포석 아래 감추어졌던 땅이 새롭고 비옥한 토양이 될 것으로 생각했습니다. 지렛대의 도움으로 땅을 드러내고, 쟁기 날로 갈고, 떨리는 마음으로 씨앗을 뿌립니다. 그리고 성공했어요. 수확물이 내가 흘린 땀 값을 지급하지 않았다 해도, 그만하면 내 필요에는 충분합니다. 이 도시의 거리는 나의 정원과 들판입니다. 도시는 광대하니 나로 인해 지력이 그렇게 빨리 소진되지는 않을 것입니다."

나는 폴리클레트가 하는 말을 열심히 들었습니다. 그의 언변이 나를 매료시켰지요. 나는 그의 말을 듣는 즐거움을 연장하고 싶었습니다. 그와 그의 아내도 며칠 더 나를 붙잡아 두길 바랐어요. 그러나 어쩔 수 없는 의무가 떠날 것을 명했지요. 내가 그들에게 말합니다. "내게 남은 시간들은 더 이상 내 것이 아닙니다. 그것은 인류의 것입니다. 그러니 조금이라도 지체한다면 죄가 되겠지요. 여행을 마치는 대로 다시 돌아와서 성공 소식을 두 분께 전해드리겠습니다. 폴리클레트에게서 경작의 기술을 배우고 싶어요. 그리고 하늘이 그토록 고귀한 운명을 약속하는 내 아내를 두 분께 데려오겠습니다."

이 말로 그들에게 작별을 고했습니다. 폴리클레트와 세피즈는 두 눈에 눈물을 가득 머금고 나를 안아주었습니다. 그들은 어린 시절의 나를 보았고, 이미 아들처럼 나를 사랑했습니다. 나는 길을 계속 갑니다. 내가 두 번째로 해가 운행의 절반을 마치는 것을 보았을 때 한 남자가 다가오더니 나를 멈춰 세우고 말을 겁니다. "당신이 오메가르요? 이다마스를 찾아갑니까?" 나는 "그렇습니다."라고 대답했습니다. "세상에!" 그가 나를 끌어안으며 소리쳤습니다. "그래, 하늘이 나를 인도하셨어. 분명 신께서 우리에게 말을 거신 거야! 우리에게 어떤 기적이 약속되었는지, 어떤 격변이 준비되고 있는지 당신이 안다면 좋을 텐데. 내 이름은 팔레모스요. 날 따라오시오. 하늘이 권능을 발휘하기 위해 당신을 기다립니다." 그가 이 말을 하며 최초의 격한 기쁨을 터뜨리고 난 후에, 나는 무슨 일이 있었는지 말해달라고 간청했고 그는 이야기를 계속했습니다.

"우리의 발걸음이 향하는 도시에는 인류 역사의 기념물을 묵상하며 일평생을 보낸 한 남자가 살고 있습니다. 그의 이름은 이다마스요. 그는 지구의 표면을 뒤덮었던 민족들, 그들의 법, 관습, 그리고 인류가 힘을 연합해 이루어냈던 위대한 광경들에 대해 끊임없이 이야기합니다. 마치 자신이 그것을 직접 본 것처럼 기예의 경이로움과 저명한 사람들의 행동을 이야기하고 아마도 절대 돌아오지 않을 고대 시대를 그리워합니다. 한 마디로 그는 오늘날 사회가 파괴되고 지구가 황폐해지고 인구가 감소하는 것을 보는 고통으로 인해 불행합니다. 유럽의 불모성이 이 기후대의 주민들을 따로 살도록 강요한 이후로 그는 때때로 엄청난 양의 식량을 마련하여 주위에 사람들을 불러 모으고 그들과 대화하는 즐거움에 탐닉하는 것 외에는 다른 관심이 없습니다. 이 모임이 주는 사회의 빈약한 이미지가 그를 위로하는 역할을 해줍니다.

어제 나는 그가 부른 사람 중에 있었습니다. 나는 전에 그의 말을 들어본 적이 없습니다. 내 동료들은 연설의 숭고함에 있어서 그에 필적할 만한 사람이 없고, 심지어 그가 자기 자신을 넘어섰다고 말했습니다. 그는 인류가 다시 태어나고 사회가 형성되고 봄이 지구에 되돌아오는 것을 보고 싶다는 열망을 얼마나 열성을 다해 표현했는지 몰라요. 그는 지구가 소생했다고 믿을 정도로 흥분한 가운데 자신을 잊었습니다.

그는 되살아난 지구를 새로운 인류와 공유했고 그곳에 제국을 건설했고 사람들에게 기술의 공정을 알려주고 지혜와 행복의 길을 가르쳤습니다. 그는 생생하고 격렬한 말을 통해 우리를 이 장면으로 이끌어갔습니다. 우리는 그가 말하는 모든 것을 보았다고 생각했습니다. 그러나 이내 정신을 차린 그가 이 장엄한 그림을 지구와 인간들의 전적인 타락과 비교했을 때 그의 고통은 되살아나고 참으려는 노력도 헛되이 눈물만 하염없이 흘러내립니다. 우리 역시도 너무나 감동해서 저마다 두 눈에 눈물이 가득 고였습니다. 이다마스는 갑자기 몸을 일으키더니 아무 말도 하지 않은 채 자리를 떠납니다. 우리는 모두 알 수 없는 힘에 사로잡혀 조용히 그의 뒤를 따릅니다. 그는 길에서 처음 만난 성전으로 들어가서 땅에 엎드려 절합니다. 우리도 그와 함께합니다. 그의 가슴이 옥죄어 들어옵니다. 우리는 그가 신음하는 소리를 들었습니다. 혹자는 그가 말하고 싶은데 고통으로 목이 메었다고 말할 수도 있었을 겁니다! 마침내 그는 이런 격한 상태에서 벗어나 하늘에 기도를 드리기 위해 일어섭니다. '오, 신이시여! 지금은 당신이 연민의 시선으로 지구를 바라봐야 할 때입니다. 지구는 곧 꺼져버릴 작은 온기 한 줌에 의해 목숨을 연명하는 시신이나 다름없습니다. 당신이 만드신 작품을 그냥 사라지게 두실 작정입니까? 그것이 당신의 의도라면 자연이 내쉬는 마지막 숨소리를 들어야 하는 고통에서 저를 구해주시고, 이 성전의 문턱을 다시 넘기 전에 죽음이 엄습해서 저를 쓰러뜨리게 하소서. 그러나 언젠가 당신이 지구의 운명을 바꾸실 거라면, 그런 행복한 변화를 보겠다고 요청하지는 않겠습니다. 다만 저희에게 말씀만 하소서. 그리하면 저희는 위안을 얻고 살아갈 것입니다.'

그가 이 말을 채 끝내지 못했을 때 성전이 어두워지고 낮보다 더 밝은 빛이 성소의 문을 에워쌉니다. 성소로부터 나온 듯한 목소리가 건물 전체에 울려 퍼지며 이렇게 표현합니다.

'이다마스여, 그대의 기도가 이루어졌도다. 하늘은 그대에게 미래 세기의 역사를 보여줌으로써 인간과 창조주의 작품에 대한 그대의 사랑에 보답할 것이다. 이다마스여, 맘껏 기뻐하라. 지구는 자신의 봄날보다 더 찬란하게 다시 태어날 것이다. 지구의 운명은 오메가르라 불리는 단 한 사람의 존재와 연결되어 있다. 그는 내일 동쪽에서 이 도시에 도착할 것이다. 그대와 그대의 동료들은 하늘길을 통해 그를 먼 곳의 해안가로 데려갈 것이다. 이 성전의 성소에 놓인 책이 어느 나라에 내려야 하는지, 영원하신 주의 계획이 무엇인지

네게 알려줄 것이다. 하나 하늘의 평원에서 항해를 시작하기 전에는 그 책을 펴봐서는 안 된다.'

음성이 멈추자 성소의 문을 환히 비추던 불이 꺼졌고 성전이 본래의 모습을 되찾았습니다." 팔레모스가 말을 잇습니다. "당신에게 이다마스의 격정을 그려 보이고 싶군요. 게다가 그가 이 말에 어떻게 다른 사람으로 변했는지도 말입니다. 그는 더 이상 세월과 슬픔의 무게에 짓눌린 노인이 아니었어요. 그의 모습은 웅혼함과 위엄을 얻었고, 주름은 거의 지워졌습니다. 기쁨의 불꽃이 두 눈에서 번쩍였고, 우리 곁을 떠나지 않았는데도 그를 알아보는 데 어려움을 겪었습니다. 그가 큰 보폭으로 성소를 향해 걸어가니 성소의 문이 저절로 열립니다. 거기에서 그는 우리의 운명이 담긴 책을 가지고 나옵니다. 그로부터 한순간도 허비하지 않고 우리를 항공용 구체가 조립되는 작업장으로 이끕니다. 그는 크기, 형태의 우아함, 그리고 구체를 장식한 그림의 아름다움 면에서 주목할 만한 비행선 하나를 선택합니다.

이어 이다마스가 우리에게 말합니다. '친애하는 동지들이여, 그대들이 나를 따를 준비가 되었는지를 묻는 따위의 모욕은 주지 않겠소. 설사 신의 명령을 듣지 않았다고 해도 그대들 중 어느 누가 그대의 노년을 행복한 나날로 채우고

후대에도 행복을 가져다줄 변화와 신의 계획을 위한 봉사자가 되는 영예를 거절하겠소? 오, 나의 친구들이여, 얼마나 숭고한 일이 우리에게 맡겨졌는가! 나는 그것에 내 인생을 바치고 싶소. 내 젊은 날의 끓어오르는 열정이 혈관에서 다시 태어나는 것을 느끼오. 내가 여러분에게 불변과 용기의 모범을 보이겠소. 그리하여 우리는 우리 조상들이 알았던 부드러운 봄날을, 아름답고 비옥한 자연을 보게 될 것이오. 신께서 직접 우리에게 약속하셨고, 여러분은 방금 그분의 음성을 들었소. 여러분에게는 우리가 동쪽에서 나타나기를 기다리고 있는 젊은이의 도착이 추가적인 보증으로 남아 있소. 친애하는 동지들이여, 지구의 운명이 연결된 오메가르라는 자는 우리 군주들이 남긴 마지막 자손이자 그 탄생이 온 유럽을 놀라게 했고 아기 때의 모습을 내가 요람에서 직접 봤던 사람이라는 것을 알아두시오. 그때도 벌써 그의 통치하에 인류와 지구가 소생할 것이라는 소문이 자자했었소.'

이다마스의 말에 고무되어 우리는 모두 필요하다면 우주 끝까지라도 그를 따를 것을 맹세합니다. 우리는 급히 여행 채비를 시작합니다. 나로 말하자면 당신을 맞이하러 가겠다고 요청하고 이렇게 당신에게 보내진 것입니다."

팔레모스의 이야기는 내 희망을 키웠습니다. 이번에는 내가 그에게 지구의 정령에게서 받은 명령을 말해주었습니다. 우리는 서둘러 걸었고 곧 이다마스의 도시에 도착했지요. 그곳 광장에서 나는 동료들과 함께 여행 준비에 전력을 다하고 있던 이다마스를 발견했습니다. 남편들의 출발 소식을 듣고 상심한 아내들이 눈물을 흘리며 서둘러 작별 인사를 하러 나온 바람에 무리의 숫자가 늘어나 있었습니다.

나를 보자 그들은 작업을 멈추고 나를 둘러쌉니다. 내가 오메가르이고, 왕가의 마지막 아들이자, 그가 요람에서 봤던 사람과 동일 인물임을 확신하자마자 이다마스는 내게 입맞춤을 하고 나를 품에 끌어안고는 이렇게 말합니다. "오! 나의 왕이시여, 내 눈을 믿을 수 있을까요! 그러니까 내가 지금 이 세상의 유일한 희망을 품에 안고 있는 것이 사실이란 말이지요! 내가 당신을 어디로 데려갈지 나는 모릅니다. 하지만 필요하다면 당신을 위해 우주의 끝에서 끝까지라도 여행할 것입니다. 지구를 가둬놓은 장벽을 열어주시오. 나는 우주의 평원 위로 뛰어올라 별들에까지 날아오르리다. 나의 용기는 무적이라오."

그는 말을 마친 후 나의 존재가 그의 힘을 되살려 놓은 것처럼 새로운 열정을 가지고 작업에 복귀합니다.

노르망디 지방의 수도는 오랫동안 비행선이 출발했던 가장 유명한 곳 중 하나였습니다. 이 도시의 수많은 상점에는 돛보다 더 강력하고 새의 날개보다 더 빠르게 인간을 구름 위로 올려놓는 휘발성 정기로 가득 찬 항아리들이 여전히 남아 있었습니다. 이다마스는 이미 이 항아리들을 광장으로 옮겨놓았습니다. 벌써 항아리에 들었던 가벼운 공기들이 비행선 옆구리로 쏟아져 들어갔고, 비행선은 공중으로 치솟고 싶어 참지 못하겠다는 듯 출렁거렸습니다. 젊은 내게는 너무나 새로운 광경을, 열렬하고도 호기심 많은 눈으로 바라보았습니다. 무엇보다 비행선이 내 시선을 사로잡았지요. 비행선의 선미에는 <나는 세계 일주를 했다>라는 문장이 금박으로 박혀 있었습니다. 측면에는 다양한 사건들이 그려져 있었는데, 그 형상이 현실을 너무나 완벽하게 닮아서 마치 모든 등장인물이 살아 숨 쉬는 것 같았습니다. 이쪽 편에는 대담한 항해사들이 하늘길을 통해 남반구의 바다를 건너 사람이 한 번도 발을 들이지 않은 해변들과 접근 불가능한 산에 내려가 세계의 정복을 완성하는 것이 보였습니다. 저쪽 편에는 공포가 멀리까지 퍼졌던 끔찍한 지진이 도시들을 전복시켜 그 기반을 무너뜨리고, 깊은 구덩이가 사람들을 집어삼키기 위해 사방에서 아가리를 벌리고 있습니다. 사람들은 성난 대지를 피해 평온한 대기 속으로 도망쳤지요. 가운데 부분에는 전쟁 중인 무장 비행선 군단에 의해 하늘이 가려진 것이 보였습니다. 이 광경보다 더 무서운 것은 없었습니다. 새들은 겁에 질려 도망쳤습니다. 전장의 유일한 주인인 전사들은 번쩍이는 낫을 들고 비행선의 곤돌라를 묶어둔 밧줄을 자르거나, 더 사악하게는 날카로운 화살이나 쾌속의 납 고리를 이용해 상대의 비행선에 구멍을 내기 위해 서로 가까이 접근했습니다. 하늘에서 번개가 치듯 병사들이 수천 명씩 떨어져 내렸습니다. 부드러운 나뭇잎들이 그들의 피로 붉게 물들었습니다. 팔딱대는 그들의 사지가 사방으로 흩어져 고요한 농부의 들판과 지붕을 뒤덮었습니다.

내가 비행선에 그려진 사물들을 간신히 구별하게 되었을 즈음 동료들의 출발을 재촉하는 이다마스의 목소리가 들려옵니다. 아내들은 남편을 두 팔로 꼭 껴안은 채 떨어지지 못하고 그들에게 말했습니다. "당신의 부재가 우리에게 어떤 슬픔을 가져다줄까요! 우리는 당신이 어떤 위험에 처하게 될지, 운명이 당신을 어디로 부르는지 알지 못합니다. 따라서 우리는 마음속으로도 당신이 착륙할 해안가를 따라갈 수 없을 겁니다. 모든 것이 우리를 절망에 빠뜨리겠지요. 아, 적어도 우리의 슬픔이 언제 끝날지 알 수만 있다면! 그러나 우리의 이별은 필시 영원한 것이 되겠지요." 이 말을 하는 아내의 얼굴은 눈물로 뒤범벅이 되었고, 흐느낌이 목소리를 잠재웠습니다.

고통스러운 이별의 장면에 가슴이 뭉클해진 나는 마음속에서 나의 동류들에 대해 너무나 다정한 관심을 불러일으키는 열망이 생겨나는 것을 느꼈습니다. 그때 나는 지구의 정령이 한 약속과 하늘이 나를 위해 점지해 둔 특별한 여인을 상기했습니다. 그녀를 알고 싶은 호기심에 나는 이다마스가 남편들과 아내들을 갈라놓고, 남편들과 함께 비행선에 올라타서 출발 신호를 보내는 것을, 그에 맞춰 비행선이 우리를 공기 중으로 들어 올리는 것을 기쁘게 바라봅니다.

세 번째 노래

불덩이 같은 아프리카의 모래사막 위를 걸어가면서 후끈 달아오른 열대지방의 공기를 들이마시느라 입이 마르고 오랫동안 타는 듯한 목마름에 시달렸던 여행자가 있다고 치자. 그런 상태에서 샘물이 졸졸 흘러내리는 소리를 듣는다면, 그는 기쁨으로 몸을 떨면서 샘물을 찾아가 숨이 넘어갈 정도로 꿀꺽꿀꺽 물을 마시리라. 그 물로 세수를 하고 손을 씻고 물속에 첨벙 뛰어들어 물과 한 몸이 되기를 바랄지도 모른다. 그런 식으로 인류의 아버지는 오메가르의 이야기에 열광했고, 그에게 너무 가까이 다가갔기에 그의 몸짓과 움직임 하나하나에 강한 인상을 받았다. 두 눈은 오메가르의 입술에 고정된 채 마치 오메가르가 하는 말을 보려는 것 같았고,

반쯤 벌린 입으로는 그의 말들을 들이마시는 듯했다. 한마디로 온 감각을 동원해 오메가르의 이야기를 듣고 있었다.

인간이 하늘길을 개척했다는 사실을 알게 되자마자 그의 놀라움은 너무도 커서 놀란 기색을 숨기기 위해 모든 노력을 기울인다. 만일 자신의 무지한 질문으로 인해 오메가르가 당황할까 염려되지만 않았다면 이 경이로운 기술에 대해 묻고 또 물었으리라. 그는 자신의 호기심 어린 욕망을 자기 안에 담아둔다. 하지만 제어할 수 없는 충동에 이끌려 이렇게 외친다. "아! 인간의 덕성은 어찌하여 자신들의 재능에 필적하지 못했을까!"

그는 필시 붙들고 싶었을 이 말이 새어 나오는 것을 피하지 못했다. 그는 오메가르의 말을 끊은 것을 후회한다. 그래서 이야기를 이어가자고 청하기 위해 재빨리 입을 다물고, 마치 오메가르가 계속 이야기를 하고 있다는 듯이 귀를 기울이고, 두 눈에 호기심 어린 조바심의 빛을 드러낸다.

노인의 바람을 짐작한 오메가르는 그렇게 자신의 여행 이야기를 다시 시작한다.

우리 비행선의 날개는 우리를 재빨리 구름 속으로 데려갔고, 그곳에서 우리는 한동안 움직이지 않고 가만히 있었습니다. 사방에 가로막힌 우리의 시선은 하늘의 쪽빛도, 우리가 방금 버리고 온 대지도 볼 수가 없었습니다. 이미 팔레모스는 이 불행한 출발을 불길한 전조로 해석했습니다. 우리를 둘러싸고 있던 습하고 어두운 베일이 갑자기 벗겨지자 태양과 궁창의 모습이 되돌아왔고 눈앞에 광대하고 다채로운 수평선이 드러났습니다. 우리는 지치지 않고 이 멋진 광경을 감상했지요. 그때 숨죽이고 있던 바람이 힘차게 일어나 돛을 펄럭이게 하며 우리의 비행선을 파도 한가운데서 해가 지는 방향으로 날아가게 합니다.

마침내 운명의 책을 참조할 때가 왔습니다. 우리는 이다마스 주위에 빙 둘러섭니다. 그는 신성한 존경심을 담아 책을 들어 펼친 다음 첫 문장을 읽습니다. '나는 너희들을 브라질에 있는 태양의 도시로 보낸다.' 조종사가 외칩니다. "방금 일어난 바람이 우리를 그곳으로 데려가는구나." 이다마스가 대답합니다. "같은 신이 항상 우리를 보호하신다네." 이어 그는 이 신성한 책을 계속 읽어 내려가고, 우리는 경건한 침묵을 유지한 채 그의 말을 듣습니다.

'모든 피조물과 마찬가지로 지구는 불멸의 존재가 될 수 없었다. 자연은 지구가 쇠퇴하는 순간을 계산했고 자애로운 어머니처럼 그것을 소생시킬 방법을 준비해두었다. 하지만 지구는 자연이 표지해둔 시간을 앞질러버렸다. 인간들이,

지구가 자신의 품에 안고 먹여 살린 바로 그 자식들이 지구의 축복을 가득 받고 나서는 부모살해를 저지른 것이다. 지구가 너그러운 손으로 내어주었던 풍부한 과실들은 인간의 욕망을 채워주지 못했다. 인간은 지구의 골수부터 시작해 생명의 마지막 구성성분까지를 쥐어 짜내느라 혈안이 되었다. 인간들은 과도한 향락을 즐기다가 자신의 힘을 탕진했고 마침내 활력을 잃어버렸다. 이토록 거대한 불행에 대한 치료법은 딱 하나밖에는 없다. 그것은 오메가르가 자기처럼 생명을 증식시키고 인간들을 영속시킬 힘을 가진 유일한 여인을 만나 결혼하는 것이다. 그 여인은 브라질의 지방에서 살고 있다. 너희들은 내게 복종하는 바람의 날개를 타고 그리로 인도될 것이다. 태양의 도시에 내려앉는 즉시 브라질 제국의 처녀들을 한데 모으도록 하라. 너희들은 내가 행하는 기적의 광채에 비추어 군중들 앞에서 오메가르의 아내를 알아볼 수 있을 것이다. 그 덕분에 의심 많기로는 둘째가라면 서러울 아메리카인들이 너희 뜻에 따르게 될 것이다.'

책에는 이런 말들이 적혀 있었습니다. 이다마스는 경건한 존경심을 담아 책에 입을 맞추고, 우리는 각자 책이 준 희망에 기대어 기쁨에 몸을 내맡깁니다. 오로지 팔레모스만이 기쁨을 나누지 않았습니다. 그가 우리에게 말했지요. "당신들이 안전하다고 생각하다니 참으로 놀랍구려. 결단코 우리보다 더 끔찍한 상황에 부닥친 인간은 본 적이 없소. 당신들의 생명과 자연 전체의 운명이 필멸자인 두 명의 인간 존재에 달려 있다니요. 그것도 둘 중 한 명은 우리가 알지도 못하는 사람이오. 나는 당신들이 하늘의 선물인 양 바라보고 있는 이 책이 적어도 우리가 행할 시도의 성공을 약속해주기를 바랐습니다. 한데 이 책은 끔찍한 신중함으로 당신들과 함께 자신을 닫아버립니다. 나는 심지어 그것을 받아쓰게 한 자가 진짜 신인지도 의심스럽소. 만일 신이라면 어째서 스스로 명명하길 두려워한단 말이오? 친구들이여, 우리를 위협하고 있는 커다란 위험만이 확실할 뿐 우리에겐 나머지 모든 것이 불확실하오."

이 말이 내 동료들의 영혼을 공포에 떨게 했습니다. 그때 처음으로 이다마스가 어떤 사람인지 알게 되었어요. 그가 팔레모스의 불신에 맞서 얼마나 힘차게 일어섰는지요! 그가 말하더군요. "신께서 자네에게 이 여행의 성공을 약속해줄 것을 바란다고 했나? 대체 무슨 권리로 자네가 감히 신께 명을 내리겠다는 건가? 그분이 언제 자신이 가장 아끼는 필멸자들에게 미래 전체를 드러내 보여준 적이 있었던가? 그분은 하늘과 하늘의 예언이 거짓이라고 비난하는 유일한 즐거움을 위해서 인간이 수행하기를 거부하는 자신의 신탁에 대해 그 진리를 타협에 부칠 수도 있었네. 우리에겐 자연의 존엄한 지배자가 우리를 보호하신다는 확신만으로 충분해. 우리 중 누가 그것을 의심할 수 있단 말인가? 팔레모스, 자네 역시도 당신의 뜻을 전하는 신의 말씀을 듣지 않았나? 신께서는 그가 우리에게 알려지기 전에 오메가르의 이름을 그대에게 밝히지 않았나? 그가 동쪽에서 출발해 신탁에 따라 걸어온 길을 알려주지 않았나? 자네는 아마도 그 신탁의 진실성을 확인하기 위해 오메가르를 맞이하러 달려 나갔을 테지. 그가 도착하고, 바로 자네가 우리에게 그를 소개해 줬네. 조종사 없이 빠른 운행으로 우리를 운명이 지시하는 곳으로 인도하는 우리의 비행선을 보게나. 영원하신 분이 그의 안식에서 나오시고 우리 손으로 지구와 인류를 구원하기를 원하신다는 것을 이보다 더 놀라운 어떤 표식으로 판단할 수 있단 말인가!"

팔레모스는 이 연설의 힘에 굴복하고 감히 대꾸하지 못합니다. 자신의 불신을 부끄러워하는 것 같습니다. 이다마스는 우리의 마음에 평온이 다시 깃든 것을 보고는 기꺼이 우리의 눈 앞에 펼쳐진 지방에 사는 사람들이 어떤 존재인지, 풍습은 어떤지, 그들의 역사에서 가장 유명한 특성은 무엇인지 등에 관해 이야기하기 시작합니다. 그는 북쪽에서 한때 영국이 있었지만 바다가 삼켜버린 자리를 보여줍니다. 왼쪽에서 그는 알크메네의 아들[9]이 지구의 마지막 기둥을 놓았다고 믿었던 고대 이베리아를 가리킵니다. 그러나 그는 나타났다가는 금세 사라지고 마는 이러한 사물들에 대해 거의 말을 할 수가 없습니다. 이다마스는 우리 비행선의 속도에 놀랍니다. 벌써 우리는 '낙원의 섬'[10]에 다다르고, 지구에서 가장 높은 산 중 하나인 테네리페의 정상을 알아봅니다. 그 모습에 이다마스는 감동합니다. 참을 수 없는 눈물을 두 손으로 감추려 해봐야 헛수고입니다. 나는 왜 그리 고통스러워하는지 그에게 묻습니다. 그가 나를 두 팔로 안으며 대답합니다. "아! 이 섬들은 내게 지구와 인간들의 가장 아름다운 시절을 상기시킵니다! 인간의 본성이 얼마나 위대한지! 미덕은 어떠한지! 얼마나 멋진 광경인지! 그것을 보았던 사람들은 행복하도다! 우리가 이들과 동일한 인간의 후손이고 그들을 잉태했던

9. 헤라클레스 헤라클레스는 제우스가 암피트리온의 아내인 알크메네와의 사이에서 낳은 아들로 알려져 있다. 알크메네의 남편이 전쟁에 참가하여 집을 비운 틈을 타서 제우스가 전쟁에서 귀향한 남편의 모습으로 변신하여 알크메네를 속여 그녀와 동침하였고 그날 밤 헤라클레스가 수태되었다고 한다.

10. 고대 그리스인들이 소수의 선택받은 자들만이 죽은 뒤에 가서 산다고 생각한 낙원의 섬 엘리시온을 의미한다.

땅에 살고 있다는 것을 누가 믿겠는가! 그들의 탄생을 이 찬란한 번영의 시대로 점지해 두었던 자연의 특혜는 무엇인가? 어째서 운명은 우리를 세기의 끝으로 돌려보낸 것인가?"

이다마스의 말에 나는 지구의 아름다운 시절이 알고 싶어졌고, 그에게 이야기를 들려달라 부탁합니다. "좋습니다."라고 그가 말합니다. "하늘이 당신에게 이 우주를 소생시킬 임무를 맡겼다면, 당신이 새로운 인종의 아버지가 되어야 한다면, 당신은 이 이야기들로부터 선에 대한 사랑과 인류가 지닌 보편적 행복의 진정한 원칙들을 길어낼 것입니다.

자, 이제 우리는 단조로운 수면이 시선을 슬프게 만드는 거대한 바다로 들어서고 있습니다. 이곳에선 사물의 다양성을 즐길 수 없을 겁니다. 이 이야기의 교훈이 여행의 지루함을 달래줄 것입니다."

그가 말을 이었습니다. "역사는 수 세기 동안 인간 정신의 나약함과 열정의 사나움에 대한 통탄할 만한 그림이었습니다. 나를 겸허하게 만드는 진리를 고통스럽게 말하건대, 경험만이 인간의 유일한 이성입니다. 스스로 계몽되었다고 주장하는 수 세기를 거치면서 역병, 지진, 화재보다 더 위험한 격률들이 유익한 진리들 속에 오래도록 자리하게 되었습니다. 그 격률들이 초래한 해악은 설명할 수가 없습니다. 유럽의 모든 제국이 뿌리째 흔들리고 시체로 뒤덮였습니다. 그제야 이 위험한 격률들은 마땅히 받아야 할 공포를 불러일으켰습니다. 그렇게 죽음을 초래한 후에야 독약임이 알려지게 되었던 것입니다.

이토록 큰 재난의 역사는 사람들을 지혜롭게 유지하는 데 도움이 되는 신성한 책이 되었습니다. 해마다 제단의 성직자가 이 책에 담긴 피비린내 나는 장들을 그들에게 읽어 주었습니다. 조상들의 불행을 묘사한 장면에서 그들의 머리카락은 공포로 곤두섰습니다. 일부는 눈물을 펑펑 쏟았고, 다른 일부는 끔찍한 이야기에 겁에 질려 사원의 경내에서 뛰쳐나와 모두 함께 세상을 뒤집어엎은 저 지독한 격률들과 그것을 존중했던 치명적인 천재들을 싸잡아 저주했습니다.

이처럼 잔혹한 경험을 통해 성숙해진 인류는 비약적인 완성의 길로 나아갔습니다. 인간의 모습 아래 신을 숨기고 있지는 않은지 의심하게 만드는 천재성을 지닌 한 사람이 나타났을 때, 인류는 번영의 최고 단계에 도달한 것처럼 보였습니다. 그는 필랑토르라 불렸지요. 그를 앞서간 철학자들은 피로할 만큼 집요한 성찰을 통해 자연의 비밀을 정복했습니다. 필랑토르는 자신이 발명한 것을 찾은 적이 없습니다. 마치 영감을 받은 것처럼 자연을 간파했지요. 모든 철학자는 자연을 가리고 있던 베일을 들어 올렸을 뿐입니다. 필랑토르는 자연의 알몸을 필멸자의 눈앞에 드러냈어요. 철학자들의 발명품은 종종 지구의 안녕에 무익했고, 때로는 치명적이었습니다. 필랑토르의 것은 인류에 대한 혜택이었지요. 그의 천재성은 소멸하는 것이 아니라 노화의 차가움 속에서 커지는 것 같았습니다. 한 세기라는 기간을 넘어선 연후에 그는 자기 자신조차 놀라게 만든 비밀을 발견했습니다. 불을 길들이고, 열기를 없애고, 불꽃을 만져볼 수 있게 만들고, 삼킬 연료를 주지 않고도 그것을 보존하고, 마치 액체처럼 항아리 속에 담는 방법을 알아냈습니다. 지구의 구성 요소 중 가장 무시무시한 것의 주인이 된 그는 순종하는 불꽃의 도움으로 놀라운 일을 해냈습니다. 그는 모든 기술을 단순화하고 창조했으며 마침내 신의 전능을 소유한 것처럼 보였습니다.

매일 그의 삶을 빛내주었던 수많은 발명품 중에서 한 가지만 이야기해도 이 위대한 사람을 당신에게 그려 보이기에 충분할 것입니다. 그는 인간의 생명을 연장하고 노화를 막아 청춘을 되돌려주는 비밀을 찾아냈어요. 이 발견이 그에게 가져다준 벅찬 기쁨 속에서 그는 인류에 대한 거룩한 사랑을 불태우며 이렇게 외쳤습니다. '생명을 얻어 다시 태어나고자 하는 필멸자가 있다면, 그것은 틀림없이 삶의 마지막 날들에

도달한 나, 저항할 수 없는 힘이 조만간 발아래 열린 무덤 속으로 밀어 넣게 될 나일 것이로다. 나는 오늘 그 무덤을 닫는다. 젊음과 열정의 불길이 다시 내 혈관 속을 돌 것이다. 하지만 하늘에 맹세컨대, 내가 최고로 행복한 것은 나의 행복 때문이 아니다. 오, 인간들이여! 오, 형제들이여! 당신들이야말로 오늘 나의 가장 큰 기쁨이다. 그대들이 부모로부터 얼마간의 삶을 받았다면, 이제 내가 그대들에게 불멸을 선사할 것이다.'

그는 환희에 차서 자신의 비밀을 공개할 준비를 했습니다. 그는 사용법을 손쉽게 만들어 그것이 단번에 보편적이고 대중적인 것이 되도록 만들려 했어요. 그때 한 가지 의혹이 그를 고통스럽게 만들어 계획을 중지시켰습니다. 만일 인간에게 수명을 연장할 수 있는 능력을 준다면, 지구가 자신을 뒤덮을 엄청난 인구를 감당할 수 없을까 봐 두려웠던 것입니다. 그는 고독 속에 자신을 가두고, 인간들과의 교류를 모두 끊은 채 자연의 힘을 계산했습니다. 사람들 말로는 이 일을 마치고 나서 그는 창조주 앞에 엎드려 인간의 목숨에 이렇게 짧은 한계를 둔 것에 감사를 드렸다고 합니다. 그는 인간의 삶의 기한이 지구의 크기와 그곳에 거주하는 사람들의 생식력에 따라 영원하신 분에 의해 규제된다는 것을 인식했습니다. 만일 이러한 질서가 어지럽혀지고, 인간들이 그들의 젊음을 배가하게 된다면, 지구는 더 이상 오로지 생존을 위해 서로의 멱을 따고 말게 될, 너무 많은 인간의 자식을 품을 수 없게 될 것이라는 사실도 말입니다. 필랑토르는 그 결과가 매우 비참한 것이 될 이 비밀을 함구하겠다고 맹세했습니다. 그는 가장 소중한 희망이 배반당한 것을 보는 고통에 몹시 괴로워하며 창백한 낯빛으로 은거지에서 나옵니다. 그는 자신의 작업을, 자기 천재성의 가장 탁월한 결실을 포기합니다. 동시대 사람들과 같은 행복을 공유할 수 없다면, 그 역시도 더는 늙음을 벗어 던지고 싶지 않습니다. 죽을 날이 오기만을 바라며 그는 치명적인 무기력에 빠져듭니다. 고통의 침상에 누워 마지막 숨을 쉴 준비가 된 그는, 자신의 비밀이 인류에게 유익하게 사용될 수 있는 방법을 찾았다고 생각합니다. 이 단 하나의 희망이 즉시 그의 건강을 회복시킵니다. 무덤의 문턱에서 돌아온 필랑토로는 '낙원의 섬'을 소유한 군주로부터 그것을 얻어내어 그곳에 사원을 세우고, 그 주변을 약 15큐빗[11] 높이의 삼중 벽으로 둘러싼 다음 청동 문을 만들어

11. 큐빗(cubit, 프랑스어로는 coudée)은 고대 서양 및 근동 지방에서 쓰이던 길이의 단위로, 팔꿈치에서 가운뎃손가락 끝까지의 길이에 해당한다. 시대와 지역에 따라 그 길이가 조금씩 다르긴 했지만 대략 50㎝를 1큐빗으로 사용했다. 따라서 15큐빗은

닫습니다. 이 작업을 마친 필랑토로는 노인들을 회생시키는 불을 황금 항아리에 압축해 담고, 모든 왕의 대사를 테네리페, 아니 그가 이름을 바꿔 '청춘의 섬'이라 부르게 한 곳으로 불러들입니다.

필랑토르라는 이름만으로 왕들은 그의 계획에 대해 알아볼 생각조차 하지 않고 대사의 출발을 명했습니다. 당신이 바라보는 이 바다가 그들이 타고 온 배들로 뒤덮였지요. 청춘의 섬은 넘쳐나는 구경꾼들을 간신히 수용할 수 있었습니다. 모든 기후대의 지역에서 몰려든 사람들이 그곳에 세운 천막은 엄청난 수와 다채로운 색상으로 장관을 이루었습니다. 마침내 위대한 인간 필랑토르가 견해를 밝히기로 정해놓은 날이 도래하자 이를 알리기 위해 열광적인 폭죽 소리가 모든 정박한 배들에서 천둥처럼 터져 나왔습니다. 대사들이 한데 모여 악기 소리에 맞춰 사원으로 행진하고 엄청난 인파가 뒤따릅니다. 오! 인간의 역사에서 영원히 기억될, 그리고 결코 소멸할 수 없는 순간들이여! 사원의 연단에 앉은 필랑토르는 옆에 항아리를 둔 채 왕의 대표자들을 기다리고 있었습니다. 그들이 도착하자마자 그는 성량이 풍부하고 목소리가

••

약 7.5m가 된다.

듣기 좋은 청년의 손에 연설문을 넘겨주고 발표하게 합니다.

그는 이 존귀한 노인의 이름으로 말합니다. '오, 여러분, 하늘이 한 인간을 불행에 바치려고 했을 때 하늘은 그를 위대한 사람으로 만들었습니다! 영광보다는 행복을 택한 현자는 이 운명을 거부하고 천재성을 숨겼지요. 일생 동안 위인들에게 폭군이었던 사회는 위인이 죽은 후에 올림포스에 안장하는 것으로 그들에 대한 빚을 갚았다고 생각했습니다. 그들을 신격화하기만 하면 되는 손쉬운 보상이었던 게지요. 공정해지는 것으로 시작합시다. 인정합시다. 지상의 빚을 변제할 책임을 하늘에 떠넘기지 맙시다. 내가 섬의 소유주인 군주의 자비에 빚진 이 섬, 두 세계 사이에 있는 이 섬을 인류에게 양도합니다. 이 섬은 지상 모든 제국의 대사들을 불러 모으기에 적합합니다. 여기에서 나는 위대한 사람들에게 그들의 야망에 합당한 보상을 내리도록 모두에게 요청합니다. 시선을 돌려 가장 작은 불꽃 하나만으로 가장 노쇠한 늙은이를 젊어지게 하는 데 충분한 불덩이가 담긴 이 황금 항아리를 보시오. 미덕으로 장식된 천재에게 이 상을 수여하시오. 하지만 위대한 재능이나 일시적인 광채를 지닌 행동만으로는 이 상을 받을 자격이 충분치 않소. 필생의 작업이 필요하오. 절대로 대체될 수 없을 만큼 희귀한 장점 말이오.

이 항아리는 소진될 것이오. 신세계의 모든 재물보다 그 안에 담긴 불꽃을 더욱 아끼도록 하시오. 오, 여러분! 여러분에게는 그들의 과업과 미덕에 대한 명성으로 이 땅을 가득 채우는 노인들이 있소! 그들을 위협하는 죽음을 막기 위해 서두르시오. 그들은 하늘이 지구에 좀처럼 하사하지 않는 사람들이오. 그들을 여러분 곁에 소중히 간직하면서 여러분 자신에게도 관대해지시오. 저명한 내 동시대인들이 여러분을 위해 삶의 행로로 다시 되돌아오는 것을 본다면 나는 만족스럽게 죽을 것이오.' 필랑토르의 연설이 진행되는 동안, 그리고 그 이후에도 놀라움이 꽤 오랫동안 거기 모인 군중의 움직임을 멈추게 했습니다. 그들은 미동조차 없이 마치 한 몸이 된 듯했지요. 먼저 침묵을 깬 것은 인도의 사절이었습니다. 그는 이렇게 외쳤지요. '네, 만일 가능하다면 불멸로 만들어야 할 노인이 한 명 있습니다. 그 노인은 바로 당신이에요. 이 사원을 떠나기 전에 지금 당장 우리 눈앞에서 당신이 젊은 날의 광채를 되찾기를 바랍니다.' 그에 화답하여 모든 사절이 대답했습니다. '맞습니다. 우리도 그것을 원합니다.'

겸손한 필랑토르는 자신이 사람들의 인정을 받는 첫 번째 대상이 될 것이라고 예상하지 못했습니다. 이구동성의 외침, 모든 마음의 급속한 폭발, 그를 향해 뻗은 팔들, 이 감동적인 광경에 그는 너무나 감격했습니다. 그는 거의 꺼져가는 목소리로 '내가 죽는구나.'라고 말합니다. 곧바로 그의 눈이 감깁니다. 그가 마지막 숨을 거두었다고들 합니다. 모든 영혼이 동요하고 사원은 고통과 공포가 뒤섞인 웅성거림으로 울려 퍼집니다. 놀란 무리의 한가운데서 한 프랑스 젊은이가 길을 열고 연단 앞으로 달려가더니 황금 항아리에서 재생의 불을 꺼내 필랑토르의 입술에 갖다 댑니다. 이 자비로운 불꽃을 가슴 속에 받아들이자마자 그는 몸을 뒤척이고 빛에 눈을 뜨고는 걱정하는 군중을 안심시키려는 듯 미소를 짓습니다. 이 갑작스러운 변화에 감탄하는 사이, 아! 더욱더 놀라운 경이여! 어깨 위로 흩어진 필랑토르의 머리칼이 검게 변하고, 주름이 사라지고, 남성적 활력이 그의 모든 모습에 살아 숨 쉽니다. 그가 일어섭니다. 장엄하면서도 단호한 그의 움직임에는 우아함과 힘이 결합해 있습니다. 그가 말을 시작하자 다정하고 청량한 음성의 억양은 열정의 불이 그의 마음에서 부활했음을 알립니다.

황금 항아리는 사원의 성소에 놓였고, 용기와 순결함의 시험을 통과한 천 명의 젊은이들의 보호 아래 맡겨졌습니다. 그날 이후로 천재성과 미덕은 이 섬에서 그들의 선행에 대한 보상을 받았습니다. 그 보상을 얻기 위해서는 거의 인류 전체의 동의가 필요했습니다. 때로는 너무 가혹하게도 그것을 받을 자격이 있는 사람들에게 이 신격화의 영광이 거부되었습니다. 그들은 철야와 노력으로 탈진한 채 사원의 문턱에서 숨을 거두었지요. 열방은 그들을 잃은 후에야 자신의 엄격함을 뉘우쳤습니다. 떠나버린 위인들의 명예를 회복하고, 그들의 영광을 더하게 하는 때늦은 회한이었지요.

어쨌든 필랑토르의 제도는 경이로운 효과를 가져왔습니다. 이 보상을 받을 자격을 갖추기 위해 인류가 행한 작업은 감히 믿을 수가 없습니다. 그들이 세워 올린 건물들은 너무나 아름다워서 상상력의 욕망을 충족시키고, 때로는 그것이 인간의 손에서 나온 것이 맞는지 의심할 정도입니다. 그 어느 것도 찬란한 사회에, 완벽한 기술에, 그리고 덕성스러운 인류에 비할 것이 없었습니다. 이 위대함은 모든 국가, 모든 세기에 공통적이었습니다. 이 시대의 역사를 읽으면, 더 이상 인간의 모습에서 인간을 찾을 수가 없습니다. 마치 더 완벽한 존재들이 지구에 거주하러 왔었던 것만 같습니다. 그들은 천재성과 미덕의 거인과 같았습니다. 그토록 높은 수준의 영광과 행복에 도달한 지구는 곧 인류와 공통된 운명을 겪게 되었습니다. 인간이 심신의 완성에 이르자 그들을 추동했던 불길이 약해집니다. 곧 늙음과 죽음의 차가움이 뒤를 잇습니다. 그리하여 가장 행복한 인구로 뒤덮이고 두 번째 에덴동산이 되었던 지구는 그 비옥함을 잃어가기 시작했습니다. 공포에 질린 인간들은 임박한 파괴로부터 그들의 거처를 구할 것만을 생각했지요. 그들은 기술 발전을 위한 노력을 극도로 밀어붙여서 마침내 공기 중에 흩어져 있던 열을 모아 얼어붙은 대지 위로 집중시키고, 고갈된 대지에 활력을 소생시키고, 먼지를 비옥하게 만드는 방법을 알아냈습니다. 시간과 죽음의 참화에 맞선 이러한 기술적 투쟁은, 가장 끔찍한 사건이 일어나 사람들을 낙담시키고 그들의 모든 노력을 수포로 돌아가게 하지 않았다면, 필시 지구의 날들을 연장했을 것입니다.

낮의 항성이 막 운행을 멈추었습니다. 새벽보다 더 선명한 광채가 동쪽에서 빛나고, 밤이 깊어감에 따라 소멸하기는커녕 점점 커지고 마치 불 보자기를 덮은 듯 궁창에 퍼집니다. 대지는 하늘의 광채를 반사합니다. 자연 전체가, 공기와 구름이, 식물이, 동물이, 인간이 화염에 휩싸인 것 같았습니다. 사람들은 새로운 태양이 지평선 위로 떠오를 것이라고, 아니면 전 우주가 작렬하는 대재앙의 날이 이미 도래했다고 믿었습니다. 한데 이런 끔찍한 광경을 야기한 것은 달의 접근이었습니다. 달은 피투성이가 되어 커다랗게 입을 벌린 모양으로 떠오릅니다. 벌어진 틈 사이로 불줄기가 폭포수처럼 뿜어져

나왔습니다. 이 광경을 보고 겁에 질린 짐승들은 무섭게 울부짖고, 사람들은 모두 몸을 떨며 죽음을 기다리고 얼굴을 땅에 묻습니다. 단 한 명의 철학자만이 용기를 가지고 이 소름 끼치는 현상을 사유했습니다. 차분한 눈으로 그것을 살핀 후에 그는 거대한 화산이 달을 집어삼켰다고 말합니다. 그는 이 화재를 관찰하고 그 지속시간을 계산합니다. 마침내 그는 사람들에게 하늘이 평온을 되찾았지만 더 이상 거기서 밤의 행성을 찾을 수는 없다고, 그것은 방금 사라졌으며, 카오스의 혼돈으로 되돌아간 달의 잔재들은 거기서 되살아나 새로운 지구의 구성 요소가 될 것이라고 알립니다."

오메가르가 이다마스의 이야기를 전하는 동안 아담은 놀라서 어쩔 줄을 모른다. 그는 갑자기 오메가르의 말을 중단시키고 이렇게 말한다. "뭐라고! 달이 사라졌다고! 내 눈은 그것을 볼 수 없으리." 인간의 아버지가 하는 말에 오메가르와 시데리는 걱정스러우면서도 호기심이 넘치는 시선을 그에게 던진다. 그들은 다시 아담을 탐문한다. 오메가르가 아담에게 말한다. "어르신이 어떻게 이 행성을 아십니까? 오래전부터 그것은 존재하지 않습니다." 오메가르의 이 말에 아담은 격한 동작으로 일어선다. 그러고는 마치 밤의 행성이 거기 있는 듯 이런 연설을 하는 것이다. "아! 내가 하늘처럼 불멸이라 믿었던 그대여, 내가 더 오래 살아남아 그대의 남은 재를 두고 눈물을 흘려야 했던 거로군요. 아! 그대를 다시 볼 수 있었다면 얼마나 반가웠을까. 그대는 내 가장 행복한 시절의 목격자였소. 나는 그 시절을 비춰주던 그대의 은은한 빛을 사랑했다오. 그대가 내게 그 시절을 상기시켜 주었을 텐데. 아! 의심의 여지가 없도다. 내 존재의 모든 순간이 파괴되는구나."

최초의 인간은 이런 말들로 고통을 토로한 후에 깊은 상념 속에 잠겨 있다가 오메가르와 시데리에게 눈길을 던지고서야 거기서 빠져나온다. 그는 두 사람의 놀란 얼굴에서 자기가 저지른 경솔함을 읽어내고, 자신을 책망한다. 흥분 상태에서 너무 많은 말을 한 것은 아닌지 두려워하면서 그들의 의심을 없애기 위해 모든 노력을 기울인다. 아담은 그들 이야기의 결말을 알게 되는 즉시 자신이 누구인지 알리겠다고 약속한다. 그가 말한다. "그러면 당신들은 나도 모르게 새어 나온 이 말들을 이해하게 될 것이오."

최초의 인간이 해준 약속에 힘입은 오메가르는 이다마스의 이야기를 재개한다.

"지구가 달이라는 수호 행성을 잃어버리자마자 지구의 쇠퇴는 훨씬 더 빨라졌습니다. 그 쇠퇴를 늦추기 위해 기술이 발명했던 다양한 방책들은 무력한 것이 되었지요. 인간들은 그들의 땀으로 적신 들판이 메마른 가시덤불조차 생산해내길 거부하는 걸 보고 낙담했습니다. 분노한 이들은 농기구를 부숴버렸고, 절망에 빠진 다른 이들은 죽음을 청했습니다. 사람들은 적대적인 눈길로 서로를 바라보기 시작했습니다. 법은 더 이상 살인과 강도질을 멈출 수 없었습니다. 심지어는 추악한 서약으로 동맹을 맺은 몇몇 지도자들이 인류의 일부를 말살하려는 잔혹한 계획을 세웠다는 소문도 돌았습니다. 단검들이 준비되었지요. 이 끔찍한 학살을 그 어둠으로 뒤덮을 밤이 막 시작될 찰나였습니다.

프랑스 제국 태생의 성직자 오르뮈스가 이 폭풍을 물리쳤습니다. 하늘은 필시 이 마지막 몇 세기를 위해 담대하면서도 지적으로 풍요로운 천재를 예비해 두었던 게지요. 극한의 악 속에서도 그는 불행보다 더 큰 자원으로 사람들을 놀라게 했습니다. 자원이 부족했을 때 인류에게는 절망만이 남아 있었지요.

그는 사람들에게 강에 새로운 길을 내고 강바닥을 점유해서 쟁기를 가지고 드러난 땅을 경작할 것을 제안했습니다. 그가 말합니다. '거기에선 인류의 첫 자식들이 씨를 뿌렸을 때처럼 아무도 손대지 않은 새로운 땅이 여러분을 기다리고 있소. 태초부터 하천의 물길로 퇴적된 진흙을 양분 삼은 땅은 너무나 비옥해서 여러분의 수확물은 그 아름다움에 있어 나일강이 이집트에 준 수확물을 능가하게 될 것이오. 물론 그것이 결코 여러분의 필요에 충분하지는 않을 것이오. 그러나 이 고통스러운 작업에도 불구하고 여러분의 용기가 흔들리지 않는다면, 여러분이 인내심을 가지고 이 작업을 완수한다면, 오늘 하늘이 보는 앞에서 여러분에게 약속하는 바, 가장 찬란했던 시절의 지구보다 더 위대하고 더 풍요롭고 더 부유한 새로운 세상으로 내가 여러분을 인도할 것이오.'

사람들은 오르뮈스의 말을 믿습니다. 일하고 또 일한 끝에 그들은 론강, 센강, 다뉴브강, 갠지스강, 인더스강, 돈강의 물길을 돌립니다. 그들은 모든 강이 자신들의 손으로 파놓은 수로 속으로 흐르도록 만들고, 그 즉시 강들이 버리고 간 땅을 경작합니다. 황금빛 수확물이 되돌아와 사람들의 눈을 즐겁게 했고, 사람들은 저마다 오르뮈스에게 축복의 말을 던졌습니다. 이 위대한 사람이 대중의 인정이 담긴 이러한 증언에 고무되어 감히 더 방대하고, 너무 대담해서 지금까지도 내 마음을 놀라게 하는 계획을 발표했던 것이 바로 그때입니다. 그가 사람들에게 말합니다. '강과 연못, 호수를 비옥한 들판으로 바꾼 것만으로는 충분하지 않습니다. 그대들은 더 많은 자원이 필요합니다. 나는 여러분에게 새로운 세상을 약속했습니다. 나는 여러분에게 그것을 주러 온 것입니다. 나와 함께 대양을 정복합시다. 대양의 파도를 우리에게서 멀리 밀어냅시다. 대양이 남쪽의 땅이나 우리가 살고 있는 대륙에서 피난처를 찾도록 강제하고, 대양이 차지한 자리를 점유합시다. 나는 이 사업의 위험을 여러분에게 숨기고 싶지는 않습니다. 위험은 엄청나지요. 만일 끔찍하고 맹렬한 파도를 제어할 기술이 없다면, 파도가 여러분을 집어삼킬 것입니다. 그렇다고 우리가 위협받는 기근의 공포가 바다의 분노보다 덜 두려운 것입니까? 나라면 우리를 구할 수 있는 위험을 택하렵니다.'

이 계획에 관한 생각만으로도 모든 사람이 두려움에 휩싸였습니다. 그들은 그때까지 종교적인 존경심을 가지고 바다를 바라보았습니다. 그들은 신께서 친히 정하신 바다의 한계를 뒤로 미는 것은 허용되지 않고, 만일 인간의 손이 감히 그것을 건드린다면 신의 분노가 낳은 모든 재앙을 두려워해야 할 거로 생각했지요. 오르뮈스가 그들에게 자신의 대담함을 불어넣는 일은 어려움이 없지 않았습니다. 그는 그들에게 말했지요. '영원한 주께서 바다에 신성한 경계를 둘렀다고 믿는 당신들의 잘못은 대체 무엇입니까! 매일 보잘것없는 사건 하나가 그 경계를 움직인다오. 지진, 산의 붕괴, 폭우,

화산 폭발 같은 것들 말이오. 군주들이 왕국의 영토를 늘리기 위해 해저를 좁혔는데도 하늘이 이런 남용에 대해 복수를 하지 않았던 적이 대체 얼마나 여러 번입니까! 아! 하늘의 분노를 두려워하기는커녕 나는 오히려 하늘이 우리의 노력을 지지할 것이고, 하늘이 그 파멸을 원치 않는 인류를 보존하기 위해 내게 이 계획을 불어넣는 거로 생각합니다. 마지막으로 지구는 여러분의 것입니다. 여러분은 신에게서 그것을 받았습니다. 그것은 신의 손에서 온 선물입니다. 여러분은 여러분의 필요와 쾌락을 위해 산을 무너뜨리고, 계곡을 메우고, 지구의 배 속 창자까지 비워낼 수 있습니다. 여러분은 이미 강의 흐름을 변경했소. 할 수 있다면 바닷물을 해저에서 쫓아내시오. 바다는 강들처럼 여러분의 지배 아래 있다오. 옛것의 잔해 위에 새로운 세계를 창조하시오.'

이 유명한 정복 계획을 세우고 지휘했던 사람은 오르뮈스였습니다. 한편으로는 강력한 화약을 폭파해 이 세상만큼 오래된 암석과 꼭대기가 구름에 가려진 산을 도처로 날려버리고 거대한 저수조를 파서 바다에 손쉬운 안식처를 준비했지요. 다른 한편으로는 제방을 건설했는데, 그 전문적인 구조가 그의 천재성을 증명합니다. 전차처럼 움직이고 그만큼 운전하기도 쉬운 이 둑들은 인솔자의 뜻에 따라 내려가기도

하고 천 큐빗약 500m의 높이까지 올라갈 수도 있었습니다. 이 기계들 덕분에 그가 바다를 정복하겠다고 주장했던 것입니다. 마치 자신이 창조한 것처럼 지구를 잘 알고 있던 오르뮈스는 벌써 바다가 퇴각하면서 어느 길을 따를 것인지 말해주었습니다. 그가 말하더군요. 처음에 바다는 마치 불굴의 야생마가 그렇듯 자신을 노예로 만들려는 손에 저항할 것입니다. 파도는 제방에 맞서 싸우고 그것을 무너뜨리기 위해 얼마나 맹렬하게, 얼마나 크게 울부짖으며 달려들까요. 헛되이 몸부림치며 자신을 괴롭힌 후에 마지못해 인간 앞에서 뒷걸음질치게 된 바다는 자신의 몰락을 숨기고 자신이 길을 열어준 땅 위로 분노의 거품을 쏟아낼 것입니다. 이어 오르뮈스는 자신이 어떤 경로를 통해 바다를 우리의 대륙으로 인도할 것인지 말했어요. 그 결과 우리의 광산과 채석장이 만들어놓은 구멍이 바닷물로 가득 채워지고 언젠가는 항해자들에게 바닥이 깊은 심연이 될 것이라면서요.

오르뮈스는 계획의 성공에 대해 한 치의 의심도 없었습니다. 그는 단지 힘든 노동에서 계속 되살아나는 피로 때문에 낙담한 사람들에게 버림받는 것이 두려웠습니다. 그는 연설로 그들의 용기를 북돋아 주는 것을 결코 멈추지 않았습니다. 그가 사람들에게 말했습니다. '나는 여러분에게 바다가 품속에 감추고 있는 재물에 대해 말하는 것이 아닙니다. 그 품에서는 셀 수 없이 많은 세월 동안 금과 은이, 대리석과 보석들이 침묵 속에서 만들어지고 있습니다. 여러분은 거기서 더 바람직한 재물을, 다시 말해 여러분이 내려갔던 강의 바닥보다 훨씬 더 비옥한 땅을 발견하게 될 것입니다. 여러분의 씨앗만으로 그 땅은 옥토가 될 것입니다. 넘치는 수확물에 대비하고 그것을 거둬들이는 것, 자, 농부의 모든 일이 그러할 것입니다. 오, 행운의 날이여! 그토록 많은 뱃사람이 재물과 함께 물에 빠져 죽은 그 자리에 여러분은 행복과 평화의 상징인 올리브나무, 늘 푸른 오렌지 나무, 향기를 품은 관목, 달콤한 넥타르를 생산하는 포도나무를 심을 것입니다. 최초의 인류는 꽃과 관목으로 뒤덮인 세상을 받았습니다. 여러분은 여러분의 세상을 창조하는 영광을 누리게 될 것이며, 당신의 자손들은 당신에게 모든 것을 빚지게 될 것입니다. 그들이 발로 밟게 될 땅과 그 땅을 그늘로 가려줄 나무와 당신의 손으로 아름답게 만들 장식물 모두를 말입니다.'

사람들은 오르뮈스의 이 연설에서 새로운 열정을 길어냈습니다. 한국의 해안가에서 노르웨이의 해안가에 이르기까지 망치 소리가 지칠 줄 모르고 울려 퍼졌습니다. 제방은 진전되고 있었고, 오르뮈스는 해저의 땅에 첫발을 내딛는

데 오 년 이상을 요구하지 않았습니다."

"아!" 이다마스가 더 생생한 어조로 말을 이었으니, "나는 오르뮈스의 이 계획을 생각할 때마다 그 계획의 대담함과 그토록 오랜 노동에도 지치지 않았던 사람들의 인내에 감탄하게 됩니다. 내가 바다 기슭을 따라 걸을 때, 여전히 그 기슭을 덮고 있는 작업장과 여기저기 흩어진 채 그것들을 하나로 모으는 손길만을 기다리고 있는 제방을 보게 될 때, 나는 더 이상 내 고통의 주인이 아니고, 두 눈엔 눈물이 가득 차오릅니다. 만일 오르뮈스가 이 정복을 다시 시작하기 위해 한 인간의 희생이 필요하다면, 나는 지금 당장 피를 흘리고, 우리에게 약속된 봄과 오메가르에게서 태어날 다음 세대를 보는 희망을 포기할 거요. 만인이 힘을 합쳐 자연 요소 가운데 가장 길들일 수 없는 것의 이 거대한 더미에 정면으로 맞서 싸우는 모습보다 더 멋진 광경이 어디에 있겠소! 그래요, 나는 그 순간 하늘이 열려 이 숭고한 광경을 목격했고, 인류가 이 전투에서 승리자가 되든 패하여 굴복하든 간에, 성공도 패배도 모두 인류를 영광으로 채워주었다고 믿습니다."

이다마스는 너무나 감동한 나머지 간신히 이 마지막 말들을 토해냈어요. 목소리는 변했고 두 눈은 촉촉하게 젖었으며 얼굴의 모든 표정이 영혼이 느끼는 동요를 표현했습니다. 그는 한동안 침묵을 지켰고, 우리는 그의 감정을 공유했습니다. 우리에겐 즐거운 휴식이었습니다. 하지만 곧 어떤 이유가 오르뮈스의 시도를 막았는지 알고 싶은 마음에 조급해진 나머지 우리는 그에게 이야기를 마저 해달라고 졸랐고, 그는 다음과 같이 말을 이어갔지요.

"친애하는 오메가르여!" 이다마스가 내게 말을 건네며 이야기를 재개합니다. "언젠가 그대의 자손이 어쩌면 오르뮈스의 계획을 좀 더 나은 조건 아래 수행할 수도 있겠네요. 어쨌든 인간의 신중함으로 예측하거나 극복할 수 없는 장애물이 그것을 포기하게 했습니다. 혼인한 사람들이 불임이 되었답니다. 대도시 하나에서 일 년에 열 명도 안 되는 아이가 태어나자 사람들은 오르뮈스에 대해 불평하기 시작했습니다. 그들이 말하길, '우리는 후손이 부족하고, 우리 뒤를 이을 아이들은 서로에게 해를 끼칠 만큼 많지 않을 것이오. 우리가 인구로 채울 수도 없는 새로운 우주가 뭣 때문에 필요합니까! 이제는 쓸모없는 이 작업을 그만둡시다. 오르뮈스가 대양의 정복을 원한다면 혼자 계속하라고 하시오. 오늘날 그가 정복을 바라는 이유는 오로지 자기 이름을 불멸화하기 위해서요. 그는 우리가 지독하게 고된 피로에 짓눌려 죽게 되는 건

아닌지 묻지 않아요. 그는 자신의 영광을 위해 우리를 제물로 바치고 있습니다!'

오르뮈스는 이러한 불평을 가라앉힐 필요도 없었습니다. 가장 뜻밖의 사건이 한순간에 모든 작업을 중단시켰고, 영원히 멈추게 했습니다. 태양이 갑자기 노화 징후를 보였어요. 표면이 창백해졌고 광선은 차가워졌습니다. 지구의 북쪽은 멸망을 두려워해야 했고, 그곳 주민들은 서둘러 날이 갈수록 추워지는 기후대를 떠났습니다. 그들은 재산을 챙겨 열대지방으로 향했고 태양의 시선 아래로 몰려듭니다.

가장 많은 시설이 브라질에 건설되었습니다. 북쪽에는 차고 짙은 매서운 안개에 익숙해진 건장하고 태평한 사람들 몇 명만이 남았습니다. 오르뮈스도 비행선이 우리를 데려가는 태양의 도시로 피신했습니다. 아! 이 위대한 인물이 아직 살아 있다면, 하늘에 어떤 감사의 인사를 드려야 할까! 그와의 대화에서 얼마나 많은 빛을 끌어내고, 과학과 천재성을 통해 얻고자 했던 자연의 부활이 다가온다는 희소식을 전하며 그의 맘속에 얼마나 큰 기쁨을 불어넣게 될까!

태양의 도시는 열렬한 환영으로 그를 맞이했고, 그는 곧 도시의 은인이 되었습니다. 겨울이 브라질 땅 위로 들어오더니 평야를 창백하게 만들고 강물의 움직임을 멈춰버렸습니다. 강물은 더 이상 흐르지 않는다는 사실에 스스로 놀란 것 같았지요. 그때 저명한 오르뮈스가 사람들에게 순식간에 얼음덩어리를 녹이는 유용한 기술을 가르쳤습니다. 이에 감읍한 민족들은 그들이 천재에게 수여하는 상을 그가 받을 자격이 있다고 선언했지만 오르뮈스는 그것을 거부하려 했습니다. 그가 말했지요. '지구가 마지막 시간에 가까워지고 있는데, 내 삶의 날들을 연장하는 것은 나를 지구 멸망의 불행한 증인으로 삼길 바라는 것이오. 내 삶을 끝내게 해주시오. 오르뮈스는 충분히 살지 않았소?' 그러나 그는 백성들의 만장일치의 바람을 거스를 수 없었습니다. 모든 왕의 대리인들이 청춘의 섬에 모였을 때 나는 막 유년기를 벗어나고 있었습니다. 오르뮈스를 끝으로 황금 항아리가 소진되었습니다. 그리하여 우리는 만물의 마지막에 이른 것이지요.

나는 그날 이후로 브라질의 운명이 어떻게 되었는지 모릅니다. 하지만 이 제국에 인류를 영속시킬 수 있는 여성이 단 한 명뿐이란 것이 사실이라면, 이곳 기후도 큰 변화를 겪었고 그들의 운명도 우리의 운명보다 덜 비참하지는 않을 겁니다."

이 말끝에 조종사가 이다마스의 말을 중단시켰습니다. 그는 바람이 멈췄고, 미풍조차 그 부드러운 숨을 멈추고 있으며, 고요에 놀란 우리 비행선이 움직이지 않는다고 알려왔습니다.

짙은 구름에 휩싸인 우리는 지구의 어느 지점에 도달했는지를 모르고 있었습니다. 팔레모스는 우리와 대지 사이의 거리가 아직도 멀고, 우리가 여전히 바다 위에 떠 있고, 바람이 다시 돌아올 때까지 기다려야 한다고 믿고 있습니다. 그러자 이다마스가 용감하게 말합니다. “하늘이 우리를 이끌었다면 방금 태양의 도시 위에서 우리를 멈춘 것이라 감히 단언하겠소. 비행선의 하강을 명하오. 만일 내가 틀렸다면 우리는 바다에 빠져 죽을 것이고, 우리의 두려움도 같이 끝날 것이오.”

창백하게 질린 조종사는 몸을 떨며 이다마스의 명령에 복종합니다. 그는 출구를 열어 돛을 부풀어 오르게 했던 휘발성 정기를 빼냅니다. 잠시 후 우리는 웅장한 건물들로 둘러싸인 큰 광장에 내립니다. 팔레모스는 광장을 장식한 다양한 상징을 보고 우리가 태양의 도시에 착륙했다는 것을 확인했습니다. 우리의 기쁨을 그려 보이는 것은 내겐 불가능한 일입니다. 우리가 내지른 헤아릴 수 없는 기쁨의 함성이 대기에 울려 퍼졌습니다. 아, 슬프도다! 기쁨은 잠시뿐이었습니다. 우리는 이 도시가 통과시켰던 법, 다시 말해 모든 외국인을 사형에 처한다는 잔인한 법을 알지 못했습니다.

네 번째 노래

프랑스인들이 착륙하는 광경, 그리고 대기를 가득 채운 우리의 함성에 태양의 도시 주민들은 무장을 한 채 광장으로 달려 나와 사나운 시선을 던지며 우리를 둘러쌉니다. 그런 다음 외폴리스라는 이름의 지도자 한 명이 다가오더니 우리에게 이렇게 말합니다. "모든 외국인을 극형에 처하기로 한 도시에 접근하다니 그대들의 무모함이 극에 달했소. 만일 이 법을 알았다면 방금 체포 명령을 들은 것이고, 만일 몰랐다면 즉각 떠나시오. 잠시라도 지체할 경우 죽음으로 벌해질 것이오." 사람들은 외폴리스의 말에 박수를 보내고, 함성과 위협적인 몸짓으로 우리를 겁주려 합니다.

이다마스는 시선을 낮추고 평온한 얼굴을 한 채 이러한

광분에 침묵으로 맞섭니다. 그는 파도가 부딪쳐 부서지는 바위처럼 움직이지 않고 사람들이 화를 내다 지쳐 스스로 진정되기를 기다립니다. 그다음에 외폴리스 앞으로 걸어 나가더니 침착하게 용기를 내어 이렇게 말합니다. "우리는 프랑스 민족의 마지막 자손들입니다. 바다의 장벽으로 그대들과 분리된 탓에 이 제국의 법칙은 우리에게 알려지지 않았습니다. 원한다면 우리를 죽이시오. 하지만 우리를 제물로 바치기 전에 당신들이 당신들의 동류에게 어찌 그리 야만적인 법을 적용했는지 그 연유나 좀 알려주시오."

"필요 때문이오." 외폴리스가 분노로 이글거리는 시선을 던지며 대답합니다. "하늘에 대고 우리의 수확물을 돌려달라고 말하시오. 땅에 대고 우리 손이 맡긴 씨앗을 삼키지 말라고 말하시오. 우리의 땀과 피가 이 대지를 비옥하게 만들도록 해보시오. 그러면 이 벽은 우리가 형제처럼 소중히 여기는 모든 인간에게 활짝 열릴 것이오."

그러자 유덕한 이다마스가 말을 잇습니다. "만일 그대들의 마음이 그러하다면 당신들이 제정한 잔인한 법을 폐기하시오. 그대들의 고통에 끝이 다가왔소. 대지는 다시금 비옥해질 것이고, 수많은 세대가 그곳에 거주하게 될 것이오. 신께서 친히 우리에게 그것을 계시하셨소. 우리는 그분의 목소리에 따라 조국을 떠나 이렇게 먼 바닷가로 그대들을 찾아왔고, 이토록 기쁜 소식으로 그대들을 위로하고자 한 것이오. 그런데도 당신들은 해방자의 목을 치기를 바라오?"

외폴리스가 말합니다. "누가 당신의 말이 참된 것이라고 대답하겠소? 당신은 사기꾼들의 용모도, 그들의 언어도 지니지 않았소만, 나는 사기꾼 못지않게 쉽게 믿는 자들을 두려워하오. 거짓 희망이 당신을 속이지 않았다는 것을 내가 어떤 징표로 알아차릴 수 있단 말이오?"

이다마스는 어떤 갑작스러운 영감이 그를 자기 고장의 한 성전으로 이끌었는지, 그곳에서 신께서 자신의 임재에 대해 얼마나 현저한 증거를 주셨는지, 그리고 자신의 계획을 어떻게 계시하셨는지를 이야기합니다. 또한 지구의 정령이 어떤 형태로 나에게 나타났었는지, 그의 연설과 명령이 무엇이었는지도 덧붙입니다. 그런 다음 오늘날 우주의 운명이 어떤 결혼에 달려 있다고 이야기하고는, 나를 사람들에게 소개하면서 이렇게 말합니다. "지구상에 퍼져 있는 모든 인간 가운데 인류를 영속시킬 수 있는 사람은 여기 한 사람뿐입니다. 그가 유럽인이라고 해도, 오 여러분! 전혀 질투하지 마십시오. 당신들에게는 그와 함께 혼인의 결실을 볼 수 있는 유일한 여인이 있습니다. 나는 그녀의 이름이 무엇인지,

어디에 살고 있는지 모릅니다. 내가 아는 것은 오직 그녀가 이 왕국에서 숨 쉬고 있으며, 바로 이곳에서 그녀를 발견해야 한다는 사실 뿐입니다." 마지막으로 그는 우리 여행의 경이로움, 신께서 어떻게 우리를 하늘의 바다 위에서 인도하셨는지 이야기하고, 신탁이 우리에게 남긴 책까지 보여줍니다.

이 이야기에 매료된 아메리카인들은 우리의 품 안으로 달려들 태세였습니다. 외폴리스는 단 하나의 몸짓으로 그들의 호의를 냉각시키고, 그들을 멈추게 합니다. 그가 프랑스인들에게 묻습니다. "만일 하늘이 아메리카의 도움을 필요로 한다면 어째서 아메리카인들과 함께 이야기하기를 거부합니까? 어째서 신은 우리를 위해 단 하나의 기적도 남겨두지 않고 당신들에게 기적을 아낌없이 베풀었습니까? 신이 유럽에서 자신의 권능을 완전히 소진하기라도 했단 말입니까? 아니면 신은 우리보다는 당신들을 믿게 하는 것이 더 어렵다고 판단했었던 겁니까? 나는 하늘이 이런 무례한 실수를 저질렀다고 비난하지는 않겠지만, 만일 내 생각이 어떤지 궁금하다면, 나는 이 모든 일에서 경이로운 기적 따위를 보지는 못하겠소."

그는 조롱과 모욕이 담긴 어조로 마지막 말을 했습니다. 외폴리스의 의심은 나를 부끄럽게 만들었습니다. 나의 동료들 또한 절망했지요. 오직 이다마스만이 자신이 부딪친 이 장애물에 화를 냅니다. 그의 몸짓이 활기를 띠고, 두 눈이 이글거리며 타오르고, 무서운 목소리가 저 멀리까지 쩌렁쩌렁 울려 퍼지며 영혼을 공포에 떨게 합니다. 먼저 그는 외폴리스에게 격한 어조로 묻습니다. "대체 당신은 때가 어느 때인데 그런 믿기 어려운 불신을 표출하는 것이오? 창조주 신의 가장 아름다운 작품 중 하나인 지구가 지금 멸망 직전에 이르렀소. 신이 지구를 구하고 싶다면, 자신을 드러내고 더 이상 우주에 대한 배려를 낡아빠진 법칙에 내맡겨두어서는 안 되는 것 아니오? 신의 의지를 당신한테 보여주길 원한다고 했소? 아! 이런 오만한 주장을 봤나! 당신들한테 우리처럼 떠나야 할 조국이 있었소? 건너야 할 대양이 있었소? 당신들에게는 우리에게 내어줄 피난처만이 있었을 뿐이오. 그런데 고작 사람들을 받아들이는 일을 위해 신께서 직접 당신들에게 말을 걸 필요가 있었다는 거요!" 그런 다음 아메리카인들에게 지구를 황폐하게 하고 그 활동이 무서운 속도로 증가하고 있는 불행에 대해 빠르게 묘사합니다. "지구와 인류는 마치 무의 심연 위에 매달려 있는 것과 같소. 매 순간이 인류를 그 심연 속으로 밀어 넣을 수 있고, 당신들은 지구의 끔찍한 추락을 멈추지 못할 것이오! 따라서 당신들은 지구와 인간의 파멸을 완수할 거요. 그리하여 당신들 자신과 미래 세대의 살인자가 될 것이오. 나는 당신들에게 하늘의 징벌이 내리기를 요구하지는 않을 거요. 하지만 나는 지옥에 그토록 큰 범죄를 벌할 만한 형벌들이 있는지 모르겠소. 나는 당신들의 마음을 누그러뜨리려 모든 노력을 다했음을 하늘 앞에 맹세하오. 나는 떠날 거요. 아니면 차라리 나에게 당신들이 만든 살육의 법을 집행하시오. 나는 내가 기다렸던 행복에 대한 희망보다 더 오래 목숨을 부지하고 싶지는 않소."

이다마스가 말을 마치자마자 이 연설의 격렬함에 감동한 사람들 사이에서 거친 바다의 파도와 흡사한 수군거림이 일어났습니다. 외폴리스는 여전히 냉담한 태도를 유지하고 있었고, 아마도 이 우호적인 민중의 움직임을 질책할 작정이었을 겁니다. 그 순간 새로운 광경이 모든 사람의 정신을 딴 데로 돌리게 하지 않았다면 말입니다. 우리는 귀청을 찢을 듯 울리는 목소리와 기쁨의 환호성, 급히 행군하는 모든 움직임을 듣습니다. 얼마 안 가 이웃 해안의 주민들이 죽어서 피가 흥건한 새들과 네발 달린 짐승들로 가득 찬 수레를 끌며 나타나서는 이렇게 외치는 것을 봅니다. "우리는 이 성안에 풍요를 가져다드립니다." 이 소식을 듣고 사람들은 기쁨에 겨워 탄성을 내지르고, 그들의 은인들을 껴안고, 대체 어떤 신이 그들에게 이토록 엄청난 전리품을 주셨는지 알고 싶어 합니다.

무리의 수장은 잠시 침묵할 것을 요청하고 이렇게 말합니다. "당신들을 놀라게 한 이 풍요로운 수확물을 얻게 된 사건보다 더 무서운 것은 없습니다. 어제 우리 해안가에 거센 폭풍이 일었고 그것이 야기한 공포는 여전히 지속되고 있답니다. 나는 사슬에서 풀려난 모든 바람이 서로 전쟁을 벌이고, 그들이 결전의 장으로 우리의 하늘을 선택했다고 믿습니다. 바람은 지평선의 모든 지점에서 느닷없이 일어나 서둘러 우리의 하늘을 향해 돌진합니다. 그 첫 번째 충격이 너무 강해서 뿌리가 지옥에까지 뻗어 내린 나무들을 쓰러뜨리고, 세상의 토대 위에 자리 잡은 산들을 뒤흔들어 놓습니다. 삭풍이 분노로 포효하는 질풍을 쫓아내는가 하면, 질풍이 맹렬한 기세로 되돌아와 삭풍을 덮치고 마치 바다의 파도처럼 삭풍을 일으켜 세우고는 대기의 공간을 차지합니다. 때때로 모든 바람이 동시에 싸우고, 충돌하고, 서로를 뒤집어엎고, 다시 일어나 소용돌이로 흩어지고, 산꼭대기에 매달려 있다가 계곡에서 오랫동안 그네를 타듯 흔들리더니, 무서운 휘파람 소리와 함께 하늘로 돌진해옵니다. 폭풍이 잠잠해집니다. 그 즉시 수를 셀 수 없을 만큼 많은 새가 나타나 대기를 까맣게 뒤덮습니다. 네발 달린 짐승 떼가 우리를 찾아와 죽여 달라고 요청하는 듯 보입니다. 우리는 너무나 당황한 나머지 아무도 그렇게 손쉬운 먹잇감을 잡을 생각조차 못 했습니다. 제일 먼저 내가 몇 마리의 새를 죽이면서 대학살의 신호를 보냅니다. 그러자 동료들이 나를 따라 합니다. 이 모든 동물이 우리 발아래 쓰러집니다. 그렇게 포획물이 넘쳐나게 되었으니 우리가 하늘의 자비로운 기적으로 간주하는 이 행운을 이웃과 나누고자 여기에 온 것입니다."

"네, 기적입니다." 사람들이 외칩니다. "신은 당신이 프랑스인들에게 호의적이라는 의사를 표명하고, 외폴리스가 요청한 기적을 행하신 것입니다." 기쁨으로 고무된 민중은 승리자처럼 의기양양하게 프랑스인들과 수레와 이웃 해안의 주민들을 브라질을 통치하고 있던 아글로르의 궁전으로 데려갑니다. 나는 이다마스의 옆에서 걷고 있었지요. 그때 이다마스가 말합니다. "난 우리가 얻은 성공을 기다리고 있었답니다. 이 사건이 가르쳐줍니다. 아마도 우리가 또다시 역경을 겪을 수 있겠지만 절대 낙심하지 마십시오. 신은 자신을 드러냈고, 결코 우리를 포기할 수 없습니다."

그런 다음 이다마스는 우리를 따르던 아메리카인들에게 오르뮈스의 소식을 물었지요. 그들 중 한 명이 대답하기를,

오르뮈스는 3년 전 태양의 도시를 떠나면서 사람들에게 영원한 이별을 고했다는 것입니다. 그들은 오르뮈스를 만류하려 했지만, 어떤 것도 그의 마음을 돌릴 수 없었습니다. 민중의 고통도, 아글로르의 간청도 말입니다. 오르뮈스는 이렇게 말했습니다. "내 계획에 맞서려는 시도를 그만두게나. 내가 예측건대 곧 기근이라는 무기로 무장한 인간은 인간에게 재앙이 되고 말 걸세. 그대들이 내게 거친 음식을 내놓으라고 요구하거나 어쩌면 내 목숨을 노리는 순간이 오는 것을 기다리란 말인가.

오, 시민들이여, 그대들이 나를 사랑하고 오르뮈스에 대해 소중한 추억을 간직하고 있다면, 내가 그대들을 떠나는 것을 허락해 주게나. 어째서 내가 여전히 살아야만 하는가? 어째서 열방은 내 생명을 연장하길 원했는가? 나는 이 잔인한 호의를 거부할 힘이 없었다네. 이제 나는 자네들에게 저항할 힘을 가질 것이네." 그런 다음 오르뮈스는 두 손을 하늘로 들어 올려 우리에게 축복을 내려달라 기원하고, 우리의 대답을 기다리지도 않고 이 지상에서 어떤 은신처를 택할 것인지도 말하지 않고 떠납니다.

아메리카인은 말을 계속했습니다. 오르뮈스의 출발은 대중의 재난이었습니다. 아연실색한 태양의 도시는 그가 예언했던 불행이 자신들에게 닥칠 것이라 믿었습니다. 아글로르가 자기 제국 수도의 자원을 아끼고, 그것을 그 주민들의 것으로 한정시키기 위해 외국인들을 사형에 처하는 법을 만들어 모든 외국인을 도시에서 몰아냈던 것이 바로 그때입니다.

이다마스는 오르뮈스가 스스로를 유배에 처했다는 사실을 고통스럽게 알게 되었지요. 그는 오르뮈스가 행한 용기 있는 결정을 높이 평가하면서도, 그가 신이 인류를 버렸다고 너무 가벼이 믿은 것을 안타까워했습니다. 혹시라도 그가 헌신의 불행한 희생자로서 어느 야만적인 장소에서 죽음을 맞이한 것은 아닌지 걱정을 하면서 말입니다. 이다마스는 아메리카가 제공할 수 있는 자원에 대해 질문했습니다. 아메리카의 땅은 얼마나 비옥한지, 이곳의 주민과 번성한 도시들의 수는 얼마나 되는지 등을 말입니다. 아메리카를 잘 알고 있는 외폴리스가 그에게 대답합니다.

"신세계에 자리하고 있던 수많은 제국 중에서 오로지 브라질 제국만이 남아 있소. 브라질 제국은 멕시코 국경에서 시작해 페루와 아마존 분지 지역을 포함한다오. 우리 땅의 태양은 더 이상 금, 은, 다이아몬드를 만들어냈던 그러한 열기를 갖고 있지 못하오. 열대지방이라지만 냉각되어 간신히 온대 기후에서 누릴 정도의 열기만이 있을 뿐이오. 이곳은 더 이상 야만인들이 자연의 보살핌에 맡겨 두었던 태고의 땅이 아니라오. 구세계의 주민들이 자기들 땅을 다 소진한 후에 마치 급류처럼 아메리카로 몰려들더니, 창조주가 그 탄생을 보았을 숲을 베어내고, 산꼭대기까지 개간하고, 이 비옥한 땅을 또다시 집어삼켰소. 그런 다음 그들은 인간의 마지막 자원인 물고기잡이로 손쉽게 먹을거리를 마련할 수 있는 바닷가로 내려왔다오. 멕시코부터 파라과이까지 남쪽 바다와 대서양의 해안가에는 살아남은 인간들이 모여들어 형성된 도시가 가득 들어찼소. 태양의 도시는 이 해양 제국의 수도라오. 오랫동안 자신의 경쟁자였으며 자신들이 파괴해 버린 카르타헤나에서 약 100마일 떨어진 곳에 건설된 이 도시의 항구는 오랫동안 여러 민족이 만나는 장소였소. 도시는 여전히 모든 광채를 누리고 있다오. 그곳에서 당신들은 정교한 그림들, 너무나 완벽해서 마치 살아 숨 쉬는 듯 보이는 조각상들, 그리고 인류의 발명 중 가장 유명한 기계들의 모든 모델을 볼 수 있을 거요. 파리, 로마, 테베, 바빌론은 이 도시의 웅장함을 결코 능가하지 못했소. 두 세계의 잔해들로 풍요로운 이 도시는 우주를 계승하고 있는 것이오."

우리는 이 도시가 외폴리스가 묘사한 그림에 부합한다는

것을 발견했습니다. 실제로 찬란하지만 주민들이 거의 없고, 영혼에 슬픔과 공포를 가져오는 고독한 풍경이었습니다. 사람들 말로는 수많은 아름다운 건물이 사람을 맞이하기 위해 지어졌다지요. 하지만 거기서 사람을 찾아봐야 헛된 일이었습니다. 희망을 잃어도 위로를 받을 수 없었지요. 이 도시를 장식하는 대다수 궁전에서 사람들은 여전히 호화로운 가구들과 금덩이, 은덩이를 보았지만, 그것은 이제 과일이 달린 한 그루의 나무 혹은 황금빛으로 익은 이삭이 매달린 곡식들이 자라는 한 뼘도 안 되는 땅덩어리보다 가치 없게 여겨졌습니다.

우리는 아글로르의 궁전에 도착했습니다. 사람들이 외국인들을 데리고 온다는 소식을 미리 전해 들은 왕은 다이아몬드의 광채와 황금으로 빛나는 왕좌에 앉아 우리를 기다리고 있었습니다. 이다마스는 아까 사람들에게 했던 것과 똑같은 연설을 왕에게 반복했습니다. 그리고 이렇게 덧붙였지요.

"위대한 왕이시여, 저를 믿으시기를, 외폴리스와 군중들이 기적을 요구했던 바로 그 순간에 커다란 소리가 들렸고, 이웃 해안가 마을 사람들이 이곳 기후에서는 볼 수 없는 동물들의 사체를 가득 실은 수레를 성벽 안으로 들여오고 있었습니다. 사람들은 곧바로 이러한 풍요로움이 우리를 보호하는 하늘의 선물이라고 외치며 우리에게 호의를 표했습니다. 위대한 왕이시여, 폐하께서도 같은 판단을 내리실 것을, 우리는 감히 믿습니다. 하지만 아직도 심중에서 의심이 피어오른다면 제가 폐하께서 친히 임하시고 폐하의 백성들이 보는 앞에서 오메가르의 아내를 호명함으로써 그 의심을 불식시킬 것입니다. 저를 보내신 신께서 눈부신 기적으로 이 선택을 확증해 주신다고 약속했습니다."

아글로르는 즐거운 마음으로 이다마스의 말을 듣는 것 같았습니다. 관대하고 유순한 이 군주는 지쳐버린 대지가 인간을 먹여 살리기를 거부한 순간부터 잔인하고 까다로운 사람이 되었습니다. 곧 백성의 필요를 충족시킬 수 없는 상태에 빠지게 되리라는 두려움이 그를 끊임없이 괴롭혔고, 언젠가는 자기 백성이 왕실의 식량을 탈취하기 위해 왕궁의 문을 부수고 들이닥칠 것이라 예상했지요. 아글로르는 프랑스인들이 준 희망을 열렬히 받아들이고, 외국인들에게 선포했던 죽음의 법을 철회하고, 제국의 모든 처녀를 태양의 도시로 불러들이고, 나의 동료들에게 모든 환대의 서비스를 제공합니다. 하지만 왕은 나를 즉시 성채의 탑에 가두라고 명합니다. 그가 내게 말하길, "그대에게만 이런 엄격한 조치를 적용하게 되어 유감이오. 이다마스는 그대가 나의 왕국에서 찾고 있는 아내를 기적의 징조를 통해 알아보겠다고 약속하고 있소.

이 마지막 기적으로 그 존엄한 임무를 확인하고 모든 의심을 걷어내야만 하오. 내가 그대를 자유롭게 놔둔다면 그대는 아메리카의 여인 중에서 하늘이 그대에게 점지하지 않았을 수도 있는 여인을 선택하고 아마도 그녀와 함께 아메리카를 속이는 수단을 마련할 수도 있소. 나는 그대 동료들의 승리를 흐리게 하는 그 어떤 것도 원하지 않소. 나는 불신에서 오는 의심까지도 미연에 방지하기를 바라는 것이오." 이 말과 함께 그가 신호를 보내고, 근위병들이 나를 둘러싸더니 탑으로 인도합니다.

아글로르의 명령에 따라 부모의 인도하에 젊은 아메리카 여인들이 비행선을 타고 태양의 도시로 날아옵니다. 그들은 가장 멀리 떨어진 지역, 예컨대 오렌지곶과 생 오귀스탱곶에서, 멕시코와 페루의 해안가에서도 옵니다. 민족의 역사를 통해 각각의 특성을 깊이 연구했던 이다마스는 즉시 이 이방인들의 출신을 말할 수 있었습니다. 그들이 페르시아인인지 중국인인지 아랍인인지 이집트인인지 스페인인지 로마인인지 말입니다. 특히나 프랑스인들의 후손을 알아보는 데 탁월한 직감을 지니고 있었습니다. 그는 쉽게 드러나는 우아함,

활기차고 사려 깊은 공손함을 통해 그들을 바로 알아보았습니다. 그는 그들에게 질문을 던지길 좋아했고, 그들의 이름, 가족의 역사 그리고 그들이 옛 조국에 대해 간직한 기억들을 알고 싶어 했습니다.

이다마스는 모든 외국인에 대해 아버지의 자상한 배려를 합니다. 그들을 가장 호화로운 궁전에 배치하고 주민들의 수와 함께 늘어가는 풍요의 선물들을 그들과 공유합니다. 그는 자신의 수고로 쓰러지기는커녕 오히려 그 수고에서 활력과 생기를 끌어냅니다. 누군가는 그가 몸을 여러 개로 만드는 기술을 발명한 게 아니냐고 말할 수도 있었을 겁니다. 모든 사람의 무리에서 그가 보입니다. 그는 모든 대화에 한 자리를 차지합니다. 가장 감미로운 멜로디도 그의 귀에는 사람들로 꽉 들어찬 이 거대한 도시의 소음보다 듣기에 좋지 않습니다. 그의 눈에서, 그의 연설에서 기쁨이 터져 나옵니다. 그가 말했지요. "나는 내 마음에 가장 소중한 광경을 봤도다. 나는 위대한 사회의 완벽한 이미지를 보았노라. 오! 이번 인간의 만남이 제발이지 인류의 마지막 만남이 되지 않기를!" 다른 순간에는 이렇게 외쳤습니다. "나는 더 이상 죽음이 두렵지 않다. 나는 가장 순수한 행복이 주는 기쁨을 맛보았다. 오, 나의 친구들이여, 이 행복한 날들을 연장합시다. 나를 떠나지 마시오. 아니면 이 이별이 영원한 것이 되지는 않을까 걱정해야 할 것이오.”

이렇게 해서 이다마스는 자신이 그토록 열렬히 바랐던 기쁨, 다시 말해 사람들이 큰 사회 안에 다시 모인 것을 보는 기쁨에 자신을 내맡긴 채 더는 자기에게 주어진 사명에 대해 신경을 쓰지 않았습니다. 흡사 그것을 잊어버린 것 같았지요. 한편 외폴리스는 그가 오메가르의 아내를 지명할 때를 정하기를 헛되이 기다리고 있었습니다. 그의 불신이 깨어났습니다. 그는 프랑스인들에게 약속을 지킬 것을 촉구하고, 만일 그들이 이 모든 것이 사기였음을 인정할 경우, 이다마스의 목숨을 요구하고 나머지는 본국으로 돌려보낼 생각이었습니다. 한편, 지구에 대한 이해관계로 애를 태우던 지구의 정령 역시 프랑스인들에 대해 성이 나기는 마찬가지였습니다. 그는 단 일각의 손실이 자기의 계획을 망치게 될까 봐 두려웠습니다. 물론 그는 이다마스의 의도를 알고 있었기에 외폴리스처럼 비난하지는 않았습니다.

이다마스에게 의무를 상기시키기 위해 지구의 정령은 내게 나타났던 것과 똑같은 불꽃의 형태로 그의 꿈에 모습을 드러냅니다. 눈에는 분노가 번득였고, 목소리는 위협적이고 무시무시했습니다. 그가 이다마스에게 말합니다. “대체 어떤 방심에 몸을 내맡긴 게냐! 가장 끔찍한 위험이 도사리고 있는 곳 한복판에서 감히 무슨 소원을 품으려는 게야! 너희들을 먹이기 위해 나는 북풍의 어깨를 빌려, 그리고 보다 더 강력한 수단들을 동원해 지상에서 숨 쉬는 모든 생명체를 이 땅으로 옮겨 보내주었다. 하늘과 바다를 텅 비어버리게 만든 참이란 말이다. 기근의 공포가 드리우는데, 너는 이곳에서 체류를 늘리기만을 바라고 있구나! 게다가 탐욕스럽기 그지없는 민족을 여기에 정착시키길 바란다고! 태양의 도시 동쪽에 예전에 수확이 많기로 유명했던 아자스 평원이 있다는 것을 너도 알 것이다. 눈을 뜨자마자 많은 사람을 수용할 수 있는 이 장소로 젊은 아메리카 여인들을 데리고 가서 오메가르의 아내를 지정하도록 하라. 명령에 복종하라. 그렇지 않으면 너는 죽고, 나는 내 이해관계가 달린 이 문제를 네가 아닌 다른 이에게 맡긴다." 지구의 정령은 이 말을 하면서 대지를 진동시키고 이다마스를 깨웁니다.

새벽이 밤의 그림자를 없애기 시작했고, 겁에 질린 이다마스는 아글로르의 거처로 날아갑니다. 그곳에서 브라질의 장수들이 모두 모여 비밀리에 회합하고 있는 것을 보았을 때 그의 놀라움은 어떠했을까요. 외폴리스가 회의를 소집했습니다. 그 자리에서 그는 아글로르의 명령에 따라 제국의 처녀들을 서둘러 불러 모았지만 아무 소용이 없었다고 말했습니다. 처녀들이 모두 도착했는데도 프랑스인들은 그들의 약속을 지킬 생각을 하지 않고 있다는 겁니다. 그가 비난을 퍼부은 것은 특히 이다마스에 대해서였습니다. 그가 말하길, “어제 저는 그가 이 도시에 넘쳐나는 외국인들과 함께 여기에 정착하는 계획을 세우고 있는 것을 목격했습니다. 그는 그들을 부추깁니다. 그는 그들에 대해 특별한 애정이 있고, 그들로부터 사랑받는 방법을 찾아냈습니다. 이다마스는 야망이 있습니다. 언젠가 그가 그들의 힘을 이용해 브라질 제국의 제위에 오르려 하지 말란 법이 있습니까? 그는 벌써 주권자의 권위를 가진 체한단 말입니다. 오직 그만이 여기서 명령을 내립니다. 백성들에게 뭔가가 필요할 때 상대하는 사람은 오직 그뿐입니다. 제 말을 믿으신다면 그를 체포하여 의도를 추궁해야 합니다.”

모임에서 외폴리스의 의견을 채택한 순간 이다마스가 모습을 드러냅니다. 떠오르는 낮의 별이 그 빛의 힘으로 밤이 어둠 속에서 주조했던 폭풍을 소거하듯이 이다마스의 존재는 모든 이들의 마음을 진정시킵니다. 그는 오메가르의 아내를 지명할 준비가 되었으니 즉시 젊은 아메리카 여인들을 아자스의 평원으로 불러주기를 바란다고 말합니다. 이러한 요청은 열렬한 환영으로 받아들여집니다. 명령이 즉시 선포되고, 탑에 갇혀 있는 내 귀에까지 들려옵니다.

내가 해방되고 내 염원을 만족시켜줄 혼인이 다가온다는 사실에서 공통의 환희를 함께 나누었다고는 생각하지 마십시오. 나는 감옥에서 너무나 생소하고, 미묘한 쾌락을 맛보았기 때문에 그것을 잃을까 봐 두려워하며 이 소식을 매우 고통스럽게 받아들였습니다. 나의 행복은 자유를 잃던 바로 그날부터 시작됐어요. 밤이 탑의 벽을 어둠으로 물들이고, 내가 어둠과 내 운명에 대한 불길한 예감이 불러일으키는 암울한 생각에 빠져들자마자 감옥의 문이 열렸습니다. 머리를 산발하고 반쯤은 벌거벗은 한 무리의 여인들이 들어오는 것이 보였습니다. 그중 몇몇은 불이 붙은 횃불을 들고 있었습니다. 한 여인이 그들을 뒤따라 들어왔습니다. 그녀는 마치 태양의 시선 아래 막 태어나는 가벼운 구름처럼 은빛의 투명한 드레스 차림이었습니다. 이리스 여신의 빛나는 스카프[12]가 그녀의 허리에 둘려져 있었습니다. 키가 크고 당당한 모습이었습니다. 피부색은 새벽이슬을 맞아 살짝 열린 백합의 싱그러움과 광채를 지녔습니다. 흥미롭게도 이목구비가 고르지 않았는데 이것이

12. 무지개를 의미한다.

그녀의 얼굴에 뭐라고 형언할 수 없는 매력을 주었습니다. 그녀의 태도에는 변화무쌍한 우아함에 더해 자연스러움과 부주의가 있었습니다. 마지막으로 그녀의 이마에는 고귀함과 솔직함이라는 훌륭한 성격이 새겨져 있었습니다.

내가 침묵 속에서 그녀를 숭배하고 있는데, 그녀가 내게 말합니다. "나는 자연이니라."

필시 하나의 신호였을 이 말이 떨어지자 일군의 매혹적인 여인들이 안으로 들어와 반원을 그리며 그녀 앞에 정렬합니다. 자연은 나를 자기 옆에 앉히고 말합니다. "네가 보고 있는 이 여인들은 자기 시대의 자랑거리였다." 그녀가 말을 하는 사이 젊은 여인들은 화폭을 하나 펼치고, 팔레트와 붓을 준비했습니다. 그러자 자연은 자기 눈 아래의 여인들을 한 명씩 바라보면서 그들의 용모 중 가장 아름다운 특징을 선택하고 초상화를 그리기 시작합니다. 그녀가 나를 가리키며 말을 잇습니다. "자, 여기 그리스의 복장을 한 왕비가 있다. 미모로 인해 조국을 불행에 빠뜨린 그 유명한 헬레나지." 자연은 화폭 위에 헬레나의 얼굴선, 찰랑이며 물결치는 긴 머리칼과 수많은 왕의 가슴에 사랑의 불을 질렀던 눈을 담아냅니다. 클레오파트라에게선 진홍빛 입술과 눈꺼풀 위에 왕관처럼 놓인 궁형의 눈썹을 취합니다. 아스파지[13]에게선 우아한 미소를, 라이스에게선 섬섬옥수와 둥근 팔을, 세미라미스에게선 위엄 있는 자세를, 가브리엘 데스트레에게선 장미와 백합을 적절하게 섞은 것 같은 홍조 띤 뺨을 가져옵니다. 그런 식으로 흩어져 있는 아름다움들을 합쳐 자연은 넋을 빼앗고, 매혹하는 하나의 아름다움을 만들어냅니다.

그 후에 그녀가 내게 말합니다. "네가 완성되었다고 생각하는 이 초상화는 모든 매력을 한데 모아 놓은 것처럼 보일 것이다. 하지만 여기엔 나의 선물 중 가장 사랑스러운 것, 즉 미모 자체보다 내가 더 선호하는 신성한 매력이 부족하다." 이 말끝에 그녀는 이브를 가까이 다가오게 하더니 화폭에 그려진 초상화의 얼굴 위로, 잠에서 깨어난 아담이 자기 옆구리에서 태어난 그녀를 보고 놀라서 탐욕스러운 눈으로 자기 신부의 매력을 훑어보았을 당시, 이 인류의 어머니가 보였던 소심한 당혹감과 감동적인 수줍음을 감돌게 합니다.

이브라는 이름이 나오자 인류의 아버지는 갑작스레 오메가르의 말을 멈추게 하고 소리를 내지른다. "뭐라고! 자네가 그녀를 봤다고?" 오메가르가 대답한다. "그렇습니다. 젊고 아름다운, 창조주 신의 손에서 나왔던 그대로의 모습으로요."

13. 고대 그리스의 여성으로 페리클레스의 애인.

이 대답은 인류의 아버지를 더욱 혼란스럽게 한다. 그는 고통을 표출하게 될까 봐 걱정한 나머지 급히 눈을 아래로 내리깔고 감격에 겨운 두 눈을 감춘다. 거칠어지는 숨을 참으며 두 손으로 떨리는 무릎을 진정시키려 하지만 이 헛된 노력은 그를 배신한다. 내면에서 일어나는 격렬한 전투를 막을 방도가 없다. 죽음과도 같은 창백함이 얼굴을 뒤덮고, 이내 그는 움직일 수 없는 듯 보인다. 마침내 입이 벌어지고 고개가 아래로 꺾이더니 두려움에 휩싸인 오메가르와 시데리의 팔 위로 쓰러진다. 두 사람은 그에게 재빠른 처치를 해줄 수 없음에 상심한다.

노객이 그대로 숨을 거둘지도 모른다는 두려움이 몰려오는 순간, 오메가르와 시데리는 노객의 눈가가 눈물로 젖어드는 것을 본다. 눈물은 배가 되고, 이내 온 얼굴에 넘쳐흐르면서 노객에게 감정과 생기를 되돌려준다.

자신의 고통이 부끄러워진 아담은 오메가르의 마지막 말이 자신을 몹시 괴롭혔던 마음속 기억들을 일깨웠다고 말하며 그들 곁으로 다가간다. 하지만 그는 인류의 어머니가 행복해 보였는지 알고 싶은 욕망에 저항할 수가 없다. 그는 걱정스럽고 소심한 눈빛으로 이브에 관해 묻는다. 오메가르가 대답한다. 그 장면은 번개처럼 빠르게 지나가서 나는 각각의 인물들을 언뜻 보았을 뿐입니다. 어쨌든 자연은 내게 자신이 완성한 그림을 보여주었고 이렇게 말하며 미소 지었습니다. '아름다움은 이 여인에게서만 완벽할 것이다.' 이 말을 하고 난 후 그녀와 그녀를 보필하던 무리는 흔적도 없이 사라집니다.

다음 날 저녁 10시를 알리는 종이 울렸습니다. 나는 어두운 빛을 비추는 램프의 미광을 바라보고 있었고, 부드러운 잠기운이 몰려와 눈이 감기려 하고 있었습니다. 그때 내 옆에서 가벼운 드레스 자락이 스치는 소리가 들려오며 잠을 깨웁니다. 나의 놀라움이 어떠했을까요! 나는 전날 그림에서 보았던 얼굴을 닮았지만 초상화의 모든 매력에 생명의 색채를 더한 젊은 여인을 봅니다. 수만 가지 매력에 홀려버린 나는 경탄에서 비롯된 흥분을 참을 수가 없어 몸짓과 외침으로 이를 표현합니다. 하지만 이런 움직임이 아름다운 미지의 여인을 겁먹게 했는지 아니면 그녀가 내게 보다 엄격한 신중함을 불러일으킬 의도였는지는 몰라도 그녀가 사라집니다. 그녀가 서둘러 사라진 것에 대해 속상한 마음을 달랠 수가 없었습니다. 나는 무분별한 행동을 했다고 스스로 자책했고, 만일 그녀를 다시 볼 기회가 생긴다면, 마치 성전에서 신의 발치에 있는 것처럼 그녀 앞에서 경건하게 있으리라 결심했습니다.

다음 날 밤 같은 시간에 그녀가 감옥으로 돌아왔습니다. 약속에 충실하기 위해 나는 그녀 앞에서 움직이지 않고 말도 없이 그저 그녀를 바라보는 기쁨만을 나에게 허용합니다. 나의 신중함을 보상하기 위해서 그녀는 새벽이 올 때까지 내 곁에 머물고, 매일 밤 다시 와서 포로 생활을 위로해줍니다. 너무나 빨리 지나가 버린, 내가 영원히 그리워하게 될 감미로운 순간들이여! 나는 아직 살아보지 못했다고 생각했습니다. 내 영혼 속에 나를 놀라게 하는 새로운 삶의 원칙이 태어나는 것을 느낍니다. 불길이 혈관 속을 돌아다니고 매일 그 열기가 더해지는 것 같았습니다. 그 젊은 미지의 여인이 우주 최고 미인들의 매력을 한데 모았다면, 마찬가지로 나는 그녀들의 연인들이 불태웠던 모든 연모의 불길이 내 영혼 속으로 옮겨 왔다고 생각합니다. 그녀를 바라보는 기쁨만으로도 나는 열락에 취했습니다. 나는 그녀가 돌아오기를 열망하며 낮을 보냈고 그녀가 떠날 순간을 두려워하며 밤을 보냈습니다.

그런데 나 혼자에게만 이런 경이로운 일이 일어난 것이 아니었습니다. 아버지 포레스탕의 손에 이끌려 태양의 도시로 왔던 시데리 역시도 나와 유사한 상황에 놓여 있었던 것입니다. 새벽이 동녘의 문을 열어젖히는 순간부터 흑단 마차 위에 앉은 밤이 산과 계곡을 어둠으로 가득 채울 때까지 오로지 시데리의 눈에만 보이는 한 젊은 남자가 그녀의 뒤를 좇았습니다. 시데리의 면전에서 그녀의 마음속 비밀을 밝히는 것을 걱정하지는 않겠습니다. 시데리는 이 낯선 이를 사랑했습니다. 그녀의 눈은 끊임없이 그에게 고정되어 있었고, 이는 그녀가 동료들 사이에서 호기심과 질투 어린 시선의 감시를 염려하지 않은 채 누릴 수 있었던 혼자만의 순수한 쾌락이었습니다. 늘 약속에 충실한 이 젊은 남자는 제국의 수장이 젊은 아메리카 여인들을 아자스의 평원으로 불러들였던 그 날에는 모습을 보이지 않았습니다.

이 소식은 태양의 도시에 큰 파장을 일으켰습니다. 모두가 자신의 불행이 끝났다고 공언합니다. 친구는 친구를 품에 안고 기쁨의 눈물을 흘립니다. 모르는 사람들끼리도 서로를 끌어안습니다. 기쁨은 보편적입니다. 젊은 아메리카 여인들은 서둘러 자신들의 매력을 치장합니다. 그녀들은 머리에 향수를 뿌리고, 가장 아름다운 연회용 드레스를 골라 입고, 황금 허리띠를 가느다란 허리에 두릅니다. 그녀들의 어머니는 딸을 멋지게 꾸미기 위해 가장 귀중한 보석을 아낌없이 내어놓습니다. 다이아몬드의 불꽃은 그녀들의 머리, 팔목, 드레스 술 장식에서 반짝입니다. 시데리만이 유일하게 슬픔에 잠긴 채 걱정을 하면서 몸치장을 소홀히 하고 동무들 사이에서 잊히고 보이지 않게 되기를 바라고 있습니다.

여인들은 지체 없이 아자스의 평원으로 모여듭니다. 오랫동안 하늘은 이보다 더 아름다운 날을 약속한 적이 없었습니다. 구름 한 점조차도 하늘의 둥근 천장을 가리지 않았고, 필시 자연의 눈에 이보다 더 가치 있는 광경은 없었을 것입니다. 아글로르르는 화려한 왕좌 위에 앉아 있습니다. 그의 옆, 같은 줄에 서서 이다마스는 젊은 아메리카 여인들의 자리를 정해줍니다. 프랑스인들과 브라질 지휘관들은 여인들과 일반 대중들 사이의 공간에 자리하고 있습니다. 줄지어 늘어선 여인들의 다채로운 매력보다 더 찬란하고 그녀들이 고취하는 관심사보다 더 감동적인 것은 없습니다. 모두가 그녀들을 아메리카가 기다리는 행복의 희망으로 바라봅니다.

그때 이다마스가 사람들을 향해 나아가더니 이런 연설을 들려줍니다. "오! 사람들이여! 마침내 프랑스인들이 사기꾼에다 쉽게 믿는 사람들인지, 아니면 아메리카의 구원자인지를 결정하게 될, 영원히 기억에 남을 날이 왔습니다! 신의 약속에 대한 확신으로 가득 찬 내가 예고하건대, 그분이 직접 모습을 나타내시고 확실한 징표로 이 아메리카 처녀들 가운데 누가 오메가르의 신부인지를 가리킬 것이오. 벌써 나는 이 혼례의 결실이 될 행복을 생각하며 기뻐하고 있다오.

나는 인류의 새로운 종족이 지구를 채우는 것을 봅니다. 태양은 그 불길의 최초의 맹렬함을 되찾고, 산 정상을 희게 뒤덮은 눈은 급류처럼 여러분의 평원으로 쏟아져 내리고, 수많은 짐승과 풍요로운 농작물이 여러분의 들판을 뒤덮습니다. 열기는 브라질의 깊숙한 태내에서 다이아몬드를 만들어냅니다. 또한 그 열기는 산비탈에 포도 넝쿨을, 정원에 황금빛 사과를 익어가게 합니다. 혹독한 추위가 절멸시킨 모든 종류의 소중한 나무들과 유용한 짐승들이 인간을 위해 되살아납니다. 신께서 창조의 기적을 새롭게 하십니다."

깊은 침묵이 평온한 외양 아래 매우 상반된 감정들을 감추고 있는 이 회합을 지배했습니다. 슬픔에 잠긴 시데리가 매일 자신을 따라다니던 청년을 눈으로 좇으며 그의 부재를 용서하지 않는 반면, 다른 젊은 아메리카 여인들은 하늘의 선택을 받기를 염원하며 동료들 사이에서 행복한 경쟁자가 나타날까 두려워합니다. 부모들은 자신이 낳은 딸의 두려움과 욕망을 같이 나눕니다. 사람들은 여전히 경이로움에 목이 마른 채로 이다마스가 예고했던 기적을 초조하게 기다립니다. 이날의 성공을 확신하지 못하는 프랑스인들은 그들이 가지지 못한 안전을 가장합니다. 브라질 사령관들은 그들을 지켜보고, 불가사의한 마력에 속지 않기 위해서 불신으로 무장을 하고 있습니다. 지구의 쇠퇴로 자신의 제국을 잃게 될까 두려웠던 아글로르는 프랑스인들을 위해 열렬히 소원을 빕니다. 마침내 이다마스는 자신을 계획의 집행자로 선택하신 신을 은밀히 부르며, 약속을 이행해달라고 청합니다.

프랑스인들과 브라질 사령관들을 뒤에 거느린 채 그는 젊은 아메리카 여인들에게 다가갑니다. 그는 세심하게 그녀들을 관찰합니다. 하늘이 그녀들의 이마에 거룩한 표식을 새겨놓지 않았는지를 살핍니다. 느린 발걸음으로 여인들이 늘어선 줄 전체를 세 번이나 지나갔지만 세 번 다 그의 희망은 배신당합니다. 당황한 프랑스인들은 벌써 몸 둘 바를 모르는 것 같습니다. 브라질 사령관들이 수군대고, 군중의 조바심이 폭발합니다. 외폴리스는 우리를 사로잡았던 잘못된 생각이 너무 오래 지속되었고, 처음부터 그의 날카로운 눈이 우리를 제대로 평가했었고, 우리를 당장 우리 조국으로 돌려보내야 한다면서, 그것은 우리의 경신輕信에 마땅한 벌 중에 달콤한 것이라고 큰 소리로 말합니다.

생각에 잠긴 이다마스는 외폴리스의 모욕적 언사에도, 군중의 수군거림에도 무감한 채 숲 그늘이 내린 강둑에서 홀로 명상하는 고독한 은거자만큼이나 침착해 보였습니다. 그는 자신과 소통하고 영감을 주고 깨우치게 하는 신의 영에 귀를 기울이고 있었습니다. 이윽고 깊은 묵상에서 빠져나온 그의 두 눈이 한줄기 기쁨의 빛으로 반짝입니다. 그가 대중에게 침묵을 명하고는 이렇게 말합니다. "대체 내가 무슨 소리를 듣고 있는 거요? 당신들의 구원자들에게 떠날 것을 명하다니! 대체 당신들의 불만이 무엇이오? 신께서 당신들 뜻대로 서둘러 기적을 행하지 않는다는 거요? 신을 느리다고 비난하다니! 그러면 당신들은 신의 시간을 선택하고, 그분이 당신들의 명령에 따르기를 바란다는 말이오? 그대들이 신의 호의에 의한 혜택을 받지 않았다면 이러한 조급함을 용서할 수도 있을 거요. 어디 한번 대답해보시오. 브라질의 사령관들이여, 여기 모인 이 많은 사람을 먹여 살린 게 그대들의 노력 덕이었소? 그대들의 성벽 안에 풍성한 먹거리를 펼쳐 놓은 것이 고갈되고 메마른 이 땅의 결실이었소? 배은망덕한 작자들! 당신들은 그 모든 것을 지금 당신들이 모욕하는 그 신께 빚지고 있소. 그 신은 그대들을 버림으로써 벌을 주실 수도 있다오. 말할 준비가 된 하늘이 오메가르의 출석을 요구하고 있소. 그를 오게 하시오. 만일 당신들이 속은 거라면 그땐 내 목숨을 마음대로 처분하시오. 당신들에게 목숨을 맡길 터이니."

아글로르는 이다마스의 요청에 응합니다. 그는 팔레모스와 몇몇 아메리카인들을 시켜 나를 부르러 보냅니다. 나는 내게 아내가 주어질 순간을 두려움 속에서 기다리고 있었습니다. 팔레모스가 땀에 흠뻑 젖은 채 서둘러 달려옵니다. 그는 내게 이다마스의 명을 알립니다. 내가 출발합니다. 내 모습이 보이자마자 군중은 기쁨의 환호성을 내지릅니다. 그 소리는 산속까지 울려 퍼지고 메아리로 되돌아옵니다. 곧 나는 모든 프랑스인에게 에워싸입니다. 나는 이다마스의 눈에서 확신과 기쁨을 읽습니다. 그는 나를 껴안고, 젊은 아메리카 여인들 앞으로 인도합니다.

여인들이 매혹적인 광경을 만들어낸 것은 비단 장신구의 우아한 선택 때문만은 아닙니다. 그녀들은 거의 모두가 아름다웠습니다. 그녀들의 특징은 규칙적이었습니다. 피부색으로 말하자면 백설은 저리 가라 할 정도로 희었고, 어린 포플러 나무처럼 키가 크고 허리가 꼿꼿했습니다. 하지만 그녀들에게는 영혼이 눈으로 전해지고 이어 얼굴을 열정으로 물들이는 불꽃이 부족했습니다. 눈빛은 생기가 없었고, 낯빛은 색이 바랬으며, 호흡은 느리고 평온했습니다. 시데리는 열정의 불꽃을 소유한 유일한 여인이었습니다. 그녀는 그 불꽃을 숨기고 있을 수가 없었습니다. 두 뺨은 가장 강렬한 붉은색으로 물들고, 의도치 않은 한숨이 흘러나옵니다. 빠르고 강한 호흡에 더해 아래로 숙인 긴 눈꺼풀에선 광채가 번쩍입니다. 무리의 다른 여인들과 비교하면 그녀는 다른 성품을 지닌 천상의 창조물처럼 보였지요. 만일 한 소녀가 반쯤 벗은 몸으로 조각가의 작업실에 몰래 들어가서 빈 받침대 위에 올라가 눈을 내리깐 다음 꼼짝도 하지 않고 서서 관객이 자신을 주변의 조각상과 혼동하기를 바란다면, 착각은 단 한 순간도 지속되지 않습니다. 그녀가 소유한 멈출 수 없는 생명력이 젖가슴의 움직임에서, 산호색 붉은 입술에서, 입에서 새어 나오는 가벼운 숨결에서 폭발하니까요. 사람들은 곧바로 그녀를 조각가의 끌로 만든 차가운 여신들과 구분합니다. 자기 동료들 사이에서 시데리가 딱 그랬습니다.

젊은 아메리카 여인들은 나를 무관심하고 산만한 눈길로 쳐다봅니다. 그녀들은 나를 보면서 외국인이 으레 불러일으키는 정도의 관심조차도 느끼지 못했습니다. 그러나 이다마스가 시데리 앞에서 나를 멈추게 하고, 그녀가 소심한 부끄러움 때문에 계속 낮추고 있던 눈을 들어 나를 본 순간, 그녀는 비명을 내지르고 몸을 휘청하더니 혼절하여 쓰러집니다. 나 역시도 감히 내 감각이 전하는 것을 믿을 수가 없었습니다. 나는 그녀의 발치로 달려갑니다. 너무나 흥분해서 사실 그 순간의 기억은 하나도 남아 있지 않습니다. 시데리가 내게서 매일 자기를 따라다녔던 청년을 다시 봤다고 생각했던 것처럼, 나 역시도 이 아메리카 소녀에게서 자연의 여신이 그려줬던 그 초상화의 주인공을 알아봤던 겁니다.

포레스탕이 딸을 돕기 위해 날아갑니다. 사람들은 대열을 이탈해 그녀를 향해 나아갑니다. 의기양양한 이다마스는 시데리야말로 우리가 찾는 오메가르의 배필이라고 확신합니다. 그가 말합니다. "당신들은 이 두 피조물이 서로를 보자마자 상대를 알아보고, 감격해서 서로를 향해 달려가는 것을 보았지요? 그렇습니다. 바로 그녀입니다. 나는 하늘과 땅 앞에서 그녀를 지명합니다." 그가 말을 마치자마자 새로운 광경이 모든 사람의 시선을 사로잡습니다. 우리는 공중에서 포도나무 가지와 밀 이삭으로 만든 관이 잠시 흐릿하게 흔들리더니 천천히 내려와 시데리의 머리 위에 자리를 잡는 것을 봅니다. 그녀가 빛 때문에 눈을 떴던 바로 그 순간에 이 기적을 본 군중들은 하늘을 향해 외치며 그녀를 오메가르의 아내로 선포합니다. 아글로르와 브라질 지휘관들은 이 열광의 도가니에 박수를 보냅니다. 프랑스인들은 기쁨의 절정을 누립니다. 외폴리스는 자신의 분노를 부끄러워하며 이다마스를 껴안습니다. 젊은 아메리카 여인들은 공통의 환희를 나눕니다. 그녀들은 자신이 시데리의 경쟁자였다는 사실을 잊었습니다. 나로 말하자면, 그녀에게서 눈을 떼지 못한 채 너무 지나쳐서 영혼을 지치게 하는 충만한 행복을 맛보았습니다. 나를 압도하고 소진시키는 이 과도한 감정 상태를 견디기 위해 온 힘을 모으느라 침묵을 지키고 있었습니다.

우리는 기쁨에 겨운 사람들의 춤과 노래 속에서 태양의 도시로 돌아왔습니다. 공기는 자주 반복되는 <오메가르와 시데리 만세!>라는 외침으로 울려 퍼졌습니다. 아메리카인들과 프랑스인들은 우리 주위로 몰려와 마치 낯선 사람이기라도 한 듯이 우리를 보고 싶어 했습니다. 그러나 침착한 이다마스는 포레스탕에게 그의 출신과 이름을 물었습니다. 시데리의 아버지가 그에게 대답했습니다. "나는 지구상에서 가장 오래된 야만인인 투픽족의 후손이요. 투픽족은 어머니의 젖과 함께 문명인들에 대한 공포를 빨며 자랐소. 이 증오심은 조상들이 신성한 것으로 여겼던 고대의 전통에 의해 자양분을 공급받았다오. 투픽족 사람들은 종족 모두가 야만적인 유랑의 삶을 버리게 되면 세상의 종말이 가까워진다고 믿었소. 처음에 우리 조상은 아시아의 가장 아름다운 기후대에서 살고 있었는데, 여러 민족이 아시아에서 동진하면서 이들을 몰아내는 바람에 아예 시베리아 동쪽 끝으로 밀려났다오. 독립을 잃느니 차라리 가혹한 기후를 선택한 거라고 말할까요. 어쨌거나 그들은 자기도 모르는 사이 아주 훌륭하고 비옥한 땅과 이웃해 있었소. 해협 하나만이 그들을 그 땅으로부터 갈라놓고 있었다오. 오, 투픽족이 그 해협을 건넜던 영원히 잊지 못할 날이여! 그날 투픽족은 자신들을 척박한 땅으로 내몬 민족들을 저주하며 이전의 것보다 더 크고 그만큼 비옥하며 무엇보다 문명국들에 알려지지 않은 또 다른 아시아로 들어섰소. 하지만 아메리카가 제공하는 즐거움은 투픽족 대다수에게 치명적이었다오. 그들은 부드러워졌소. 멕시코와 페루 제국의 첫 번째 토대를 놓은 것이 바로 투픽족이었소. 우리 부족은 다른 투픽 부족들이 쌓아 올린 도시들을 보고 분개하여 그들에게 영원한 이별을 고하고 브라질에 정착했다오. 하지만 그곳에선 새로운 불행이 우리 부족을 기다리고 있었소. 유럽인들이 신대륙을 발견하고 페루와 멕시코를 점령하고, 우리가 발로 밟고 있던 땅, 말하자면 유럽인들이 탐욕스레 쫓는 금과 은이 묻혀 있는 땅을 두고 또다시 우리와 경쟁하고자 한 거요. 그들이 가진 총포로는 우리를 당해낼 수가 없었소. 그들은 우리가 넘겨줬던 해안가에서 오랫동안 머물렀다오. 하지만 이 배신자들이 어느 날 우리의 경계심을 잠재우는 수완을 발휘하게 된 거요. 그들은 총과 불을 손에 들고 무장하지 않은 우리 부족을 습격해서 끔찍한 살육을 저질렀소. 나의 직계 선조들만이 거의 유일하게 정복자들의 손에서 벗어났다오. 살아남은 자들은 접근 불가능한 깊은 숲속, 알려지지 않은 동굴 속으로 숨어들었소. 그들의 후손은 땅에 야생의 먹을거리와 잡아먹을 맹수들이 남아 있는 한 이런 생활 방식을 계속했다오. 이런 야생의 습성을 지닌 자들이 길들일 수 없는 독립성을 포기하기 위해서는 땅이 메마르고 숲이 황폐해져야만 했소. 그때가 오자 그들은 어쩔 수 없이 손쉬운 먹거리를 찾아 사람들이 모이는 해안, 바다 가까이로 내려가지 않을 수 없었다오. 투픽족의 추장으로서 나는 우리가 가장 마지막으로 인류의 원시적 상태, 야생의 삶에서 떠났다는 것을 영광으로 생각하오." 그가 자랑스럽게 덧붙이기를, "나는 아직도 조상들이 지녔던 활과 화살통, 그리고 그들의 몸을 가려주던 사자 가죽을 간직하고 있소."

이다마스가 다시 말합니다. "난 당신의 가족이 인류 태초의 활력에서 퇴보하지 않은 유일한 가족이라는 사실이 더 이상 놀랍지 않습니다. 당신의 조상들은 산과 숲의 맑은 공기와 계절의 가혹함, 고통스러운 경쟁을 들이마셨지요. 가공하지 않은 거친 음식물은 그들을 단련시켰고, 그들은 무엇보다 부패한 도시에서 멀리 떨어져 살았습니다. 한마디로 다른 사람들보다 훨씬 오랫동안 자연의 아이들이었던 것입니다. 당신들보다 덜 행복한 우리는 생명을 소진해버리고 나서 우리에게 생명을 주었던 우리 선조들의 타락의 슬픈 과실을 오늘에서야 거두고 있는 것이라오."

이다마스는 이 말을 하면서 도시의 성문 아래로 들어섰습니다. 우리는 우리를 따라나설 수 없었던 모든 노인이 거기 모여 있는 것을 보고 많이 놀랐습니다. 우리의 노래, 기쁨의 함성이 아자스 평원으로부터 그들의 귀에까지 전달되었던 것입니다. 이런 소란이 대체 무슨 일 때문인지 알고 싶었던 노인들은 집을 나서 느린 발걸음으로 도시의 성문을 향해 걸어왔던 것입니다. 그들은 우리의 성공 이야기를 듣고 기쁨의 눈물을 흘립니다. 그들은 포도나무 가지와 밀 이삭으로 만들어진 관을 직접 보고 만져보길 원합니다. 어떤 이는 자식들이 행복하게 될 테니 더 이상 죽음이 두렵지 않다고 말합니다. 다른 이는 부드러운 봄날과 풍요로운 가을날을 다시 보게 될 젊은이들을 부러워합니다. 모두가 두 손을 하늘로 들어 올리고 신에게 감사의 인사를 표합니다. 마침내 이다마스는 나의 혼례 준비를 명합니다. 하지만 아글로르는 교회의 사제가 이 결혼을 축성하고, 그의 기도가 오메가르와 시데리에게 하늘의 축복을 내리기를 원합니다.

다섯 번째 노래

그때 이다마스가 오르뮈스를 기억해 내고는 이 두 세계의 은인이 내 결혼을 축복해주기를 바랐습니다. 태양의 도시 주민들은 예전의 감동적인 작별은 물론 오르뮈스의 천재성과 미덕을 잊지 않았습니다. 하늘의 사랑을 받은 이 사제는 사람들에게 여러 번 미래를 밝혀주었습니다. 그는 고대의 모든 신탁을 알고 있었습니다. 고로 사람들은 "그분이 이 결혼을 승인한다면, 우리는 신의 동의를 얻었다고 믿을 것입니다."라고 말했습니다. 그러나 그들은 그가 아직 살아 있는지, 살아 있다면 어디에 살고 있는지 모르고 있었습니다.

아글로르는 도시를 가득 채운 이방인들이 오르뮈스가 선택한 은거지를 알고 있는지 물어보라고 시켰습니다. 포레스탕은 이 위대한 인간의 운명을 우리에게 가르쳐준 유일한 사람이었습니다. 그는 시데리를 데리고 태양의 도시로 오는 길에 카르타헤나의 폐허를 지나왔고, 그곳에 있는 강가에서 고기잡이에 열중하고 있는 연로한 노인을 만났는데, 그에게 말을 걸 수는 없었다고 말했습니다. 그러나 근처에서 만난 한 남자가 그 노인의 이름이 오르뮈스라고 확인을 해주었다는 것입니다.

포레스탕은 틀리지 않았습니다. 오르뮈스는 태양의 도시를 떠나자마자 예컨대 아메리카가 아직까지 제공할 수 있었던 쾌적한 은거지를 찾을 생각은커녕, 탐욕스러운 인간들이 그와 다투러 오지 않을, 그들이 오래전부터 피해왔고, 인간사 불안정성의 훌륭한 본보기를 제공했던 그 메마르고 텅 빈 장소, 즉 카르타헤나의 폐허 위에 자신의 거처를 정했습니다. 태양의 도시에 성벽이 세워지는 것을 보았던 이 고대 도시는 처음에는 새롭게 태동하는 권력을 대수롭지 않게 여겼지요. 그다음에는 이웃 도시의 성장을 질투하면서 태양의 도시가 아메리카 제국을 완전히 정복하지 못하도록 방해하고 여러 차례에 걸쳐 피비린내 나는 전쟁을 벌였습니다. 여러 불운을 겪은 후에 카르타헤나는 습격을 당하고 화염에 휩싸였습니다. 그 후로 이 도시는 형태 없는 잔해 더미로 남았을 뿐입니다.

그곳에서는 다른 어떤 장소보다 지구의 조락이 더욱 가시적으로 보였습니다. 인간의 동반자이자 인간의 거주지를 가득 메우는 동물들의 노랫소리나 외침이 귀에 들려오지 않고, 위로가 될 만한 관목 한 그루조차 존재하지 않는 벌거벗은 대지와 그 침울한 고독에 사람들은 두려움을 느꼈습니다.

아글로르는 외폴리스와 페루인들을 오르뮈스에게 특사로 파견했습니다. 며칠 동안의 행군 끝에 그들은 마치 밤이 되어 모두가 잠든 도시처럼 깊은 침묵이 지배하는 카르타헤나의 폐허에 도착했습니다. 그들은 폐허 사이를 여러 차례 돌아다녔습니다. 그들은 큰 소리로 오르뮈스를 부릅니다. 마침내 그들은 오르뮈스가 원형경기장의 잔해 위에 앉아 있는 것을 발견합니다. 그의 발아래에는 부서진 기둥들과 훼손된 조각상들이 어지러이 널려 있습니다. 옆쪽과 머리 위쪽으로는 성채와 사원과 궁전의 거대한 잔해들이 켜켜이 쌓여 어마어마한 더미를 이루고 있어 육안으로는 감히 바라볼 수가 없을 정도입니다. 이 광경을 보고 외폴리스는 페루인들에게 이렇게 말합니다. "눈앞에 세상의 잔해를 보고 있는 것 같구나." 그러고는 사물들의 끔찍함에도 불구하고 오로지 자기 양심의 증언에서 행복을 길어 올리는 평화로운 오르뮈스를 바라보면서 이렇게 덧붙입니다. "우주의 잔해 더미 위에 앉은 행복한 현인이라는 것이 더 이상 우화가 아니로다."

오르뮈스가 외폴리스를 알아보고 다가와서는 그를 껴안고 대체 어떤 연유로 사람이 살지 않는 이곳까지 찾아왔는지를 묻습니다. 외폴리스가 대답합니다. "존경하는 오르뮈스님, 저희는 세상의 얼굴을 바꿀 변화의 소식을 알려드림으로써 당신을 기쁘게 해드리러 왔습니다. 우리의 불행은 끝났습니다. 혼인은 더 이상 불임이 되지 않을 것입니다. 지구는 다시 비옥해질 것입니다. 하늘이 우리 땅으로 인도한 프랑스인들이 그렇게 확인해줍니다. 왕의 혈통을 이어받은 그들 중 한 명이 그들 말로는 인류를 번식시킬 수 있는 유일한 아메리카 여인인 시데리와의 결혼 승낙을 얻어냈습니다. 아글로르는 이 행복한 날들이 시작될 혼인을 축복하기 위해 당신이 와주시기를 바랍니다. 사람들은 당신이 나타나기만을 기다리고 있습니다. 그러니 청컨대 우리를 따라나서서 태양의 도시가 역사상 가장 위대했던 시민을 다시 맞이하게 해주십시오."

외폴리스의 이야기가 진행됨에 따라 오르뮈스의 얼굴은 평온함을 잃었습니다. 얼굴에 수심이 깃들고 안색이 어두워집니다. 대답하고 싶은 마음이 앞선 나머지 그는 가슴 속에서 터져 나오려는 말들을 간신히 붙들고 있는 것처럼 보입니다.

이윽고 그는 눈을 들어 하늘을 바라보고 마치 합장하듯 두 손을 맞잡고는 이렇게 외칩니다. “대체 그대는 어떤 희망을 내게 가져왔는가? 그토록 조잡한 속임수에 속아 넘어가는 것이 가능한가? 지구의 내장을 열어보고, 가장 높은 산에 기어 올라가 보고, 대양의 깊은 심해를 탐문하고, 자연의 구석구석을 모두 탐색해보게나. 그것은 그대에게 인류의 종말이 도래했다고 대답할 것이네.” 외폴리스와 그의 동료들이 그를 멈추려 해봤지만 허사였습니다. 그가 다시 말을 이었지요. “그대들 자신이 내게 이 끔찍한 진실을 확인시켜주러 왔지 않은가. 드디어 오래전부터 예언되었던 이 불길한 외국인들이 도착했다는 말이로군. 지구 멸망의 날을 재촉할 이 혼례도 말이야! 고대 신탁은 프랑스 마지막 군주의 아들이 젊은 아메리카 여인과 결혼하기 위해 이 해안에 올 때 세상의 종말이 가까울 것이라고 예고하고 있다네. 인간은 늘 그런 식으로 운명의 뜻을 바꾸려 애쓰다가 오히려 운명을 이행하기 위한 노력을 하게 되는 법이지. 그대들을 따라가고 싶지 않아서 이러는 게 아닐세. 그대들은 행복을 누리기 위해 나를 부르는 것이지. 나는 그대들과 위험을 함께 나눌 것이네. 어쩌면 내가 틀렸을 수도 있지. 내가 성취를 두려워하는 신탁은 아마도 더 먼 훗날의 시대와 관계된 것일지도 몰라.

어쨌거나 내 두려움을 아무에게도 드러내지 말게나. 용기로 무장하시게. 나로 말하자면, 마치 우주의 멸망을 참관하러 가듯이 준비하고 떠날 것이네."

이어 그는 자연스러운 절제의 태도를 되찾고 두려움을 잊은 듯 자기가 버려두고 가는 장소를 평온한 눈길로 바라봤습니다. 그가 말하길, "이곳에서 나는 인간의 행복이 재산이나 그가 사는 장소에 달려 있지 않다는 사실을 배웠다네. 이곳에서 자연의 경이로움에 대해 묵상하면서 얼마나 즐겁게 지냈던가! 나는 자연이야말로 늙어서도 여전히 아름답다고 생각했다네. 우리를 비춰주는 태양이 그의 행로를 시작해서 끝내는 것을 늘 새롭게 기쁜 마음으로 바라봤지. 인간은 죽어가고 있는 데 반해 저 별들은 아마도 최초의 젊음의 상태를 누리고 있을 것이네. 나는 그 다양한 별들을 감탄하며 바라보는 일에 지친 적이 없었어. 또한 만발한 수천 종의 꽃들이 그 가슴을 장식하고 있는 지구의 매력적인 모습을 그려보곤 했었지. 나는 우리 조상들이 이런 자산들을 무심하게 향유했고, 종종 그것을 범죄에 이용했다고 생각했다네. 이러한 성찰에서 내가 필요로 하는 인내심을 끌어냈고, 내 영혼은 신에게로 고양되어 그분의 엄격함에 대해 감사를 드렸었지." 마침내 우리를 따라나설 준비가 되자마자 그가 덧붙였습니다. "이곳을 떠나기 전에 내가 여기서 행복하게 살았다고 이 폐허 위에 몇 글자 새기도록 해주게나." 그가 슬픔에 젖은 목소리로 다시 말합니다. "아닐세, 이런 수고는 부질없네. 아무도 여기에 이 글자들을 읽으러 오지 않을 테니까. 오, 내가 사랑했던 장소여, 그대는 더 이상 사람의 얼굴을 보지 못하고, 더 이상 사람의 목소리를 듣지 못하리라!" 이 말을 하면서 그는 눈물을 떨구었고 출발했습니다.

한편 태양의 도시에서는 날마다 초조한 마음으로 오르뷔스를 기다리고 있었습니다. 나 역시도 포레스탕과 시데리를 따라 카르타헤나로 나 있는 길에 나가 그가 서둘러 도착하기를 기원했습니다. 벌써 사람들은 그의 도착이 늦어지는 것에 대해 수군대고 있었습니다. 그들을 달래고 싶었는지 아니면 하늘의 영감을 받았는지 이다마스는 사람들의 기분 전환을 위한 놀라운 계획을 하나 구상했고 이를 서둘러 실행에 옮겼습니다.

그가 아메리카인들에게 말합니다. "친구들이여, 오메가르와 시데리가 결합하게 되는 날은 인간들의 기억 속에 영원히 보존되어야 할 것이오. 그것을 단지 화려하게 축하하기만 해서는 아니 될 말이오. 하늘이 우리에게 자비를 베풀도록 하는 것으로 시작합시다. 이 신성한 혼인에 기념비로 사용될 제단을 세웁시다. 하지만 하늘의 가호를 빌려면 들판에서, 하늘이 보는 앞에서 그리해야 하오. 자연을 이 혼인 잔치에 초대합시다. 세상의 재생을 우리에게 알려줄 징조에 대한 확신을 가지고 감히 이 대지에 새로운 씨앗을 맡겨보도록 합시다."

그가 말을 하고 나자 밭을 일구는 모든 농기구가 조용히 녹슬어 가던 장소에서 꺼내집니다. 사악사악 소리를 내며 돌아가는 숫돌 위에서 농기구들은 상철의 광채를 되찾습니다. 그런 다음 이다마스는 선두에 서서 떠오르는 태양의 시선을 즐기고 있는 아자스의 평원으로 수많은 사람을 이끌고 가서 맨 먼저 빛나는 쟁기의 날을 땅속에 박아 넣고 첫 번째 이랑을 갈았습니다. 뒤따라온 사람들이 그의 본을 따라 나이, 성별, 계급의 구분 없이 우리의 선조들이 그랬듯 다시 농부가 됩니다. 어떤 사람들은 삽으로 땅을 파서 뒤집어엎어 부수고, 다른 사람들은 날카로운 갈퀴로 무장하고 비옥한 거름을 대지의 품에 넓게 뿌립니다. 모두가 부패한 세기 동안 멸시되어왔던 이러한 노동을 영광으로 여깁니다.

작업이 완료되자마자 이다마스는 신의 자비를 구하기 위해 그것을 신에게 봉헌하고자 했습니다. 그는 근처의 성전에서 인간 중에서 가장 위대한 화가가 지구가 신으로부터 번식의 능력을 받는 장면을 묘사해놓았던 제단을 발견했습니다. 사람들은 거기서 영원한 주께서 황금빛 구름 위에 앉아 모든 존재에게 생육하고 번식할 것을 명하는 장면을 보았습니다. 이 말씀에 태양으로부터 뿜어져 나온 불같은 증기가 빛만큼이나 풍부하게 퍼져나가면서 사방으로 지구를 압박하는 것 같았습니다. 숲은 그것을 받아들이기 위해 잔가지들을 펼쳤고, 대지는 모든 구멍을 열어젖혔으며, 대양은 파도를 일으켜 그것을 붙들어두었습니다. 자연 전체가 그 증기를 마치 생명수처럼 탐스럽게 들이마셨습니다. 이미 푸른 초목이 생동하고, 이미 순백색, 보랏빛, 그리고 푸른빛이 어우러진 가장 아름다운 하늘의 색조가 꽃들 위로 모습을 드러내고 있었습니다. 이미 멋진 독수리와 사나운 사자는 그들의 침울한 평온을 잃었습니다. 그들은 감동한 것 같았고, 동물들의 눈에서는 갈망의 불꽃이 번쩍이고 있었습니다. 우리가 기다리던 기적을 그토록 생생한 색채로 묘사해놓은 이 제단은 막 준비되고 있던 잔치에 딱 알맞은 것 같았습니다. 제단은 곧 성전에서 아자스의 평원으로 옮겨졌고, 우리는 수호자와 같은 제단이 지켜보는 앞에서 인간의 생명을 유지하는 데 가장 필수적인 씨앗들을 뿌릴 작정이었습니다. 젊은 아메리카 여인들이 루비와 에메랄드로 장식한 황금 바구니에 씨앗을 옮겨 담았습니다. 갑자기 태양의 도시에 사는 한 주민이 성큼성큼 걸어오는 오르뮈스와 특사들을 발견하고 그들을 가리켜 보입니다. 즉시 우리는 모든 농기구를 땅에 내려놓고 오르뮈스를 만나기 위해 달려갑니다. 기쁨의 감미로운 소리와 주체할 수 없이 터져 나오는 수없이 많은 마음의 말들이 우리의 발걸음을 활기차게 합니다. 하지만 우리가 오르뮈스에게 가까이 다가갈수록 이러한 속삭임이 줄어들고, 발걸음은 느려지고, 마침내 이 위대한 사람이 우리 가운데 도착하자 전반적인 침묵이 흐릅니다. 두 세계의 영광이자 삶의 행로를 두 번이나 살아낸 이 존엄한 노인을 보면서 각자는 머릿속으로 '낙원의 섬'에서 받았던 영예로 둘러싸인 그를, 혹은 바다 밑 땅을 정복하겠다는 숭고한 계획을 세웠던 그를 그려보고 있었습니다. 따라서 우리는 저도 모르게 존경과 감탄으로 그 자리에서 움직이지 못했던 것이지요.

우리가 아자스의 평원에 씨앗을 뿌릴 예정이라는 사실을 알게 되자마자 그가 이렇게 말합니다. "잠깐 멈추시오. 무엇보다 먼저 하늘의 보호를 기원합시다. 그대들의 유일한 희망인 이 씨앗들을 내 손을 통해 신께서 축복해주시기를 간구하려 하오." 그는 씨앗을 들고 있는 젊은 아메리카 여인들을 자신의 주위로 나오게 합니다. 그러고는 얼굴을 땅에 대고 엎드린 채 한동안 침묵 속에 머뭅니다. 그런 다음 제단의 계단을 올라갑니다. 그 순간에 그분이 우리에게 얼마나 위대하고 장엄하게 보였는지요! 마치 천사가 지상에 내려온 듯이 어떤 인간도 이보다 더 장엄한 모습으로 영원한 신을 대표한 적은 없다고들 했습니다. 그의 눈에서 얼마나 큰 불길이 빛나던지! 그의 연설은 얼마나 웅변적이던지! 그의 이마에는 얼마나 위엄이 깃들어 있던지! "오, 우주의 전능하신 창조주시여!" 오르뮈스가 두 손을 하늘로 들어 올리며 말합니다. "만물의 태초에 하신 말씀을 기억하소서! 당신께선 지구에게 생육하고 번식하라고 말씀하셨습니다. 지구는 당신 말씀에 복종하기를 멈췄습니다. 저 하늘 높은 곳에서 내려오셔서 지상 최고의 명령을 반복하시고, 지구가 주인의 목소리를 듣게 하소서. 당신께서 우리의 소원을 들어주신다면, 우리는 당신의 거룩한 계명에 충실하고 당신의 자비가 당신의 영광이 되도록 하며 이를 영원히 기억할 것을 이 자리에서 맹세합니다. 당신은 해마다 같은 장소에서, 이 제단 위에서 우리가 거둔 첫 수확물을 당신께 바치는 것을 보실 것입니다. 우리는 우리의 불행과 당신께서 내려주신 축복의 역사를 대리석과 청동에 새겨놓을 것입니다. 우리는 그것을 수많은 찬송가로 만들어 온 우주가 찬양하게 할 것이며, 당신은 세상을 창조한 것보다 세상을 재생시킨 것으로 더욱 영광 받으시고 더욱 복종 받으실 것입니다."

이 짧은 기도가 끝난 후에 그는 다양한 씨앗 위로 손을 뻗습니다. 그가 말을 잇습니다. "하늘이 잃어버린 활력을 되돌려 주기를. 이 씨앗들이 곧 싹을 틔우고 멋진 줄기로 자라나서 열매가 주렁주렁 매달린 멋진 장관으로 우리의 눈을 행복하게 해주기를. 그리고 그대, 인간이 마지막 희망을 품고 있는 대지여, 이 소중한 위탁물을 받으십시오. 죽어가는 어머니가 요람에 잠든 아픈 외아들을 가장 친한 친구의 손에 맡기면서 우려의 마음을 금하지 못하는 것처럼 우리도 그녀와 같은 근심을 느끼고 있으니, 부디 이 씨앗들을 치명적인 모든 공격으로부터 보호하고 그대의 모태에서 따뜻하게 품어주시어 그곳에서 양분과 생명을 얻을 수 있게 해주십시오." 오르뮈스는 이렇게 말하면서 직접 그 씨앗들을 갈아놓은 이랑 위로 던져 넣습니다. 늙은 노사제의 종교적 확신과 유창한 연설이 우리의 영혼을 고양시켰습니다. 우리가 보기에 그토록 거룩한 기도의 열성 덕분에 신께서 은총을 내리기를 거부할 수는 없을 것 같았습니다. 우리는 최초의 농부들이 느꼈을 법한 희망과 기쁨을 안고 태양의 도시로 되돌아왔습니다.

지구가 그 행복을 기다리고 있는 혼인을 성대하게 축하하는 일에 여러 날이 바쳐졌습니다. 이 기간에 이다마스는 오르뮈스 곁을 떠나지 않았습니다. 그는 예술, 과학, 그리고 자연의 가장 비밀스러운 현상에 대해 그에게 묻고 또 물었습니다. 오르뮈스는 이다마스에게서 인간 지식의 계승자가 될 만한 학자의 모습을 발견한 것을 기쁘게 생각하고 서둘러 그를 가르쳤습니다. 그는 인간들이 이룬 모든 발견을 그에게 전수했고, 마치 삶의 마지막에 다다르고 있음을 예견이나 한 듯이 자신의 계획과 생각들을 그에게 물려주었습니다.

마침내 내가 초조하게 기다리던, 내 결혼을 위해 점지된 날이 도래했습니다. 혼례는 아자스의 평원, 오르뮈스가 씨앗들을 축복했던 바로 그 제단에서 치러지게 되어 있었습니다. 사람들은 이 잔치에서 인간들이 수 세기 동안 축적했던 재물이 빛나는 것을 보았습니다. 이곳의 기후대에서 자연이 아끼지 않고 내어주었던 금과 다이아몬드가 모든 이들의 의복에서 광채를 발하고 있었습니다. 젊은 아메리카 여인들은 음악이 만들어낼 수 있었던 가장 아름다운 선율과 감미로운 멜로디가 영혼과 감각을 도취시키는 찬가를 노래했습니다. 나는 시데리 옆에 나란히 서서 걸었습니다. 아마도 그녀는 나의 칭찬을 지각없는 일이라고 비난할지도 모르겠습니다. 하지만 이 말씀을 드리지 않을 수가 없네요. 그녀는 자신의 미모로 그 많은 화려함을 모두 지워버렸습니다. 들판에 핀 백합꽃보다 더 하얀 아마포로 만든 소박한 드레스가 몸치장 전부였고, 황금빛 머리칼은 어깨 위로 흘러내려 찰랑이고 있었지요. 이런 소홀함에도 불구하고 모든 시선은 그녀를 찬미하는 데 싫증을 내지 않았고, 내 눈길 역시 그녀를 떠날 수가 없었습니다. 나는 필멸의 인간 중에서 가장 행복한 사람이었습니다. 이다마스는 나의 도취 상태를 함께 나누었습니다. 기쁨과 자신감이 그의 이마 위에 피어올랐습니다. 오르뮈스로 말하자면 평온한 모습을 하고 있었습니다. 어쩌면 외폴리스로부터 내가 어떤 후원을 받으며 아메리카로 향하는 여행을 시도하게 되었는지 들었을 수도 있고, 어쩌면 이 모든 것보다 우월한 그의 위대한 영혼이 평화롭게 그 사건들을 기다리고 있었기 때문일 수도 있겠지요.

하지만 카르타헤나로 파견되었던 외폴리스와 페루인들은 그렇지 않았습니다. 오르뮈스가 두려워하는 신탁을 알게 된 이후로 그들은 계속해서 괴로움을 겪었습니다. 태양의 도시에 돌아오기가 무섭게 그들은 자기들에게 말해진 불길한 예언을 밝혀야 할지 말아야 할지 고민했습니다. 외폴리스가 페루인들에게 이렇게 말했지요. "우리가 지구와 인류의 남은 생존자들을 그들이 겪게 될 끔찍한 위험에 노출시켜도 되는 것인가? 아! 만일 이 혼례의 횃불이 켜질 그 순간에 최후의 날을 알리는 나팔 소리가 울려 퍼지는 것을 듣게 된다면, 우리를 비추는 이 태양이 녹아 사라지면서 행성들을 불태워버리는 것을 보게 된다면, 하늘과 땅이 공간의 허공 속으로 무너져 내리는 것을 보게 된다면! 오, 친구들이여! 그때 우리는 이 끔찍한 비밀을 지킨 것에 대해 스스로 어떤 비난을 하게 될 것인가? 죽음을 두려워해서 이러는 게 아니라네. 나는 종종 이 제국을 구하기 위해 목숨을 걸고 맞서 싸웠으니 말일세. 나의 연약함을 고백건대, 내가 두려운 것은 땅이 갈라지고 자연 요소들이 뒤엉켜 하나로 녹아내리고 하늘이 불길에 휩싸이는 광경일세. 이런 끔찍한 광경을 보고 나서야 죽게 된다는 사실이 두려운 게야. 그 생각을 하는 것만으로도 온몸이 떨리고 나의 이성은 동요하네. 나는 더 이상 나를 알아볼 수가 없다네."

외폴리스의 의견은 페루인들의 욕망을 부채질했기에 오르뮈스라는 인물에 대한 존경심이 없었다면 비밀을 누설하는 데 동의할 뻔했습니다. 그들은 이 존귀한 노인이 전혀 두려워하지 않는 위험에 자신들이 맞설 수 있다고 믿었고, 이 위대한 사람에게 한 약속을 어기느니 차라리 온갖 위험에 자신을 노출하는 것이 더 낫다고 말했습니다. 동료들의 확고함에 가로막힌 외폴리스는 이 커다란 비밀을 자기 안에 담고 있었습니다. 하지만 그는 비밀을 왕에게 고하지 않을 수 없었고, 이를 알게 된 왕은 나의 결혼식에 참석하지 않았을 뿐만 아니라, 하늘이 아주 작은 재앙의 징조를 통해서라도 나에게 반하는 모습을 보이면 즉각 혼례를 중지하라고 명했습니다.

우리가 아자스의 평원으로 다가가면 갈수록, 외폴리스와 페루인들의 공포는 커갔습니다. 그들은 수평선과 별들을 향해 끊임없이 불안한 시선을 던졌습니다. 공기가 가볍게 떨리기만 해도, 조그만 먹구름이 드리우기만 해도 그들은 깜짝 놀라곤 했습니다. 특히 불같은 영혼을 소유한 외폴리스는 불안을 숨길 수가 없었습니다. 그는 오르뮈스의 금지에도 불구하고 이 끔찍한 예언을 밝히고 내 결혼에 반대할 참이었습니다. 만일 그가 바로 그 순간 필시 내게 호의적이었던 천상의 힘으로 영감을 받은 게 틀림없는 하나의 계획을 떠올리지 않았다면 말이지요. 그는 우리를 떠나 우리가 씨를 뿌려놓은 밭으로 향하더니 칼끝으로 땅속을 헤집어 봅니다. 아니요, 나는 우리 눈이 목격자가 되었던 그 장면을 결코 당신께 그려 보일 수 없을 것입니다. 외폴리스는 씨앗이 싹을 틔우는 것을 발견합니다. 이 광경에 충격을 받고 제정신이 아니게 된 그는 이렇게 소리를 지릅니다. "친애하는 동료들이여, 우리의 소원이 이루어졌습니다. 자연이 우리를 위해 다시 살아나고 있습니다." 곧바로 우리는 소란스럽게 대열을 무너뜨립니다. 모두가 이 기적을 보길 원하고, 다들 자기 눈으로 직접 봐야만 믿을 수 있었으니까요. 정말로 씨앗이 발아했습니다. 기쁨의 함성이 사방에서 울려 퍼집니다. 그 무엇도 진정시킬 수 없는 열광의 도가니였지요. 이다마스는 고개를 들어 가장 생생한 감사의 표정으로 하늘을 바라보았습니다. 눈물이 뺨을 타고 흘러내렸습니다. 그러고는 자연의 자비를 가장 먼저 알아차린 외폴리스를 품에 안습니다. 이다마스는 우리가 외폴리스를 들어 올려 헹가래 치기를 바랍니다. 오! 내 기억에 영원히 소중하게 남아 있는 순간들이여! 나는 내 기쁨만으로 행복했던 것이 아니고, 함께 누리는 공동의 환희로 인해 더욱 행복했습니다. 너무나 생생하고 깊어서 사랑이라는 감정 자체를 압도하는 감정들을 경험했습니다. 나는 시데리를 거의 잊었습니다. 아, 같은 하늘 아래서 같은 기쁨을 느끼는 거대한 사람들의 사회라니 이 얼마나 흐뭇한 일이었겠습니까! 오르뮈스만이 이러한 흥분을 무심하게 바라보았습니다. 그는 필시 이러한 첫 번째 성공이 더 만족스러운 결과를 가져올 수 없다는 사실을 알고 있었던 겁니다.

이 현상이 외폴리스와 페루인들의 공포를 일소시켰습니다. 모든 것이 내 결혼을 장려하는 듯 보였고, 우리가 제단 주위에 모이자마자 현명한 오르뮈스가 우리에게 행한 연설은 이러했습니다.

"나는 여러분이 터뜨린 환희를 고통 없이 볼 수가 없었소. 과도한 기쁨에 뒤따르는 절망보다 더 치명적인 것은 아무것도 없다오. 나는 여러분이 거짓된 외관에 속고 있는 건 아닌지 두렵소. 잿더미로 변한 장작불의 잔해 위로 파닥파닥 날아다니는 가벼운 불꽃들은 곧 사라진다오. 이 씨앗들은 아마도 같은 운명을 겪게 될 것이오. 이런, 여러분이 보고 있는 이 씨앗들이 죽어가는 자연의 마지막 노력에 빚지고 있는 게 아니라고 그 누가 확신할 수 있겠소!" 이 말을 통해 우리에게 그날의 운명에 대한 유익한 불신을 심어준 후 그는 말을 계속했습니다. "위대한 신이시여, 당신께서 우리의 작업을 축복하시는 게 사실이라면, 이 기적이 당신의 전능하신 손에서 나왔다면, 저의 미천한 기도를 들어주소서. 제가 이 아름다운 날들의 새벽을 보고, 인류의 후계자를 안아볼 수 있도록 충분히 오래 살게 하소서. 하나 당신께서 우리의 계획을 부인하신다면 오셔서 그것이 성공하지 못하도록 막으소서. 분명한 징표로 당신의 뜻을 보여주소서. 저는 당신의 법에 순종하길 거부하는 첫 번째 인간을 지옥의 영들께 바칩니다."

이 말을 하고 나서 동쪽을 향해 몸을 돌리더니 그는 광활한 지평선 위로 시선을 던집니다. 모든 것이 평화로웠습니다. 자연이 이 혼례에 임하고, 그것이 완수되기를 바라면서 보기 좋은 풍경을 제공하려 애쓰는 것처럼 보였습니다. 수많은 호의적인 징후에 안심한 그는 시데리에게 다가갑니다. 그가 그녀에게 말합니다. "새로운 아담의 행복한 이브가 되십시오. 나는 두 사람을 영원히 결합시킵니다. 하늘이여, 이 혼례에 박수를 보내십시오. 대지여, 이 젊은 부부를 위해 다시 생육하고, 꽃과 열매로 장식된 그대의 젖가슴에 그들이 낳은 수많은 자녀를 받아들이기 바랍니다. 그러므로 친애하는 오메가르여, 과학과 기술의 거룩한 기념물들을 조심스럽게 보존하시오. 그것은 거대한 노동의 산물입니다. 세계의 입법자여, 세계에 가장 좋은 법을 마련해주시오. 잔인한 제도가 소멸하기 전에 여러 민족을 오래도록 불행하게 만들었다는 사실을 기억하시오. 이 야만적인 경험이 그대의 후손에게 되돌아오지 못하도록 하시오. 지혜가 더 이상 무한한 인간들의 행복과 피를 희생시키지 않기를 바라오. 자, 이것이 내가 그대와 그대의 자손들을 위해 희구하는 소원이오."

오르뮈스의 이 말은 나의 용기에 불을 붙였습니다. 나는 그토록 고귀한 운명이 내게 부과한 거룩한 의무를 다하기로 마음속 깊이 다짐했습니다. 그래요, 나는 수 세기에 걸친 역사와 경험이 주는 숭고한 교훈들을 정성을 다해 모으고 기록했을 것입니다. 어째서 그런 고귀한 계획이 소멸되어야 했단 말입니까? 아아, 슬프도다! 나는 파국의 가장 끔찍한 순간에 가까워지고 있었고, 그 기억은 아직도 나를 고통스럽게 합니다.

오르뮈스가 감사의 기도를 바치기 위해 두 손을 하늘로 들어 올리는 순간 갑자기 움직임을 멈춥니다. 그에게만 보이는 물체가 그의 주의를 끈 것 같습니다. 그는 그에게 말을 하지만 내게는 웅얼거림만이 들리는 어떤 목소리가 있는 듯 가만히 귀를 기울이고 있습니다. 그런데 오르뮈스의 가슴에서 탄식이 새어 나옵니다. 소름이 끼칠 정도의 창백함이 그의 얼굴을 뒤덮습니다. 그는 간신히 뚝뚝 끊어지는 몇 마디 말을 할 수 있을 뿐입니다. "오 하늘이여, 오 가혹함이여! … 죽음이여! … 죽음이야말로 내겐 행복입니다." 그는 신성의 명령을 전달할 임무를 띤 천사에게 그런 식으로 대답했습니다. 곧 그 명령이 우리에게 드러났습니다. 오르뮈스가 우리에게 말합니다. "유럽인들이여, 그대들은 속았다. 하늘이 이 혼인을 반대하니, 내 힘으로 할 수 있는 한 나는 이 혼인을 파기한다. 오메가르를 시데리로부터 떨어뜨려 놓아라. 그가 감히 아내에 대한 권리를 주장하려 한다면 그에게 화가 미칠 것이다!" 오르뮈스가 나를 향해 말을 합니다. "그렇다. 그대는 끔찍한 종족의 아비가 될 것이다. 그대의 후손들은 혹독한 배고픔을 무기 삼아 전쟁을 일으켜 서로 잡아먹을 것이고, 모든 잔혹한 범죄를 명할 필요 외에는 다른 신을 알지 못할 것이다. 어서 오메가르를 시데리로부터 떼어내지 못할까." 이어 그가 더 큰 소리로 말을 잇습니다. "이는 하늘의 명령 그 자체이며, 만일 의심된다면 지금 즉시 그대들의 눈앞에서 완수될 이 예언을 믿으시오. 나는 죽을 것이오." 이 말을 마치자마자 그는 비틀거리며 제단의 계단 위로 쓰러집니다.

그가 마지막 숨을 내쉬기도 전에 그 못지않게 무서운 또 다른 광경이 우리를 사로잡은 공포를 더욱 고조시켰습니다. 이다마스만큼 열렬히 세계의 재탄생을 바라는 사람은 없었습니다. 이를 위해 그는 조국을 떠났고, 나를 브라질로 데려갔습니다. 아마 세계 일주라도 능히 감행했을 것입니다. 그는 지구가 곧 번영하는 제국들로 뒤덮이리라는 희망을 품었더랬지요. 이러한 변화의 이미지가 그의 정신에 끊임없이 펼쳐졌습니다. 말하자면 그는 생생하고 열정이 가득한 상상의 힘으로 그것을 실현했던 것입니다. 그는 미래의 종족을 직접 본 사람처럼 내게 말했고, 이미 그들의 행복의 토대를 마련해 놓고 있었습니다. 그의 위대한 영혼은 인류를, 예술을, 과학을, 인간을 단결시키고 더 행복하게 만들 수 있는 모든 것을 사랑했습니다. 오르뮈스의 예언을 들은 후에 자신의 희망이 무너지는 것을 보고, 자신이 빠져나왔다고 믿었던 우울한 미래로 다시 들어길 수밖에 없는 것을 알게 되었을 때 그가 얼마나 큰 타격을 입었겠습니까! 그는 이런 끔찍한 반전을 견딜 수가 없었습니다. 맹렬한 열기가 혈관 속에서 타오르고 그는 그만 이성을 잃어버리고 맙니다. 나는 급히 달려가 그를 품에 안고 말을 겁니다. 그는 그런 나를 보지 못하고 듣지도 못한 채 목놓아 애타게 나를 찾습니다. 오르뮈스와 시데리를 부릅니다. 착란 속에서 마음이 원했던 모든 대상을 본다고 생각합니다. 그가 내게 말합니다. "나를 숲이 울창한 요람의 그늘로 데려다주시오. 그곳의 녹지에서 수면의 평화를 맛볼 것이오. 내가 뭘 듣고 있는 거지? 공기 속에 울려 퍼지는 이 소리는 무엇이지? 모루가 계속되는 망치질 때문에 신음하는구나. 아, 내가 바랐던 순간들이여! 예술은 도시에서 부활하는구나! 태양이 황금빛으로 물들인 이삭들이 보이시오? 행복한 농부들이여, 서두르시오, 추수할 때가 다가왔소. 이 꽃들이 공기 중에 내뿜는 향기는 얼마나 달콤한가! 이 과실수의 열매들로 내 불타는 입술을 축여주시오. 오메가르여, 그대는 나를 저버리는가! 그대의 아이들은 어디에 있는가? 그 아이들을 내게 데려오게. 그 아이들을 조금 더 안아주고 싶다네." 이것이 바로 과도한 고통에 억눌려 정신을 놓고 삶을 버리게 된 순간까지 그가 그치지 않고 되풀이하던 말입니다.

이 새로운 죽음에 겁을 먹은 외폴리스가 오르뮈스의 첫 번째 예언을 밝혀야 한다고 생각했던 것이 그때였습니다. 그가 말합니다. "여기 아마도 그 끔찍한 서막이 있습니다. 그대들이 나를 믿는다면 서둘러 하늘을 달래야 할 것이오. 하늘은 이 결혼을 거부하오. 그러니 영원히 이 혼인의 매듭을 끊어놓아야만 하오. 이 유럽인들을 자기들의 나라로 돌려보내야 할 것이오. 바다를 사이에 두고 오메가르와 시데리를 갈라놓읍시다. 그대들이 신께서 내게 불어 넣어주는 이 조언을 따르기를 거부한다면, 오늘 밤이 지상의 마지막 밤이 되지 않으리라는 걸 누가 알겠소? 나로서는 아직 살아 있다는 사실이 놀라울 따름이오." 아메리카인들은 두려움에 떨고 있었습니다. 그들은 외폴리스의 제안에 박수를 보내고, 날이 밝자마자 그들의 나라를 떠날 것을 요구하면서 그렇지 않으면 가혹한 법에 따라 내가 희생될 것이라고 말합니다. 야만인들은 이제 내게서 공공의 행복을 해하는 적을 볼 뿐이었습니다. 가장 우호적인 조짐과 함께 시작되는 것을 보았지만, 결국 내 인생에서 가장 불행했던 그 날이 이렇게 막을 내립니다.

여섯 번째 노래

오메가르가 이야기를 계속 이어나가려 했을 때 그는 시데리의 눈에서 모종의 불안과 동요를 감지한다. 그는 그녀가 비난을 살까 봐 두려워하는 이방인 앞에서 자신들의 허물을 이야기해야만 했다. 부끄러움에 벌써 그녀의 얼굴이 가벼운 홍조로 뒤덮였다. 아내의 불편함에 신경이 쓰인 남편은 그녀에게 부드럽게 말한다. "사랑하는 시데리, 이제 집안일을 돌볼 시간이 되었소. 가서 기꺼이 우리를 찾아와준 손님을 위한 잔치를 준비하도록 하세요. 나도 곧 가서 일을 거들겠소." 이 말에 평정을 되찾은 시데리는 자리에서 일어나 담담한 표정으로 인간의 아버지에게 예를 갖추어 인사한다.

하지만 그녀의 출발은 남편의 마음속에 남모를 슬픔을

던져준다. 불길한 예감에 사로잡힌 그는 마치 마지막으로 보는 것처럼 눈으로 그녀를 좇는다. 그녀가 사라지자 마음의 동요는 더욱 커진다. 그는 그녀를 다시 불러 세우지 않은 것을 후회한다. 방금 그녀를 영원히 잃은 것만 같다. 오메가르의 눈길은 시데리가 떠난 곳에 오래도록 머물며 거기서 계속해서 그녀를 찾는다. 마침내 그는 진정하고, 자신의 불행을 계속 이야기한다.

이 운명의 일격에 압도되고, 너무나 고통스러운 나머지 둔감해진 나는 마치 어리석은 사람처럼 내가 걸어왔던 길도, 나를 인도했던 손길도 보지 못한 채 태양의 도시로 돌아왔습니다. 이 순간은 끔찍한 악몽과도 같았고, 그에 관해서라면 오랜 고통의 기억만이 남아 있습니다.

이 같은 극도의 낙심 상태에서 벗어나자마자 내가 내뱉은 첫 마디는 시데리의 이름이었습니다. 나는 그녀를 찾았습니다. 당황한 동료들은 감히 내게 대답할 엄두도 내지 못했지요. 나는 고집을 부렸습니다. 내가 그들에게 말했지요. "난 그저 내 눈물이 그녀의 눈물에 섞여들고, 우리의 불행이 그녀를 절망에 빠뜨리지 않았는지 내 눈으로 직접 확인하고 싶을 뿐입니다." 이는 내가 간청했던 유일한 은총이었지만 매몰차게도 거절당하고 말았습니다. 팔레모스는 아메리카인들이 아글로르의 명령에 따라 내 아내를 내게서 멀리 떨어뜨려 외폴리스의 감시하에 있는 도시의 성채에 가두었다고 알려 주었습니다. 이 소식으로 나는 내가 그녀를 두 번째로 빼앗겼다는 사실을 알게 되었습니다.

절망이 내 영혼을 휘감았고 나는 오직 절망만을 생각했습니다. 대지 위에 내려앉은 밤이 대지에 짙은 어둠을 덮었습니다. 동료들은 횃불의 도움을 받아 가며 나의 출발 준비를 서둘렀습니다. 나는 분노를 집중시키며 그들의 움직임을 지켜보았습니다. 그들의 신속함에 짜증이 난 나는 이렇게 말합니다. "어째서 이토록 도주를 서두르는 겁니까? 이곳에서 당신들이 두려워할 것은 하나도 없습니다. 나를 죽음에서 구출하려고 이런 노력을 하는 것이라면, 당신들의 수고는 하등 쓸모가 없습니다. 당신들 앞에서 맹세컨대 나는 시데리가 숨 쉬고 있는 이곳을 절대 떠나지 않을 겁니다. 그래요. 나는 이곳에 남기를 원하고, 아메리카인들의 분노에 내 몸을 맡길 것입니다."

내 계획에 놀란 동료들은 열의를 다해 결심을 돌이키려 하면서 나를 달래려 애를 썼습니다. 하지만 나는 아무 말도 듣지 않고 감히 그들을 모욕했지요. 나는 신랄하게 그들에게 되묻습니다. "내게 위로의 말을 건네는 당신들은 도대체 누굽니까? 아무도 당신들의 삶을 해하려 들지 않아요. 그러니 당신들이 그토록 사랑하는 조국으로 돌아가십시오. 모든 것이 당신들을 바라보며 웃습니다. 화염 덩어리 위에 누운 불행한 자를 위로하는 것이 숲의 그늘에서 상쾌한 공기를 들이마시는 자들의 몫입니까? 이런! 당신들이 어떻게 내 고통을 누그러뜨릴 수 있겠습니까? 그런 고통을 전혀 경험하지 못한 당신들이 말입니다. 하늘이 당신들에게서 고통을 느낄 능력을 거두어 가지 않았던가요? 오, 시데리여, 그대만이 이 우주에서 나를 이해할 수 있는 유일한 사람이고, 다정다감한 마음으로 내 마음에 말을 건네는 법을 알 만한 유일한 사람이건만, 그런 당신을 내게서 떼어놓다니! 게다가 당신이 나의 마지막 인사를 받는 것조차도 원치 않는다니!" 나는 덧붙여 말했지요. "오, 하늘이시여! 어째서 내겐 잔인한 외폴리스의 두려움을 현실로 만들어줄 권능이 없단 말입니까? 어째서 나는 대양이 밑바닥에서 치솟아 오르는 것을, 산들이 분노의 파동 속에서 무너져 내리는 것을, 대지가 아가리를 벌리고 광범위하게 사라지는 것을 볼 수가 없습니까? 어째서 나는 마지막 날의 나팔 소리가 대기 속에 울려 퍼지는 것을 들을 수가 없단 말입니까? 나는 이보다 짙은 어둠을 본 적이 지금껏 단 한 번도 없습니다. 오! 이것이야말로 슬픔에 잠기고 죽음의 그림자로 뒤덮인 자연이 아닙니까!"

그렇게 분노를 쏟아내고 있을 때, 창백한 얼굴의 남자가 휘청거리며 흉한 몰골로 다가옵니다. 나는 시데리의 아버지를 알아봅니다. 그가 우리에게 겁먹은 목소리로 말합니다. "유럽인들이여, 당신들의 죽음이 선고된 이 야만의 땅에서 서둘러 떠나시오. 내 딸을 데리고 가시오. 당신들은 그 아이에게 목숨을 빚졌소." "그렇습니다." 내가 그를 껴안으며 말합니다. "그녀는 우리와 함께 가야지요. 우리의 목숨을 구한 건 그녀입니다." 나는 마치 정신 나간 사람처럼 말했습니다. 그러나 그는 내 마음의 모든 욕망을 부추겨놓았습니다. 팔레모스가 그에게 이 가증스러운 음모의 전모를 묻습니다. 시데리의 아버지가 대답하기를, "당신들과 헤어진 후에 외폴리스는 일각도 지체 없이 우리를 이 도시 근처의 사원에 불러모은 다음 이런 이야기를 들려주었습니다.

'아메리카인들이여, 그대들은 방금 오르뮈스의 예언을 들었소. 그 예언이 비록 치명적이라 해도 그대들이 지금 위협받고 있는 것은 그보다 더 끔찍한 위험이오. 오메가르의 결혼이 언젠가 완수된다면 그것은 필시 당신들과 지구의 운명을 끝장내게 될 것이오. 그것이 바로 위대한 오르뮈스가 내게 털어놨던 비밀이고, 나는 이를 인류의 이익을 위해 밝히지 않을 수가 없소. 그러니까 오늘 세계의 운명이 단 한 사람의 손에 놓여 있다는 말이오. 태양이 우주를 비추기 시작한 이래로 한낱 인간이 그토록 위험한 권력을 누린 적은 결코 없었소. 그대들은 오메가르와 그 아내 사이에 대양이라는 장벽을 놓는 것으로 충분하다고 생각하시오? 그는 그녀에 대해 사랑의 모든 불길을 태우고 있소. 하늘의 이름으로 말했던 오르뮈스의 절대적인 명령도, 그가 경고했던 무시무시한 불행에 대한 두려움도, 예언을 마친 후에 우리의 발치에서 쓰러져 죽음을 맞이한 이 신의 사제의 모습도 오메가르가 시데리의 손을 놓게끔 하지는 못했소. 조금 전 그를 그녀에게서 떼어놓기 위해 완력을 사용해야 했을 때 그의 낯빛이 사색으로 변하는 것을 그대들은 보았소. 떨리는 무릎은 더 이상 그를 지탱하지 못했소. 그자는 표정 하나하나에서 절망의 끔찍한 형상을 드러내 보였소. 그토록 격렬한 사랑은 모든 것을 감행할 수 있다오. 이 대담한 젊은이는 그대들이 안심하고 잠든 순간에 세상의 끝에서 다시 돌아와 결단코 양도한 적이 없었던 자신의 온순한 배필에 대한 권리를 주장할 것이고, 여러분과 여러분의 자녀들, 그리고 지구를 공멸로 몰아넣을 것이오. 우리가 이처럼 계속되는 공포와 함께 살아야만 하겠소? 하늘이 그를 우리 손에 넘겨주었소. 그의 죽음으로 이 제국의 안녕과 우주 전체의 안녕을 보장받읍시다. 내일 해가 뜨기 전에 미리 준비합시다. 나는 그의 동료들에게 오메가르의 목숨을 요구하러 갈 것이오. 만일 그들이 거부한다면 그들을 향해 검을 뽑읍시다. 그리고 그들을 모두 척살합시다.'

사람들은 이 제안에 박수를 보냅니다. 고백건대, 친애하는 오메가르여, 나 또한 당신의 파멸이 불가피하다고 믿었다오. 내 마음이 혐오하는 이런 잔악함을 용서해주기 바라오. 애통하게도 나는 내 딸에게도 똑같은 운명이 마련되어 있다는 걸 몰랐소. 나는 딸아이에게서 멀리 떨어져 고독한 지붕 아래서 안면安眠을 즐기려고 했었소. 그런데 내가 전혀 본 적이 없는, 위풍당당한 용모에 범인의 얼굴 아래 신이 모습을 감추고 있는 것만 같은 한 남자가 나를 멈춰 세우더니 이렇게 말하는 거요. '불행한 아비여, 자네는 딸을 사랑하는가?' '맙소사!' 내가 그에게 대답했소. '그렇다마다요. 딸아이가 내게 얼마나 소중한지! 나는 그 애를 위해 목숨을 내어줄 수도 있어요.' 그러자 그가 한숨을 내쉬며 말하길, '내일 그녀는 망자들의 거처를 보게 될 것이네. 동이 트면 아메리카인들이 전투를 개시할 것이야. 만일 그들이 패하거나 그 유럽인 남자가 그들에게서 빠져나간다면, 그자들은 자네의 딸을 희생시킬 것이네. 그들 생각으로는 지구를 구하기 위해서는 자네의 사위나 딸 중 하나가 죽으면 충분하니까. 이것이 바로 외폴리스가 방금 비밀 회동에서 브라질의 수장들과 함께 내린 결정이라네. 나는 오메가르를 보호한다네. 아메리카 전체가 그에 맞서 무장을 한다고 해도 나는 그를 구할 것이야. 자네로 말하자면, 딸의 생명을 염려하고 있으니 말인데, 딸아이가 죽음에서 벗어날 방도가 하나 있지. 그녀를 남편과 함께 떠나보내시게나. 내가 밤 그림자의 어둠을 더욱 짙게 만들어 그들의 도주를 감출 것이네. 하지만 서두르게. 매 순간이 소중하니까 말이야.' 친애하는 오메가르여, 이리 오시오." 포레스탕이 다시 말을 합니다. "내가 그대에게 아내를 돌려주겠소. 내가 딸아이를 잃고, 딸아이는 살아남는 것, 그것이 바로 불행한 아비의 마지막 소원이라오."

나는 그를 따라가려 했습니다. 하지만 팔레모스가 우리를 멈춰 세웁니다. 그가 시데리의 아버지에게 말합니다. "나는 당신의 슬픔을 느낄 수 있고 외폴리스의 비정한 신중함을 비난할 뿐만 아니라, 내 동료의 죽음으로 세상의 안녕을 사야 한다면 차라리 죽는 것이 낫다고 생각합니다. 하지만 고백건대, 오르뮈스의 변론과 위협적인 예언, 아직도 내 눈에 생생한 그의 끔찍한 죽음, 그리고 우리의 지도자인 이다마스의 죽음은 나를 공포로 사로잡아 아직도 내 감각을 어지럽히고 있습니다. 하늘의 진노에 맞서고, 가장 자부심이 넘치는 용기조차도 두렵게 만들 수 있는 불행을 자신들의 머리 위에 떨어지게 만드는 것이 과연 나약한 인간이 할 일입니까!"

"당신은 두려워할 게 아무것도 없소." 포레스탕이 대답합니다. "그 낯선 이가 어떤 말로 나의 공포를 떨쳐버리게 했는지 들어보시오. 그가 말하길, '오르뮈스는 필멸자의 삶의 종착지를 두 번이나 경험했다네. 이런 극심한 노쇠가 이성을 약화시켰지. 덕분에 겁이 많아졌고 미신적인 사람이 되었다네. 한마디로 그자는 천재성을 상실한 위대한 인간의 잔해에 불과할 뿐이었지. 그의 예언을 검토해보게나. 오르뮈스의 주장에 따르면 오메가르는 치명적인 종족의 시조가 될 것이고, 혼사가 치러지는 날 지구는 파멸을 맞이하게 되어 있었네. 이 두 가지 예언 중 하나는 거짓이야. 그러니 그것을 이용한 자는 자네의 신임을 받을 자격이 없는 것이지.' 그자가 너무나 경멸적인 태도로 이 말을 하는 바람에 그동안 너무 쉽게 믿어왔던 나 자신이 부끄러워 얼굴이 붉어졌다오. 그 낯선 이가 나를 딸아이가 갇혀 있는 성채로 안내했소. 나는 그가 어떤 기적을 통해 자기 능력을 발휘했는지 감히 당신들에게 말해줄 수가 없다오. 당신들은 내 입을 기만이라고 비난할 테니 말이요. 하지만 직접 와서 그 기적을 보기 바라오. 그러면 당신들은 더 이상 오르뮈스의 위협과 예언을 두려워하지 않을 것이오."

포레스탕은 어둠을 가로지르며 성채의 문턱까지 우리의 걸음을 인도합니다. 성문이 열려 있고, 보초들이 졸고 있는 것을 봤을 때 우리의 놀라움이 어떠했을까요. 포레스탕이 말합니다. "그 낯선 이가 이 모든 기적을 행했다오." 우리는 외폴리스의 숙소를 지나칩니다. 선 채로 졸음이 엄습했는지 그는 꼼짝도 하지 않았습니다. 나는 그를 보며 몸서리를 칩니다. 그의 살벌한 기세와 그를 둘러싼 무기들을 보고, 나는 그가 잠들기 전에 잔혹한 계획을 구상했었다고 생각했습니다. 하지만 나를 두렵게 한 것은 그가 시데리를 위해 준비한 독이 든 잔이었습니다. 방어할 수 없는 상태에 있는 적을 희생시키는 것이 옳은 일이 아니라고 생각하지 않았다면 나는 바로 그의 목숨을 끊어놓았을 겁니다. 마침내 우리는 시데리의 감방 안으로 들어갔습니다. 그녀의 부친은 간신히 자신의 딸에게 마지막 작별 인사를 전할 수 있었지요. 그는 딸을 품에 안고, 그녀의 얼굴을 자신의 눈물로 적십니다. 떨리는 두 손을 하늘로 들어 올리며 자신의 딸을 하늘에 의탁합니다. 그러고는 한마디 말도 하지 못한 채 그녀를 나의 팔에 맡깁니다.

우리의 출발을 위한 모든 것이 어떤 마법을 통해 준비되었는지는 모릅니다만, 어쨌거나 우리는 곧 출발했어요. 우리의 도주는 승리와도 같았지요. 어떤 보이지 않은 정령이 이미 우리 비행선의 구체를 우리에게 그 성질이 알려지지 않았지만 가장 달콤한 향기를 내뿜는 휘발성 정기로 가득 채워놓았습니다. 비행선은 이내 우리를 공기 중으로 들어 올립니다. 가장 감미로운 향기를 발산하는 증기로 날아오른 듯했습니다. 우리를 맞이한 구름에 짙은 어둠이 사라지자, 구름은 환하게 밝아지면서 낮의 햇살보다 더한 광채를 드리웁니다. 마치 빛으로 뒤덮인 창공의 파도 위를 항해하는 것 같았습니다. 이러한 기적은 동이 틀 때까지 계속되었고, 마침내 놀란 우리의 눈앞에 유럽이 모습을 드러냅니다. 그토록 긴 여정이 그저 몇 시간의 노고에 지나지 않았던 것입니다. 동료들은 내가 천상의 힘으로 보호받고 있고, 시데리와의 결합 역시 하늘의 동의를 받은 것임을 인정했습니다. 나는 곧바로 이곳으로 돌아왔고, 그들을 곁에 붙잡아두려 했지만 허사였습니다. 그들은 서둘러 자신들의 고향으로 돌아가고 싶어 했습니다. 모든 것이 나의 행복을 앞당기고, 시데리를 그녀의 남편에게 양도하기 위해 공모했던 것입니다.

아! 흠모하는 여인의 존재만으로도 세상에서 가장 슬픈 장소에 얼마나 큰 매력이 퍼져나가는지요! 이 고독의 처소에 도착한 시데리가 이곳을 어떻게 바꾸어 놓았는지요! 이 장소가 내게 얼마나 아름답게 보였는지요! 나는 이곳에서 육중한 손으로 밤낮 할 것 없이 매 순간을 너무나 천천히 짓누르던 권태를 더 이상 찾을 수 없었습니다. 이곳에서 시간은 다시 날개를 달았고, 그 속도를 조금 늦추고 싶을 만큼 너무나 빨리 달아나비렸습니다. 내 인생의 이 짧은 시절이 얼마나 황홀한 열락으로 젖어 있었는지요! 시데리는 나를 위해 모든 다정한 배려를 아끼지 않았습니다. 날마다 나는 그녀를 알아가는 것 같았습니다. 날마다 그녀는 새롭게 완벽한 모습으로 내 눈앞에 나타났습니다. 나의 영혼은 그녀의 것이었습니다. 나의 기쁨은 그녀의 유일한 행복이었지요. 시데리는 내가 그녀를 만족시키는 기쁨만으로 행복해진다는 것을 알았습니다. 그녀의 눈은 흡족한 표정을 지으며 항상 내가 성공했다고 답해주었습니다. 이러한 지복의 열락에 무엇이 부족했을까요? 시데리가 내 욕망에 대해 절대 허락하지 않았던 것, 그것은 육체의 쾌락이었습니다. 하지만 나는 그녀의 눈빛에서 그러한 거부가 의도적인 것이 아님을 읽었습니다. 그녀의 손이 나의 시도를 거부했을 때 그녀는 더욱 애정 어린 배려로,

더욱 다정하고 상냥한 말로 자신의 매몰찬 행동에 대해 용서를 구했습니다. 이해할 수 없었던 사랑과 가혹함의 혼재여! 길고 긴 방어전을 치른 후에 그녀의 얼굴은 종종 눈물범벅이 되어 있었습니다. 마침내 나는 이런 기이한 행동의 원인을 알아내기로 했습니다. 그녀가 내 품에서 빠져나갔던 어느 날 내가 묻습니다. "어째서 당신은 나를 고통스럽게 만드는 이러한 저항으로 내게 맞서는 거요? 언제나 서로 결합해 있고, 서로 통하는 우리의 마음이 나의 가장 열렬한 소망의 대상에 대해서는 의견 일치를 보지 못하고 있어요. 내 눈길이 당신을 향해 불타오르는 사랑으로 가득 차 있을 때 당신은 눈길을 돌려 나를 외면하고 나를 이해하지 못한 것처럼 보여요. 지나치게 열정적인 나의 말들이 내 사랑의 불꽃을 당신에게 그려 보일라치면 당신은 내 말을 막아섭니다. 내가 당신에 대해 냉담함을 가장하는 순간 그런 냉담함에 마음이 쓰인 당신은 즉각 더 상냥해지고, 나는 당신에게서 연인의 눈빛을 되찾게 되지요. 내 비위를 맞추는 그런 모습에 기대를 품고 나의 애정에 대한 대가를 요구하기 위해 당신의 발치에 쓰러지면 나는 또다시 새롭게 엄격한 냉기를 느끼게 됩니다. 아! 시데리여! 더 이상 이렇게는 살 수 없다오. 제발 부탁이니, 그런 고집스러운 거부의 이유를 설명해주시오. 내가 당신에게 혐오의 대상인지 말해주시오. 그렇다면 당신은 더 이상 나를 두려워하지 않아도 될 거요."

"세상에!" 그녀가 내게 대답했습니다. "내가 당신을 싫어하다니! 너무 열정적으로 당신을 사모하기 때문에, 오직 그 때문에만 불행한 내가! 오메가르! 당신이 내게 요구하는 것이 얼마나 치명적인 비밀인지요! 당신을 사랑하기에 나는 그 비밀을 숨긴 채로 혼자서 기꺼이 고통을 감내하면서 당신을 고통에서 지켜주려 했던 거예요. 하지만 계속해서 침묵을 지킨다면 죄책감을 갖게 될 거라는 생각이 드네요. 내가 해왔던 싸움들은 나의 용기를 소진케 했고, 당신이 욕망을 스스로 다스려 나를 도와주지 않는다면 이제 더는 당신에게 저항할 힘이 없어요."

이 말을 마친 다음 시데리는 나를 데리고 지금 당신이 앉아 있는 이 동굴로 왔습니다. 바로 이곳에서 그녀의 마음이 기쁘게 내 마음속으로 쏟아져 들어옵니다. 그녀가 다시 말을 시작했어요. "당신도 알다시피 오르뮈스의 명령으로 우리가 헤어진 다음에 외폴리스는 나를 성채의 감옥으로 데려가게 했지요. 그곳에 도착했을 때 나는 힘없이 거의 죽어가고 있었어요. 오메가르! 당신은 내 근심의 유일한 대상이었답니다. 나는 당신의 피를 보려고 혈안이 되어 있는 아메리카인들의 분노가 당신을 해칠까 두려웠어요. 홀로 가장 암울한 생각에 내맡겨진 채 나는 불행 자체보다 더 끔찍한 걱정이라는 형벌을 아주 온전히 다 겪었지요. 그때 옥문이 저절로 열리는 게 보였고, 아버지가 낯선 이방인을 대동하고 나타나셨어요. 아버지는 날 가슴에 꼭 끌어안으며 말씀하셨지요. '내 딸아, 널 네 남편에게 돌려보내지 않으면 네가 죽는다는구나. 네가 내게 얼마나 소중한지 생각해봐라. 나는 네가 떠나는 데 동의한다. 나는 아메리카, 그리고 인류와 함께 오르뮈스가 예언한 모든 불행을 무릅쓰련다. 하지만 너는 이 아비를 안심시킬 수 있다. 나는 네 미덕을 잘 알아. 오르뮈스는 너의 혼인의 매듭을 끊어놓았다. 그의 마지막 뜻만은 존중하겠다고 내게 맹세해다오.' 나는 아버지와 이방인이 보는 앞에서 하늘에 대고 맹세했어요. 그 미지의 남자가 심술궂게 미소를 짓는 게 보였지요. 그 사람은 아마도 언젠가 내가 약속을 어길 거로 생각했겠지요. 하지만 그자는 틀렸어요. 아니요, 나는 절대 인간미 없는 악독한 딸이 되지 않아요. 나는 절대 아버지의 뜻을 저버리고 그를 파멸로 이끄는 일 따위는 하지 않을 겁니다. 나는 절대 지구와 인간의 파괴자가 되지는 않을 거예요. 행여 당신이 그렇게 생각한다면, 오메가르여, 내가 누구인지를 똑바로 아셔야 합니다." 이 말끝에 그녀는 드레스 자락 속에 숨겨뒀던 은장도를 꺼냅니다. 그녀가 말을 잇습니다. "이미 충분히 약해졌고 당신을 거부하기에도 힘에 겨운 내 의지가 당신에게 굴복할 준비가 되자마자, 나는 즉시 범죄의 순간을 막아낼 겁니다. 나 스스로 목숨을 끊겠어요."

내 놀라움과 고통이 어떠했는지를 당신께 묘사하지는 않겠습니다. 오르뮈스의 말에 대한 그녀의 믿음을 약화하려 애를 써봤지만 소용없었습니다. 그의 신탁은 모순투성이고 기만적이라고 비난해봐야 부질없었습니다. 내가 그녀에게 말했지요. "뭐라고요! 하늘이 그의 신탁을 부인하지 않았습니까? 당신은 우리의 도주를 도와줬던 기적들, 속속들이 밝혀진 적들의 간계, 실패로 돌아간 그들의 노력, 깊은 잠에 빠진 외폴리스와 당신의 간수들을 벌써 잊었단 말이오?" 이런 말들은 그녀를 흔들 수 없었어요. 그녀가 내게 말해요. "아메리카에서 이방인인 당신에겐 오르뮈스가 누구인지 잘 알려지지 않았다는 것을 알겠네요. 당신은 그분이 아메리카에서 신처럼 존경받았다는 사실을 모르고 있어요. 나는 그분의 사람됨에 대한 존경심을 가지고 성장했고 그분의 예언을 믿어요. 예언을 둘러싸고 있는 어두운 베일에도 불구하고, 그 예언을 부인하는 듯 보이는 기적들에도 불구하고 말이에요. 기적보다 오르뮈스의 입에서 거짓말이 나온다는 게 내겐 더 놀라운 일입니다. 그러니 더는 새로운 이유를 대면서 반대하려 하지 마세요. 당신의 아내를 잃고서야 승자가 될 수 있을 이런 싸움을 벌이려 들지 마세요. 아아! 같은 하늘 아래서 함께 숨 쉬고, 당신을 바라보고 당신의 말을 듣는 것으로 만족하면서 나의 즐거움을 그것으로 한정 지으려 해요. 그래요, 내 삶의 날들이 그렇게 흘러갔으면 해요. 하늘에 맹세컨대 나는 필멸의 여인 중에 가장 행복한 여인으로 살게 될 겁니다."

나는 아무런 대답도 하지 않았습니다. 고통을 가슴 속 깊숙이 억눌러 담았지요. 나의 운명에 대해 그녀의 측은지심을 자극하는 것이 불필요하거나 위험하다는 것을 알게 됐습니다. 나는 그녀에 대해 무심함을 가장했습니다. 마음의 토로, 그러니까 더 큰 행복의 박탈에 대해 나를 위무해주었던 달콤한 쾌락조차 스스로 금했습니다. 말하자면 더 불쌍해졌을 뿐이지요. 나는 나의 전투, 계속해서 눈에 띄는 시데리의 존재, 마음속 유보 사항을 털어놓은 후 더는 감추려 하지 않는 그녀의 사랑으로 더욱 활활 타오르게 된 불꽃으로 인해 소진되었습니다. 밤은 그 불길을 잠재울 수 없었습니다. 휴식을 위한 침상에 누워서 나는 불같이 뜨거운 무기력 속에서 모든 사랑의 열정을 들이마시며 긴긴 불면의 시간으로 고통받았습니다. 더는 그렇게 살 수가 없어서 나는 태도를 바꿨고, 마치 시데리가 내 고통의 유일한 원인인 양 그녀를 외면했어요. 새벽이 밤의 어둠을 밝히자마자 나는 집에서 멀리 벗어나 숲속 깊은 곳에 숨어들었고, 가장 높은 산을 기어올랐으며, 피로로 탈진한 이후에야 집으로 돌아왔습니다. 이러한 아낌없는 노력 덕분에 열정 중에 가장 고약한 열정을 길들일 수 있었어요. 반항하는 준마를 굴복시키길 원하는 기사의 손이 쟁기 날이 깊이 갈아놓은 고랑들 위로 말을 달리게 하듯이 말입니다. 녀석은 고된 노력으로 기진맥진하고, 얼마 안 가서 입에서 나온 거품으로 재갈을 하얗게 물들이고, 지친 사지를 따라 땀이 줄줄 흐르며, 격렬한 열기는 사위어 듭니다.

나 자신과 싸워 이기려면 이 대담한 계획을 끝까지 밀고 나가야 했습니다. 하지만 잦은 부재가 걱정스러웠던 시데리는 어느 날 나의 출발에 앞서 다가오더니 내게 이렇게 말했습니다. "오메가르, 내가 당신께 무슨 짓을 했다고 늘 이렇게 나를 피하시나요? 왜 이토록 소중한 단 하나의 행복을 내게서 빼앗는 건가요? 아, 만일 당신이 나의 엄격함을 벌하려는 거라면 당신은 정말이지 부당해요! 그에 대해 용서를 바라며 그토록 많은 애정과 정성을 쏟았는데 다 헛된 일이었나 봅니다. 아니, 당신은 날 사랑하기를 멈춘 것이지요. 어쩌면 내가 당신께 지긋지긋해진 건 아닌지 의심스러울 정도입니다."

이 말을 마치면서 그녀는 폭포수 같은 눈물을 쏟았습니다.

아, 슬프도다! 나는 시데리의 고통에 저항할 힘이 없었고, 결심을 망각했습니다. 나는 그녀의 모든 불평에 동의했고, 내가 그녀의 눈물을 받을 자격이 없는 야만인임을 자인했습니다. 나는 그녀의 눈물을 닦아주었고, 더는 그녀 곁을 떠나지 않았습니다. 그리고 간신히 빠져나왔던 고통의 나락으로 다시 떨어졌습니다.

그토록 광포한 상태는 지속될 수 없었고, 나의 기력은 쇠잔해지기 시작했습니다. 매일 내가 쇠약해지는 것을 느낄 수 있었지요. 그것은 그야말로 즐거운 발견이었습니다. 나는 시데리의 눈에서 나를 집어삼키는 맹독을 퍼내는 것을 즐겼습니다. 나는 파멸을 앞당기기 위해 그녀 곁에 머물렀고, 이런 유형의 죽음에서 복수심을 만족시키는 관능을 발견했습니다. 나는 속으로 '나는 죽고 말 거야. 그러면 그녀는 자신의 업을 보면서 자기의 비정함을 후회하게 되겠지. 나를 피하는 휴식을 망자들이 음미하는 무덤에서 내가 결코 들을 수 없을 헛된 후회여.'라고 말하곤 했습니다.

나는 가장 격렬한 격정의 마지막 단계에 이르렀습니다. 그것이 나를 얼마나 과도한 상태로 몰고 갔는지를 당신께 말씀드리겠습니다. 솔직하게 마음을 털어놓겠다고 당신께 약속하지 않았다면 아마도 나는 내 나약함을 숨겼을 것입니다. 나는 우리의 양식이 되어주는 고기를 얻기 위해 동물들을 사냥하러 나선 참이었습니다. 하지만 스스로에 대해 지쳤고, 권태에 압도되었으며, 지긋지긋한 삶을 부양하고 보살피는 것이 경멸스러워진 나머지 활과 화살을 부러뜨렸습니다. 미지의 길을 따라 한참을 헤맨 후에 나는 그 풍요로움이 자연의 가장 아름다운 피조물들을 모두 모아 놓은 정원과도 같은 더없이 매력적인 정원으로 들어섰습니다. 마치 천계로 옮겨진 듯했어요. 걸음걸음마다 새로운 황홀경 속에 머물렀습니다. 누군가는 이곳을 관능의 거처라고 말할 수도 있었을 겁니다. 새들은 천상의 노래로, 시냇물은 부드러운 속삭임으로 관능을 불러일으켰습니다. 나는 여러 무리의 대리석 군상 속에서 반라의 님프들을 애무하는 큐피드의 형상을 통해 관능이 재현되어 있음을 보았습니다. 즐겁지 않은 행동은 단 하나도 없었어요. 발을 내디뎌 걸으면 겨우 닿을까 말까 했던 대지와 부드러운 잔디가 나를 들어 올렸습니다. 향내가 그윽한 공기 중에서조차 관능을 들이마셨습니다. 이 감미로운 거처에서 사원으로 사용되는 듯 보이는 요람은 꽃이 달린 줄기를 눈으로 식별하기 어려울 만큼 많은 꽃으로 뒤덮여 있었습니다. 그곳에서 녹음이 우거진 침대에 누워 휴식을 취했고, 오래전부터 달아났던 잠이 돌아와 눈꺼풀을 무겁게 하더니 이내 눈이 감기고 말았습니다. 아, 내가 어떤 순간을 보냈던가! 꿈은 수천 가지의 다양한 형태로 내게 행복을 선사했어요. 지구가 수많은 사람으로 뒤덮인 것을 보았고, 노동과 산업과 평화가 그들을 재화로 가득 채우고, 예술이 섬세한 즐거움으로 그들의 피로를 풀어주는 것을 보았습니다. 내가 이 멋진 광경들을 관조하고 있을 때 시데리가 내 눈앞에 나타났습니다. 그녀는 더 이상 사랑하는 이의 욕망을 억누르는 금욕적인 아내가 아니었어요. 그녀는 나를 자신의 품으로 부르며 이렇게 말합니다. "내가 그 어미가 될 자손들이 여기 있어요." 나를 기쁨으로 들뜨게 하는 이 말에 나는 잠에서 깨어났어요. 아니요, 그것은 절대 헛된 꿈이 아니었습니다. 나는 내 옆에 있는 그녀를 봅니다. 옷이라고는 그녀의 헝클어진 머리칼밖에 지니지 않은 그녀를요. 나는 기적을 의심하면서 그녀에게 손을 뻗습니다. 그래요, 나는 그녀의 심장 박동과 가슴의 온기를 느꼈단 말입니다. 찰나의 순간만 지속되었던, 내 욕망을 기만함으로써 나를 화나게 만든 환상이었지요. 그 순간 그녀가 헛되이 나의 아내로 있지는 않게 만들겠다고 맹세했어요. 그녀를 내 욕망에 굴복시키겠다는 다짐을 하며 공중에서 내려와 겁 많은 비둘기를 낚아채는 배고픈 독수리보다 더 빠른 속도로 이곳으로 달려옵니다. 그녀가 더는 두렵지 않았고 나를 감동하게 하는 그녀의 눈물조차 무시할 셈이었지요. 아, 슬프도다! 나는 나에 대한 그녀의 절대적 지배력을 간과하고 있었던 겁니다. 황혼의 옅은 장막 사이로 시데리의 방이 보이자마자 내 결심은 흔적도 없이 자취를 감추었습니다. 나는 그녀와 떨어져 있었지요. 그녀와 나를 갈라놓는 이러한 간격에도 불구하고, 그녀는 벌써 내게 명령을 내리고 있었습니다. 그녀의 존재, 기도, 내게 자비를 구하던 그녀의 부드러운 시선, 그리고 그녀가 환기했던 그녀의 아버지와 미덕의 성스러운 이름들이 할 수 없었을 그런 일을 말입니다. 나는 그녀를 범하느니 차라리 죽는 것이 더 쉬운 일이라는 걸 느꼈습니다. 무엇보다도 내가 보는 앞에서 그녀가 자결하려는 계획을 실행할까 봐 겁이 났습니다. 피에 젖은 시데리의 모습을 생각하니 등골이 오싹해졌지요. 나는 영원히 그녀를 떠나기로 마음먹었습니다. "너무도 잔인한 신부여, 영원히 안녕, 나는 당신에게서 멀리 떨어진 곳으로 가서 삶을 끝내렵니다. 당신을 소유했다고 생각했던 매혹적인 장소로 돌아갑니다. 필시 어떤 불가사의한 마력이 나를 기만한 것이겠지요. 그래도 그것이 다시 돌아와 나를 위로한다면, 나는 완전히 불행하게 살지는 않을 것입니다."

대지를 뒤덮기 시작한 밤의 어둠도, 시데리를 버린다는 공포도 나를 붙잡지 못했습니다. 나는 그녀를 위해 떠난다고 믿었습니다. 그런 식으로 내 죄를 정당화했던 것이지요. 분별력을 상실한 상태에서 내가 떠난 후 시데리는 이 궁전에서 홀로 절망 속에 남겨졌습니다. 어디로 발걸음을 옮겨야 할지도 모르고, 그렇다고 그 자리에 가만히 있을 수도 없는 상태에서 가장 암울한 형상들이 차례차례 그녀를 괴롭히러 찾아옵니다. 마침내, 내가 사나운 맹수들에게 잡아먹혔다고 생각한 그녀는 초조하게 날이 밝기만을 기다리다가 피로 물든 내 사체를 찾기 위해 짐승들의 분노에 자신을 내맡기려 합니다. 오! 내가 얼마나 큰 죄를 지었던가! 나는 이성을 잃어버렸습니다. 그런데 내 감각의 이런 착란 상태가 사라지기 시작했습니다. 정신이 돌아왔습니다. 마치 지옥에 떨어졌다고 믿었던 끔찍한 악몽에서 감격한 상태로 깨어난 사람처럼 말입니다. 그는 자신을 살피고, 스스로 묻겠지요. 아직은 자신이 산 자들의 처소에 거하는지, 죽은 자들의 어두운 거처에 거하는

지도 알지 못하는 상태로 말이지요. 이처럼 나는 나를 알아보는 데 어려움을 겪었습니다. 한밤 들판 한가운데 혼자 있는 나의 모습에 놀라 꿈이 잠든 나의 감각을 기만하는 것으로 생각했어요. 진실을 알게 됐을 때 내가 어떤 혼란에 사로잡혔었는지요! "오 맙소사!" 내가 소리쳤습니다. "시데리가 어떤 잔인한 공포 속에 빠져 있을까!" 나는 날듯이 그녀를 향해 돌아갑니다. 너무 늦게 도착해서 그녀를 구하지 못할까 봐 두렵습니다. 그녀는 죽어가고 있었어요. 나는 그녀에게 아무것도 숨기지 않았습니다. 그녀는 나의 격분, 나의 격정, 나의 야비한 계획에 대해 알게 됐지요. 비난을 퍼붓는 대신에 그녀는 나의 나약함에 대해 연민을 느꼈지요. 그러고는 내 손을 부드럽게 잡았어요. 그녀가 말합니다. "오 나의 친구여, 내가 살기를 바라신다면, 더는 내 용기를 그런 끔찍한 시험에 빠뜨리지 마세요! 나는 그런 시험을 두 번 다시는 견딜 수 없을 거예요. 내가 얼마나 절망했는지 보셨죠. 당신은 간신히 나를 되살린 겁니다. 이 장면이 당신의 마음에 영원히 기억되기를 바라요. 언젠가 당신이 또다시 그런 생각을 품게 된다면, 죽어가는 당신 아내의 모습을 생각하면서 마음을 다잡으세요. 당신의 욕망에 응하는 것은 나의 힘 밖의 일이에요. 나는 당신에게 숨겨왔던 많은 눈물을 흘렸어요. 지금 내가 눈물을 참을 수 없는 것은 당신의 고통이 나를 괴롭히기 때문이에요. 사랑하는 오메가르, 냉혹한 거절로 당신에게 계속 맞서야 하는 것이 나도 너무 한탄스러워요. 제발 부탁이니 하늘이 뜻을 나타낼 때까지 기다리기로 해요. 만일 하늘이 나의 조심성을 정죄하는 거라면, 우리 안에서 인류의 희망이 사라지도록 놔두었을 거로 생각지 않나요!"

시데리는 간신히 마지막 말을 마쳤습니다. 목소리가 입술에서 사라졌고, 그녀는 격정에 사로잡힌 채 바들거리며 떨고 있었습니다. 나는 참혹한 싸움으로 그녀의 영혼이 찢긴 걸 보았지요. 내게 저항하는 데 지쳤고, 수많은 영웅적 노력에 나가떨어진 그녀는 내 품에 안기려는 몸짓을 취하려다 돌연 자제하고는 그런 자신을 벌하려고 했습니다. 그녀는 드레스 아래 감춰둔 은장도를 붙잡았지요. 나는 그 쇠붙이가 그녀의 심장에 막 닿으려는 순간 간신히 그것을 막았습니다. 너무나 커다란 용기의 표본, 그녀가 감수했던 위험에 대한 공포로 내 감각은 평정을 되찾았습니다. 내 나약함에 부끄러움을 느꼈지요. 나는 이 덕성스러운 아내에게 어울리지 않았습니다.

뒤이은 날들을 너무나 완벽한 평온 속에서 보냈기에 나는 새로운 폭풍우를 영원히 피했다고 생각했습니다. 격정이나 마음속 갈등 없이도 시데리를 생각하고 바라볼 수 있었습니다. 나의 욕망은 순치되었지요. 그런데 내가 감히 바랄 수조차 없었던, 나의 행복을 절정으로 채워줄 그 순간을 맛보게 되리라고 과연 예상이나 할 수 있었겠습니까!

어느 날 아침, 내가 자리를 비웠을 때 시데리는 궁전의 둥근 천장에서 새어 나오는 듯한, 시시각각 되살아나는 한숨소리를 들었다고 생각했습니다. 그녀는 겁을 먹기는커녕 영혼이 있는 자라면 불행의 광경을 마주했을 때 거부할 수 없는 깊은 연민을 느꼈습니다. 그녀는 그토록 고통스러운 소리를 쏟아내는 가엾은 존재를 보기를 원했습니다. 그 순간 땅이 흔들리고, 죽은 자들이 무덤 속에서 입고 있는 염포를 두른 유령이 땅에서 나오더니 얼굴을 드러냅니다. 혼비백산한 시데리는 자신의 아버지를 알아봅니다. 그가 말해요. "그래, 내 딸아, 네게 생명을 주었고, 너와의 작별을 견디지 못했던 아비 포레스탕이다. 나는 명계로 내려갔지. 눈물을 거두어라. 너희 두 사람이 충분히 불행하니, 너희들이 죽은 자들을 위해 울 필요는 없단다. 천명에 따라 내가 지상의 빛을 다시 보는 것이니, 하늘의 숭고한 뜻을 잘 들어라. 하늘은 내가 네게 강요했던 서약을 부인하신다. 오르뮈스 개인에 대한 나의 존중으로 인해 내가 잘못 생각했었다. 내가 두 사람의 동침을 금한 것이 죄가 되었다 해도 덕분에 너의 미덕이 드러나게 되었구나. 이제 네 남편이 너에 대해 가진 권리를 그에게 돌려주마. 너희 두 사람 모두 행복해지려무나. 태양이 운행 경로의 절반을 끝내기 전에 오메가르가 돌아올 게다. 너의 정숙함으로 인해 남편에게 내 뜻을 반복해서 들려줄 엄두가 나지 않는다면 이 궁전의 사원으로 가거라. 거기 동쪽을 바라보는 제단 아래서 두 개의 그림을 발견하게 될 거다. 네 남편에게 그 그림들을 보여주어라. 그리하면 그는 욕망이 되살아나는 것을 느낄 것이고, 너의 욕망 또한 알아차릴 것이다." 이 말을 끝으로 포레스탕의 망령은 땅속으로 빨려 들어가더니 이내 사라집니다.

오랫동안 꼼짝하지 않던 시데리가 놀라움에서 벗어나 정신을 차리고 아버지를 찾습니다. 그녀는 아버지와 포옹하고, 그에게 질문하고, 아버지를 잃은 고통과 그리움을 말하고 싶었지요. 그녀는 그가 애지중지했던 딸에게 이런 가벼운 호의를 베푸는 것쯤은 거절하지 않기를 기대합니다. 그녀는 아버지를 부릅니다. 하지만 죽은 자들의 지엄한 법에 따르기 때문인지, 아니면 산 자들의 호기심 어린 욕망을 만족시키길 두려워해서인지 그녀의 바람은 이루어지지 않았습니다. 아버지가 영원히 사라졌다는 데 더는 의심의 여지가 없자 그녀는 마치 그가 자신의 품에 안긴 채 막 임종을 맞이하기라도 한 듯 그의 죽음을 애도합니다. 그 후에 자신의 욕망을 부추기는 성공을 가져다줄 그림이 궁금해서 궁전의 사원으로 달려갑니다. 이 그림들을 본 그녀의 놀라움은 극에 달합니다. 그녀는 예술이 이 그림들을 막 완성했다고 믿습니다. 그만큼 색상이 눈부실 만큼 선명했어요. 이 그림 중 첫 번째 그림은 신혼의 요람 아래 있는 이브와 그녀의 남편을 재현합니다. 거기에선 이 안식처의 입구를 수호하는 수줍음과 침묵이 보입니다. 장미들 사이로 새어 나온 한 줄기 빛이 그곳에 부드럽고 신비로운 조명을 비추어줍니다. 요람의 한가운데에는 풀잎과 꽃잎 더미로 만들어진 침대가 놓여 있습니다. 아담은 지상의 맏딸이 마땅히 그러해야 했을 만큼 아름다운 아내를 품에 안습니다. 그러고는 그녀를 신혼의 침대로 이끕니다. 인류 어머니의 얼굴에선 달콤한 수치심, 부끄러움에서 비롯된 당혹감, 남편의 노력에 몸을 맡기는 기쁨이 읽힙니다.

두 번째 그림은 어머니의 무릎에 앉은 최초의 인간 아기를 표현한 것으로 온갖 매력이 넘쳐나는 소박한 주제였어요. 이 그림에서 이브는 자연과 마찬가지로 오직 봄일 뿐입니다. 그녀는 성숙한 외모에 유년기 최초의 풋풋함을 더하고 있는데, 이는 열다섯 살이 되는 동안 시간의 가벼운 날개가 세월의 흔적을 남겨놓은 미인의 얼굴에서는 절대로 찾아볼 수 없는 흥미로운 대비가 아닐 수 없습니다. 어떤 그림도 그토록 애정 어린 관심을 불러일으키진 못했을 겁니다. 모성적 보살핌에 자신을 내맡긴 너무나 어린 신부를 감동 없이 볼 수는 없는 법이니까요. 그녀는 장밋빛 입술로 들판의 백합꽃보다 더 하얀 가슴을 빨고 있는 아들을 기분 좋게 바라봅니다. 그녀의 미소보다 더 달콤하고 그녀의 눈보다 더 보드라운 것은 없으며, 애정 어린 팔의 동작에서조차 어머니의 사랑이 묘사되어 있습니다.

오메가르가 이 그림들에 대한 묘사를 마치자마자 깊이 감동한 아담은 그를 가로막고 말한다. “오메가르, 오, 나의 아들이여, 나의 애정이 자네에게 주는 이 호칭을 허락하게나. 잠시 멈추고 내게 쉴 시간을 주게! 자네는 방금 내 마음속에서 말라버렸다고 생각했던 감정의 물꼬를 터주었네. 아! 만일 자네가 나를 안다면! 아담처럼 나도 아이들과 아내가 있었네. 나는 그들을 다시 보고, 목소리를 듣고, 그들과 함께 아버지와 남편으로서의 모든 즐거움을 맛보았다고 생각했다네.” 이 말을 하고는 입을 다물고 자기를 돌아보며 마음이 느낀 감정을 연장하려 애를 쓴다. 그러나 눈을 강타하고 사라지는 번개처럼 일시적인 이러한 감정들은 이미 더는 존재하지 않는다. 아담이 말한다. "아, 인간의 쾌락이란 짧디짧구나. 기억으로도 그것을 붙잡아 둘 수 없으니 말이야. 오, 나의 아들이여, 이야기를 계속하게나. 이제 나는 안정을 되찾았고, 그대의 이야기를 들을 수 있다네."

시데리가 선호했던 것은 두 번째 그림이었습니다. 그림이 표현하는 감정의 매혹이 그녀로 하여금 이 그림에 애착을 느끼게 했고, 그녀 마음속에 어머니가 되고, 또 다른 그녀로 살며 서로 사랑하고픈 욕구를 태어나게 했습니다. 그녀는 속으로 생각합니다. "뭐라고! 아들이 내게서 양분과 생명을 얻게 된다고! 나는 그 아이의 용모에서 항상 존재하는 남편의 모습을 발견하게 되겠지. 아! 너무도 행복한 날이여, 하루속히 태어나다오!" 시데리는 나를 기쁘게 한다는 쾌락에 아낌없이 자신을 내맡기며 우리의 결혼식 날에 입었던 드레스를 다시 입고 같은 장신구로 치장을 합니다. 여러 장식물로 침실을 꾸미고, 감미로운 향초를 태우고 자신의 욕망을 설명해줄 두 그림 사이에 놓인 침대에 앉습니다. 하지만 언제나처럼 정숙함에 대한 염려로 밀월의 침실 그림은 베일로 가려둡니다.

내가 도착했습니다. 한껏 꾸며진 침실, 그곳에서 내가 들이마신 달콤한 향초의 향기, 시데리의 몸치장, 이 모든 모습이 나를 놀라게 합니다. 나는 시데리에게 다가갑니다. 어린 아들에게 젖을 먹이는 이브의 그림이 매혹당한 내 시선을 사로잡고, 베일에 감추어진 그림을 알고 싶은 욕망이 생겨납니다. 남편 품에 안긴 인류의 어머니를 보는 순간 내 마음속에는 그 무엇과도 견줄 수 없는 동요가 일었습니다. 이 감탄할 만한 그림에서 내가 그토록 달콤한 숙면을 맛보았던, 그리고 내 욕망에 굴복한 시데리를 봤다고 생각했던 관능의 요람을 알아보았기에 마음속에서는 모든 사랑의 불길이 그만큼 더 격렬하게 깨어납니다. 그것은 같은 꽃, 같은 풀밭, 같은 빛의 반영이었습니다. 이 오브제가 나의 모든 격정을 되돌려줍니다. 사랑의 쾌락을 맛볼 준비가 된 아담의 모습이 내게 그의 대담함에 대한 영감을 불러일으켰습니다. 시데리는 인류의 어머니처럼 시선을 아래로 떨구고 있었습니다. 사랑스러운 홍조가 이마를 물들이고 쾌락에 대한 기대가 그녀의 가슴을 뛰게 했지요. 이러한 행복한 변화에 대해 대체 어느 신께 감사를 드려야 할지 알아보지도 않은 채 나는 시데리의 남자, 진정한 남편이 됩니다. 대지가 환희로 진동합니다. 달콤한 속삭임에 뒤이어 아름다운 선율의 노래가 대기 속에 울려 퍼집니다. 하지만 동시에 낮의 항성이 어두워지고, 핏빛 이미지가 창공의 길을 붉게 물들였어요. 나는 같은 현상을 여러

번 목격했습니다. 소심한 시데리는 공포에 사로잡혔지요. 그녀에게 위로를 건네는 나조차도 마치 죄라도 지은 것처럼 후회로 가슴이 미어졌어요. 하지만 신이 인간을 속이기 위해 죽은 자를 무덤에서 나오게 할 수 있을까요. 포레스탕이 말했지요. 이건 환각이 아니라고요. 신이 아니라면 다른 어느 누가 제단 아래 지상 낙원의 그림들을 가져다 놓았단 말입니까! 다른 어느 누가 시데리에게 그것을 발견하도록 했단 말입니까! 게다가 그 어떤 것도 오르뮈스가 예언한 우주의 파괴를 예고하고 있지 않습니다. 대기는 평온하고, 낮의 항성은 아직 자신의 행로를 바꾼 바 없으며, 그날 이후 대지는 보기 좋은 외관을 제공하고 심지어 젊어진 듯 보이기까지 합니다. 그런데 어째서 슬프고 두려운 감정으로부터 나 자신을 지킬 수가 없을까요? 오, 하늘이 이곳으로 인도한 당신, 당신께서 그 이유를 말씀해주실 수 있나요? 내게 평안을 돌려주세요. 행여 그런 평안을 바랄 수 없는 것이라면, 내가 당신께 아무것도 감추지 않았듯이 진실을 말해주세요. 나는 진실을 듣는 게 두렵지 않습니다.

일곱 번째 노래

오메가르가 말을 멈춘 순간 그의 말에 주의를 기울이던 하늘의 권능들이 최초의 인간에게 시선을 고정한다. 그들은 그의 사명이 무엇인지 모른다. 다만 창조 이후 사람들이 보았던 것 중 가장 끔찍한 사건들이 곧 벌어지리라는 것을 알 뿐이다. 아담은 하늘을 향해 손을 뻗는다. 그는 영원한 주를 부르며 자신에게 영감을 줄 것을, 그리고 자신이 필요로 하는 힘과 조언을 줄 것을 간청한다. 서원을 하자마자 빛의 소용돌이가 그를 감싼다. 꽃이 만발한 에덴의 요람에서 그에게 나타났던 모습 그대로, 여전히 젊음의 광채로 빛나는 가운데 신이 눈앞에 모습을 드러낸다. 아담은 자신의 창조주를 알아본다. 그는 신을 찬미하고 그의 마음은 기쁨으로 가득 찬다. 하지만 그가 받은 명령이 그를 슬픔에 빠지게 한다. 아담은 서둘러 일어난다. 공포가 얼굴에 드리우고 온몸에 전율이 인다. 겁에 질린 아담은 오메가르의 손을 붙잡고 마치 공기가 오염된 치명적인 장소라도 되는 양 그의 거처에서 멀리 떨어진 곳으로 이끈다.

시데리가 기다리고 있을 거라 말하며 오메가르가 만류하려 하지만 소용없는 일이다. 아담은 두려움이 가득한 목소리로 대답한다. "그대의 인도자를 따르시오. 그렇지 않으면 그대는 가장 큰 불행의 위협을 받게 될 것이오." 두 사람은 침묵 속에서 프랑스 제국의 수도였던 그 유명한 도시를 향해 걷는다. 오메가르는 인류의 시조에게 감히 묻지 못하고, 아담은 신이 그에게 맡긴 임무의 수행을 두려워하고 있다. 빠른 걸음으로 약 두 시간 정도 걸어 시데리가 있는 곳에서 멀어지자 그들은 한 언덕에서 멈춰 선다. 멀리 사람들이 물길을 돌려놓았던 센강의 구불구불 굴곡진 하상이 내려다보인다.

인간의 아버지는 오메가르를 품에 안고 더는 참을 수 없는 눈물을 쏟아낸다. 그는 측은히 여기는 목소리로 말한다. "고통이 내 눈물을 마르게 하지 않았던 것일까? 아담의 죽음 이후로 시간의 매 순간을 눈물로 셈해 왔던 나, 그런 내가 나의 고통이 더 늘어날 수 있을 거라고 과연 예상할 수 있었을까? 아! 나는 왜 아직 지옥의 문에 서 있지 않은가? 내가 그 끔찍했던 지난 세월을 아쉬워하게 될 줄이야! 오메가르여, 나는 그대를 내 자식 중 가장 소중한 자식으로서 사랑하오. 그대의 슬픔은 내 슬픔의 크기를 넘어서게 될 것이오. 나는 방금 그대를 시데리로부터 영원히 떨어뜨려 놓았소. 신께서 그녀를 떠날 것을 그대에게 명하오."

"하늘이 그녀의 죽음을 바랍니까?" 격한 어조로 오메가르가 되묻는다. 아담이 대답한다. "아마도 그럴 것이오. 나의 입을 통해 그대에게 말하고 있는 신이, 인간의 날들을 자기 뜻대로 처분할 수 있는 신이 그녀가 사멸하기를 바라오."

아담의 대답에 창백해진 오메가르는 비틀거리며 말하려 애를 써보지만, 혀가 생각을 표현하기를 거부한다. 인간의 아버지는 이 끔찍한 순간이 조용히 지나가도록 내버려 둔다. 말은 그토록 잔인한 고통을 진정시킬 힘이 없다는 것을 그는 안다. 오메가르가 절망적인 어조로 말한다. "대체 시데리가 죽음에 합당한 어떤 죄를 저질렀습니까? 하늘이 우리의 결혼을 부인했다는 게 가능한 일입니까? 우리의 결합에서 혐오스러운 종족이 출현한다는 말이 사실입니까? 오르뮈스의 신탁이 실현된다는 말입니까?" 인간의 아버지가 대답한다. "불쌍하구나. 이 흉측한 후손의 아비가 될 아이, 결코 태어나서는 안 될 아이가 시데리의 태중에서 자라고 있다."

이 소식을 들은 오메가르의 마음속에서 격렬한 전투가 펼쳐진다. 폭풍우가 일으킨 물결이 가장 높은 산의 정상까지 올라갔다가 갑자기 깊은 계곡 아래로 곤두박질치듯이, 그는 대범한 결의를 다지면서 온갖 위험을 무릅쓰고 하늘의 진노에 맞서 자기 운명의 불행을 겪어내겠다고 생각하다가도 이내 슬픔의 무게에 짓눌려 마치 어린아이처럼 약해져서 눈물을 쏟을 것만 같다. 마침내 그는 자신의 나약함을 부끄러워하며 용기로 무장하고 인간의 아버지에게 맞서겠다는 각오로 단호하게 대답한다. "내가 아비인 그 아이는 나와 시데리를 묶어주는 매듭을 끊기는커녕 도리어 훨씬 더 단단하게 조여줄 것입니다. 그 아이는 하늘의 선물이고 은총의 보증이지요. 나는 그 아이를 지키렵니다. 뭐라고요! 시데리가 오메가르로부터 고독의 권태를 달래줄 아들을 바라지 않았다면 나는 사랑의 행복을 맛보지 못했을 겁니다. 그녀의 소원이 이루어진 것을 알게 된 지금, 당신은 내게 그토록 잔인한 이별을 명하는군요. 당신은 결코 복종을 얻지 못할 겁니다. 아니 더는 당신의 말을 듣고 싶지도 않아요. 나는 당신의 명령을 잊고자 시데리의 품으로 달려갈 겁니다."

"그만두시오." 인간의 아버지가 소리를 지른다. "감히 무슨 짓을 벌이려는 거요? 내가 그대에게 숨기기를 원했건만 나로 하여금 드러내도록 부추긴 불행이 뭔지 깨달으란 말이오. 이 아이는 제 어미와 아비에게 부모살해의 손을 뻗칠 것이고, 이 극악한 범죄는 그가 저지를 죄 중에서 가장 가벼운 것임을 알란 말이오."

오메가르는 이 이방인에게 화가 치밀어 오른다. 말 한마디 한마디가 그의 심장에 비수로 꽂힌다. 그는 성난 시선을 쏘아붙이고는 분노를 터뜨린다. "당신의 거짓 신탁은 다른 곳에나 가서 전하세요. 그것은 나를 겁먹게 할 힘이 없어요. 당신이 내 믿음에 행하는 영향력이라는 게 대체 뭡니까? 당신은 내 믿음을 꺾었다고 생각하나요? 그렇다면 아주 크게 오판을 하신 겁니다! 나는 아직도 당신이 누구인지 모릅니다. 사기꾼들처럼 당신은 내게 이름과 고향을 숨겼어요. 물론 당신은 하늘이 보낸 사자라고 주장하고 있지요. 하지만 당신의 증언만으로 내게 충분할 것이라고 믿었단 말입니까? 이다마스가 받은 신탁, 내가 목격한 수많은 기적, 죽은 자의 거처에서 되돌아온 포레스탕의 고백 등이 오르뮈스의 신탁을 모순된 것으로 만들면서 당신을 반박하고 있어요. 당신이 그만큼 대단한 위업을 이룰 때, 당신 면전에서 신전新殿들이 신탁을 내놓을 때, 죽은 자들이 무덤에서 나와 당신의 말을 확인해줄 때, 그때가 되면 당신의 위협이 나를 두렵게 할 수 있을 겁니다. 그땐 아마도 당신의 명령에 따르지 말지 검토해 볼 수 있겠지요."

인류의 시조는 오메가르의 분노를 예상했다. 속으로 그를 위해 변명을 하고, 그가 원망 속에서도 여전히 절제되어 있다고 생각한다. 그가 대답한다. "오르뮈스처럼 생각하는 사람은 기적을 일으킬 필요가 없다오. 내가 그대 마음의 이해관계를 두둔하는 쪽으로 말한다면 그대는 날 믿겠지요. 내가 단 한마디 말로 당신 믿음의 근거를 무너뜨리겠소. 그대를 안심시키는 것은 이다마스 앞에서 내려진 신탁들, 그대가 목도했던 기적들, 그리고 포레스탕의 출현이지요. 이 모든 불가사의한 일들을 만들어낸 유일한 장본인이 지구의 정령이라는 사실을 알아야 하오. 성소에 숨어 감히 신의 목소리를 흉내 내면서 순진한 이다마스의 바람을 부추겼던 자가 바로 그라오. 그대가 있던 감옥에 이 세상의 최고 미녀들을 나타나게 하고 환상의 인물을 통해 시데리를 그대에게 보여줬던 자가 바로 그라오. 현혹된 브라질의 시선에 아자스 평야를 비옥하게 보이게 만든 자가 그라오. 마지막으로 포레스탕의 모습과 목소리를 하고 자기 딸에게 나타나 그대의 욕망에 따르도록 한 것이 바로 그라는 말이오. 아! 어째서 그대는 그의 술수를 꿰뚫어 보지 못했던가. 그대가 새로운 후손을 세상에 태어나게 하지 않는다면 자연의 정령은 사멸하게 될 거요. 그러니 자신을 구해줄 결혼을 성공시키기 위해 자기가 소유한 비밀과 힘으로 가능한 모든 노력을 동원하리라는 걸 예상하기는 쉬운 일이 아니었겠소.

당신의 이야기에서 하늘이 폴리클레트를 위로하기 위해 내렸던 예언과 당신이 모순된다고 헛되이 비난하고 있는 오르뮈스의 신탁보다 더 진실인 것은 없소. 아! 그것들은 기만의 행적과는 아주 거리가 먼 것으로 신께서는 당신에게 이를 확증하기 위해 나를 보내신 거요. 그렇소. 신의 이름으로 반복건대, 당신의 결혼으로부터 모든 인종 가운데 가장 끔찍한 종족이 출현할 거요. 만약 서둘러 그 매듭을 끊어내지 않는다면 그것은 당신에게 가장 잔인한 불행의 근원이 될 것이오. 하나 만일 당신이 시데리를 포기한다면, 당신의 결혼은 그와 반대로 지구의 종말과 인류 부활의 전주곡이 될 것이오. 이 사건 중 어느 쪽이 일어나느냐는 당신에게 달려 있소. 그렇지만 둘 중의 하나는 반드시 일어나야 하는 거요. 오르뮈스는 절대 이 사건들이 동시에 일어날 것이라고 주장한 적이 없소.

이미 벌써, 오, 불행한 오메가르여, 오르뮈스의 첫 번째 예언이 이루어지고 있지 않소. 지구의 정령의 명령으로 감행된 여행에서 당신이 수확한 열매는 너무나 쓰디쓴 것이 아니었소? 이다마스의 비통한 죽음이나 아메리카인들에게 위협당했던 당신의 목숨, 서둘러야 했던 당신들의 도주, 시데리의 저항과 분투, 사랑이 충족된 후 당신이 느꼈던 후회, 내가 그대를 보러왔을 때 그대가 빠져 있었던 공포를 꼭 상기시킬 필요가 있겠소? 어디 한번 말해보시오. 이것이 정녕 지구의 정령이 그대에게 약속했던 찬란한 성공이란 말이오?"

아담의 이러한 연설은 회피하려 해봐야 소용없는 끔찍한 진실을 오메가르의 영혼에 일깨운다. 이 진실의 빛은 사방에서 그를 포위하며 괴롭힌다. 그는 신음하며 그 빛나는 광채에 굴복하고 인류의 아버지에게 이렇게 답한다. "당신은 방금 나의 죄가 절정에 이르도록 했어요. 지옥의 공모자들이 내 죄를 불릴 수 있다면 어디 한번 해보라지요. 나의 가장 소중한 환상은 파괴되었고, 나는 내 앞에서 나를 정죄하는 끔찍한 진실을 목도합니다. 나는 유죄입니다. 더 이상 나를 변호하지 않겠습니다. 하지만 나는 결코 야만인이 되지는 않을 겁니다. 결단코 시데리의 죽음에 동의하지 않을 거예요. 그녀는 살 것이고, 나는 그녀를 볼 것입니다. 내가 인간들 가운데 가장 불행한 인간이 되어야 한다면 그녀는 나의 눈물을 닦아줄 것이며 눈물의 원인을 사랑으로 품을 것입니다. 그래요, 나는 그녀를 포기하지 않을 겁니다. 오, 노객이여, 당신이 누구든간에, 당신은 절대 그럴 권한이 없어요."

이 말을 하는 동안 오메가르의 눈빛은 정신이 나간 듯하고, 무릎은 휘청거리고, 목소리는 흔들린다. 아담은 동요하지 않고 그에게 대답한다. "내가 이름을 밝히게 된다면, 그대가 감히 그런 식으로 맞설 생각은 하지 못할 거요. 아! 그대에게 나의 영혼과 비밀을 열어 보일 수 있었다면 얼마나 흘가분한 일이었겠소. 하나 나는 오메가르, 당신이 하늘의 명령에 조금 더 순종하기를 기대했다오. 자기 잘못에 대해 좀 더 진지하게 뉘우치기를, 불행 가운데서 좀 덜 나약하기를 말이요. 내가 잘못 생각했으니 이제 그대는 내가 누군지 알 자격이 없소."

이런 비난에 오메가르는 감정이 상하면서도 호기심이 동한다. 그는 아담에게 주의 깊은 눈길을 던지기 시작한다. 그는 그 어떤 필멸자에게서도 결코 찾아볼 수 없을 웅혼한 기개에 그동안 자신이 주목하지 않았던 데 대해 놀란다. 얼굴에는 깊은 주름이 새겨져 있고, 앙상한 근육은 투명한 피부 너머로 드러나 있으며, 눈썹은 지워져 있고, 머리카락 한 올 없는 민머리는 마치 상아처럼 매끈하다. 사람들은 그를 시간과 세월의 아버지라고 생각하리라. 그의 모든 모습에는 오랜 고뇌가 아로새겨져 있고, 그의 시선은 오로지 고통만을 표현하며, 신음하는 듯한 탄식은 그의 목소리가 지닌 유일한 어조다. 하지만 그의 이마 위에는, 비록 시들어버리기는 했어도, 존경심을 갖게 하는 인간 본성의 위엄이 살아 숨 쉬고 있다.

오메가르가 대답한다. "만약 당신의 이름이 내 영혼을 지배하게 될 것이라면, 그것을 함구하는 것은 내 모든 죄를 능가하는 범죄입니다. 나는 하늘의 모든 권능으로 당신이 누구인지 밝히기를 요청합니다. 그렇지 않으면 언젠가 지고한 판관이 내게 유죄를 선고할 때, 나는 당신에게 맞서 일어나 나의 저항으로부터 비롯된 모든 불행을 당신에게 전가할 것입니다. 그때 당신의 거부는 나의 변명이 될 겁니다."

"나는 당신이 그렇게 하지 못하도록 할 거요." 인류의 아버지가 급히 대꾸한다. "하지만 그대가 내게 묻는 이 이름이 그대의 마음을 바꾸지 못한다면 그대에겐 화가 미칠 것이오. 친애하는 오메가르! 그대가 신혼의 요람에서 너무도 행복한 남편의 품에 안긴 이브의 싱그러움과 매력을 묘사했을 때 나는 내 감각의 혼란을 그대에게 숨길 수 없었소. 오, 나의 아들! 그대는 내 삶의 짧았던 지복의 순간을 상기시켜주었소. 나로 말하자면 인류와 당신의 불행한 아비인 아담이라오."

아담의 이름이 오메가르의 귀에 가닿자마자 그는 노객의 발치에 엎드려 입을 맞추고 마치 신의 시선 아래 있는 것처럼 꼼짝하지 않고 머리를 조아린다. 어느 누가 그가 느끼는 감정의 동요를 묘사할 수 있겠는가! 인류 시조의 현전 앞에서 성스러운 경의에 사로잡혀 있는 그 순간에도 오메가르는 그가 자기 아내와 태중에 있는 아들의 죽음을 요구했다는 사실을 한시도 잊지 않았다. 그는 탄식과 오열을 멈출 수가 없다. 그의 영혼은 사방에서 폭풍이 몰아치는 바다와도 같다. 수천의 전투가 그의 영혼을 찢어놓는다. 그가 소리친다. "오, 나의 아버지여! 당신은 잔인한 명령 하나로 대체 얼마나 많은 순간에 독을 뿌리시는 겁니까!" 그는 다른 말을 내뱉을 힘이 없다.

인류의 아버지가 오메가르를 일으켜 세운다. 그는 두 팔로 오메가르를 안고 가슴으로 눈물을 받아내며 위로를 전한다. 여름의 맹렬한 더위에 시들었던 백합이, 밤이 찾아와 습한 수증기가 공기를 식힐 때면 물이 도는 줄기 위로 고개를 들고 서서히 은빛 광채를 되찾듯이, 인류 아버지의 말이 오메가르의 슬픔을 어루만지자 젊은이의 얼굴에 드리웠던 먹구름이 사라지고, 좀 더 평안해진 영혼은 이성과 미덕의 언어를 들을 수 있다.

그때 인류의 아버지가 말한다. "아! 내 아들아, 내가 네 마음을 찢어놓기를 원하고 거기서 야만적인 즐거움을 맛보려 한다는 비난을 받았을 때 내 마음이 얼마나 괴로웠는지 아느냐! 아벨보다도 너를 더 애틋이 사랑하는 나는, 이번 생에서 네가 겪어야 할 고통을 면해주기를 바랐을 뿐만 아니라 더 나아가 그보다 수천 배는 더 두려워해야 할 죄악으로부터, 신이 불순종에 대해 마련해놓은 징벌로부터 너를 구해주기를 바랐다. 너는 내가 저지른 단 하나의 잘못을 알고 있다. 그 잘못 때문에 받은 형벌이 어떤 것인지 알게 된다면 너는 몸서리를 칠 것이다. 신은 나를 지옥의 문 가까이에 있는 미지의 해변에 두었단다. 나 혼자밖에 없는 그곳에서는 하늘의 정의가 인간들을 지옥의 나락으로 떨어뜨릴 때만 인간을 보고, 깊은 심연의 구덩이가 열리고 거기서 억눌렸던 울부짖음이 솟아 나와 공기를 가르고 귀를 뚫을 때만 사람의 목소리가 들리지. 오! 내게는 늘 새로운 이 끔찍한 고통의 세월이 지구의 세월에 필적할 만한데, 오늘 네가 그것을 끝장낼 수 있다니! 사랑하는 오메가르, 오, 나의 아들아, 내가 눈물을 충분히 쏟아내지 않았더냐! 내가 고통에 처한 이후 가장 단단했던 바위들이 먼지가 되어 부서져 내리고, 강과 바다가 한 방울 한 방울 서서히 증발해 갔으며, 하늘에 반짝이던 천궁은 색이 바랬다. 네 아비의 불행에 측은지심이 동하기를, 그리하여 하늘의 명령에, 네 양심의 목소리에, 나를 위해 네 가슴을 옥죄는 연민에 복종하기를 바란다. 나는 내 자손들의 불행을 만든 장본인이다. 불길한 종족이 태어나는 것을 막는다면 내 죄는 사라지리라."

아담의 고통에 대한 이러한 묘사는 오메가르의 영혼에 두려움을 안긴다. 오메가르가 느끼는 공포가 몸짓과 얼굴에 드러난다. 오메가르는 그토록 오랜 고통을 견뎌낸 불행한 존재를 경탄과 연민으로 바라본다. 깊은 감동에 두 눈에는 눈물이 그렁그렁하다. "아아!" 그가 말한다. "선량한 신이 약한 피조물을 그리도 잔인한 형벌에 처하리라고 감히 어떻게 생각할 수 있었을까요? 이 사례에 비추어 그분의 정의가 내게 어떤 고통을 준비하고 있는지 가늠할 수 있습니다. 하지만 당신처럼 나도 그 고통을 감내할 수 있을 겁니다. 당신은 인류의 어머니와 함께 소멸하기를 바라셨다지요. 나도 당신처럼 시데리에게 충실할 겁니다. 당신도 내 입장이라면 나만큼이나 자애로우실 테지요. 불행한 아내에 관한 생각만으로 격정에 빠진 당신의 모습에서 그것을 보았습니다."

이러한 오메가르의 반응은 인류의 아버지를 놀라게 한다. 그는 잠시 침묵을 지킨 다음 악인이라면 감히 묵상할 수 없지만, 의인에게는 영원히 위안이 될 무서운 말로 침묵을 깨뜨린다. “내 나약함이 본보기가 된 후, 사랑하는 오메가르야, 나는 네게 대답할 권리를 잃었구나. 하나 너는 어찌 모를 수 있단 말이냐. 죄를 짓자마자 마치 굶주린 독수리가 심장에 달라붙어 심장을 파괴하지는 않으면서 끊임없이 파먹기만 하는 것처럼 내가 양심의 가책을 느꼈다는 사실을, 고통받았던 억겁의 세월이 켜켜이 쌓이는 동안 매일, 매 순간 다시 내 의지의 주인이 되어 그토록 사랑했던 아내의 간청에 맞설 수 있도록 죄를 지었던 순간으로 되돌아가길 내가 바랐다는 사실을 말이다. 매 순간 되살아나지만 억누를 수 없었던, 그래서 나를 소진하고만 헛된 바람이었지. 죄악은 섬광처럼 빠르고 후회는 영원하다. 후회는 천상까지도 나를 쫓아올 게다. 만일 네가 미덕의 조언을 따른다면, 너의 승리는 나는 물론이고 가장 위대한 인간들보다 더 높은 곳에 너를 올려놓을 것이다.”

오메가르가 대답한다. “아! 아버지여, 나는 그런 과분한 영광은 바라지도 않습니다! 인간이 과연 그러한 미덕의 숭고함에 도달할 수 있을까요? 나는 오히려 당신을 닮고 싶습니다. 하늘을 증인으로 내세우건대, 나는 절대 당신이 저지른 잘못을 범죄로 생각지 않았습니다. 나는 다시 당신의 실수를 용서합니다. 그러니 내게도 동일한 관대함을 베풀어 주세요."

인류의 아버지가 대답한다. "네게 그렇게 잔인한 호의를 베푼다면 나는 너의 적이 될 것이고, 시데리의 적이 될 것이다. 그러니까 너는 그녀를 지키는 것이 사랑이라고 생각하는구나. 어쩜 이리도 사리 분별이 없을까! 너는 그녀를 복수하는 신의 저주에, 자연의 구성 요소들의 분노에, 지상의 모든 재앙에, 아비의 피가 뚝뚝 떨어지는 손으로 제 어미의 가슴을 덮칠 잔인한 후손들에게 넘겨주게 되는 것이다. 이런 대가를 치르고 살아남느니 두 사람 모두 삶을 버리도록 해라. 너를 두렵게 하는 죽음의 이미지가 과연 무엇이더냐! 그것은 시데리와 너에게 단 하루의 부재, 단 하룻밤의 잠에 불과하단다. 너희들은 무덤으로 내려갈 시간조차 없을 것이다. 곧바로 불멸의 의복을 두른 채 다시 태어나 둘이 함께 참된 에덴에, 영광과 지복의 거처에 올라가게 될 테니까 말이야. 네 조상들의 흩어진 재가 되살아나는 동시에 온 인류가 일어나 너를 은인으로 생각하며 축복하는 것을 보아라. 너는 부활을 앞당기기 위해 나의 입을 통해 간청하는 이 모든 사람의 염원에 귀를 닫을 것이냐. 그들은 무수한 세월 동안 무덤에서 잠자고 있다. 이 지상에서 불행과 죽음의 제국을 연장하기를 바라느냐? 그렇다. 내가 영원한 주께 순종하지 않으려던 순간에 누군가 내게 너에게처럼 나의 잘못이 가져올 끔찍한 결과를 미리 알려주었다면, 나는 절대 내 후손들을 불행하게 만들지 않았을 것이다."

신께서 방금 목소리에 힘을 불어넣어 준 인간의 아버지는 매우 열정적이고 격렬하게 자신의 변론을 펼쳤고 그 속에서 진리가 너무나 확연하게도 제 모습을 드러냈기에 오메가르는 그에 매료되어 마음속으로 복종을 다짐한다. 그는 하늘을 향해 손을 들어 올리고 고통이 담긴 시선으로 이러한 위대한 행위에 대해 보답을 내릴 수 있는 유일한 존재에게 이를 봉헌한다.

그는 인류의 아버지에게 대답한다. "당신의 야만적인 명령은 실행될 것입니다. 나는 목숨을 잃겠지만 숱한 불행의 한복판에서 죽음은 오히려 은총이겠지요. 지금 내겐 단 하나의 소원만이 있습니다. 당신은 이 마지막 위로를 거절하시겠습니까? 내가 시데리에게 가장 절대적인 의무에 복종하는 것임을 알리지 않고 그녀를 버린다면 그녀는 자신에 대한 나의 사랑이 식었다고 생각할 겁니다. 나는 그녀에게 저주의 대상이 될 것이며, 그녀는 자기 죽음을 내게 전가할 것이고, 필시 나의 사랑과 오메가르라는 이름을 저주하며 마지막 숨을 내뱉을 것입니다. 오, 나의 아버지여, 이런 잘못을 바로

잡도록 허락해 주세요. 그녀가 내 입을 통해 우리를 갈라놓는 판결에 대해 알게 되는 즉시 그녀의 대답과 고별인사를 기다리지 않은 채 떠날 것을 맹세합니다."

오메가르가 이 마지막 말을 끝마칠 겨를도 없이, 이를 이미 예상했던 아담은 하늘을 향해 팔을 뻗고 소리친다. "오 나의 신이시여! 당신이 지으신 인간은 변하지 않았습니다! 나는 내가 그랬던 것과 똑같은 모습의 인간을, 약속할 때는 항상 오만하고 행동할 때는 가장 나약한 존재를 다시 봅니다." 그러고는 오메가르의 손을 붙잡고 계속해서 말을 잇는다. "시데리를 다시 만난다면, 그녀는 네게 말 한마디라도 건네려 하고, 단 하루만이라도 너를 붙잡아 두려 하지 않겠느냐. 네가 이런 가벼운 호의를 거절하겠느냐? 그녀를 위해서 내 변론과 신의 명령을 거스르려고 애태우는 네가? 무사히 첫 번째 날이 지나가면 이어지는 날들을 둘이 함께 보내는 것이 뭐 그리 대수겠느냐? 처벌되지 않았으니 너의 대담함이 되살아나겠지. 너는 나를 거짓 선지자라고 비난할 것이고, 오금이 저릴 만큼 위험한 낭떠러지 끝에서 태평하게 잠을 잘 것이다. 그래, 네가 내게 가장 담대한 용기를 약속한 것은 사실이다. 그에 대해선 정당하게 평가하마. 너는 자기 맹세에 대한 선의를 믿고 있지. 하나 너의 약점을 스스로 깨우쳐야 할 것이다. 지금 이 자리에 없는데도 시데리는 네 마음속에서 너의 의무와 싸우고 있고, 너의 신보다도, 너 자신의 이익보다도, 나에 대한 너의 연민의 외침보다도 더 강하다. 그런 그녀가 너를 품에 안고 신음을 토하며 비탄에 잠긴 채 고통 속에서 죽어가려 할 때 과연 그녀에게 맞설 마음이 들겠느냐! 아, 하와가 없었다면, 나는 신께서 부과하신 율법 중 단 하나라도 어기느니 차라리 죽고 말았으리라. 나를 망친 것은 그녀의 눈물이었다. 사랑하는 오메가르야, 너도 같은 운명을 피할 수 없을 것이다. 마지막으로 하늘이 내게 부족했던 용기를 네게 주는 것을 보면, 하늘이 시데리에게 너를 다시 만나는 기쁨을 허하고 싶지 않은 것은 아닌지, 또 너와 그녀를 갈라놓는 명령까지도 그녀가 모르길 바라는 것은 아닌지 누가 알겠느냐! 아! 나의 아들아, 이렇게 간청하마. 이런 위대한 행위를 반절만 하는 우를 범하지 말라. 그것이 나의 마지막 조언이다. 신의 정의가 내게 지옥문을 떠오르게 하는구나. 네 아비의 마지막 인사를 받아라. 나는 고통으로 점철된 영겁의 세월을 다시 시작하거나 아니면 내일 너를 인간 종족과 함께 영원 속에서 다시 보겠구나."

인류의 아버지는 침통한 목소리로 이 말을 내뱉고 곧바로 사라진다.

오메가르는 넋이 나간 듯 듣지도 보지도 못하고 모든 감각을 잃은 채 꼼짝하지 않는다. 마치 존재하지 않는 것만 같다. 그는 자신이 숨 쉬고 있는 장소가 어딘지, 방금 그에게 말한 이가 누군지 알지 못한다. 아는 것은 오로지 자신이 불행하다는 것, 그리고 자기가 누구인지 알게 되는 것을 두려워해야 한다는 것뿐이다. 영혼의 미몽은 두렵지만 개안의 착란보다는 덜 끔찍하리라. 그의 영혼에 빛이 다시 비춤에 따라 오메가르는 처음 겪었던 것과 동일한 강도로 슬픔이 되살아나는 것을 느낀다. 그는 분노하다가 진정하고 다시 절망하며 운다. 그는 자신의 맹세를 후회하고 배반을 희구한다. 그는 말한다. "나는 우주의 운명이 내 불행에 달려 있도록 만든 야만적인 신의 변덕을 신뢰하지 않는다. 그분은 지구를 창조하면서 나와 상의한 적이 없다. 그러니 나와 상관없이 본인의 작품을 마음대로 처분하란 말이다!"

오메가르는 예고된 모든 위험을 무릅쓴 채 집으로 가는 길을 택한다. 그러나 전진하는 속도는 극도로 느리다. 그를 짓누르는 회한의 무게가 발걸음을 더디게 한다. 그는 모든 것을, 심지어 행복의 희망마저도 잃었다고 느낀다. 그는 자문한다. 나는 어디로 가나? 시데리를 찾아가서 내가 숭배했던 매력을, 순수함의 평온을, 그녀의 눈에서 읽어내는 것이 좋았던 평화로운 행복을, 그녀가 내 눈앞에서 터뜨리던, 그녀의 작은 움직임에서도 표현되던 기쁨을 되찾으리라고 기대할 수 있을까? 아! 시데리는 나의 회한, 나의 걱정, 나의 운명을 함께 짊어지게 될 것이다. 그녀를 죽음에서 건져낼 수는 있겠지만, 이내 슬픔의 맹독이 그녀를 서서히 집어삼키는 것을 보게 될 것이고, 아마도 언젠가는 나의 연약함을 비난하는 것을 듣게 될 거야.

이런 생각에 놀란 그가 멈춰 선다. 그리고 오래된 떡갈나무의 짙은 그림자 속에서 인류의 아버지를, 그의 얼굴에 나타난 괴로움을, 힘껏 귀를 틀어막고 있는 그의 손을, 고통으로 반쯤 뒤틀린 그의 몸을 목도한다. 오메가르는 마치 고함을 치듯 벌어진 그의 입에서 비통한 목소리로 새어 나오는 말을 듣는다. <나는 고통으로 점철된 영겁의 세월을 다시 시작하는구나.> 측은지심을 느낀 오메가르는 눈물을 쏟는다. 동시에 신은 오메가르 후손의 모습을 눈앞에 펼쳐 보인다. 그는 어두운 하늘 아래 메마른 들판에서 기형적인 만큼이나 잔인하기도 한 흉측한 몰골의 자기 후손들이 참혹하고 영원한 전쟁을 벌이고 있는 것을 발견한다. 그들이 형제들의 사지로 뒤덮여 피범벅이 된 식탁 주위에 둘러앉은 채 팔딱이는 인육 조각들을 게걸스럽게 먹어 치우려고 서로 다투고 있는 것이 보인다. 소름 돋는 이미지에 놀란 그는 뒤로 물러서고, 이런 파렴치한 종자를 낳느니 차라리 신에게 복종하겠다고 맹세한다. 결심이 서자마자 오메가르는 새로운 용기가 솟아나는 것을 느낀다. 시데리를 떠날 준비가 되었다. 하지만 떠나기 전에 그녀에게 자신의 결백을 증언할 기념물을 남기려 한다. 그는 오른편에서 무너진 기둥의 잔해를 발견한다. 그는 기둥 밑동 주변에 흩어진 잔해들을 가져다 길가에 제단을 세우고, 날카로운 돌멩이를 이용해 큰 글자로 다음과 같이 새긴다.
<오메가르는 죄가 없다.>

그런 다음 땅에 엎드려 신에게 짤막한 기도를 올린다. "오! 나의 고통을 보시는 분이시여, 자신을 제물로 바치는 미덕을 보상하려거든 시데리를 이곳으로 인도하여 이 글을 읽게 하시고, 그녀가 오메가르의 결백을 모르는 채로 죽는 일이 없도록 하소서! 당신, 인간의 아버지여, 내가 당신의 형벌을 줄여드리겠습니다. 그리고 내게 생명을 되돌려 달라 요구하는 인류 조상의 혼령들이시여, 흔들리는 나의 용기를 붙잡아주소서." 이 말을 하고는 더 이상 지체 없이 프랑스인들의 수도로 향하는 길로 나선다. 그렇게 오메가르는 시데리를 버린다.

여덟 번째 노래

미덕이 인간에게 "나의 제단에 올라 네 가슴을 드러내라, 내가 너를 제물로 삼고 싶다."라고 말할 때, 만일 인간이 명령에 저항한다면 그는 곧바로 그 불복종을 벌한다. 미덕은 인간의 마음을 불멸의 형리들에게, 자신의 먹이에 집착하면서 거기에 딱 달라붙어 그를 괴롭히고 지옥 끝까지 따라붙을 회한悔恨들에게 넘긴다. 하지만 인간이 그의 목소리에 복종하기를 원한다면 그런 마음을 먹자마자 미덕은 이를 고마워하면서 인간의 불안한 영혼에 평안을 가져다주고 폭풍을 가라앉히며 아침꾼의 목소리보다 더 부드러운 목소리로 진실이 미덕과 함께 되풀이하는 찬사를 쉬지 않고 인간에게 제공한다.

놀란 오메가르는 즉시 이런 행복의 효과를 경험한다. 맹렬한 기세의 열정이 완화되다가 멈춘다. 감미로운 빛이 영혼 속을 관통하기 시작한다. 영혼이 다시 평온해지고 오메가르는 영혼 속에 침잠해 자기 자신과 자신의 의도에 대해 자문한다. 자문 끝에 얻은 대답에 자부심을 느낀 그는 자신만만하게 하늘을 올려다본다. 우주를 주재하는 신에 대한 기억이 그를 위무한다. 천사들은 죽은 자들을 깨우는 나팔을 불지어다. 땅이 무너지고 태양과 별이 꺼질지어다. 오메가르의 시선은 용감하게 이러한 광경을 견뎌낼 것이다. 오메가르는 지구의 마지막 날을 목격하기에 합당하다.

벌써 불길한 징조들이 지구의 마지막 날을 예고한다. 동굴과 깊숙한 은신처에서 애통하게 탄식하는 소리가 울리고, 공중에서는 수많은 신음이 들린다. 숲속의 나뭇잎들이 저절로 몸을 떨고, 겁에 질린 동물들은 포효하며 달아나다 절벽 아래로 몸을 던진다. 알 수 없는 힘으로 흔들리는 종들이 멀리까지 죽음의 음울한 음조를 퍼뜨린다. 마치 인류에 조종弔鐘을 울리는 듯하다. 산들은 갈라지고 불과 연기의 소용돌이를 토해낸다. 대양의 물결은 납빛으로 변하고 바람과 폭풍우가 일지 않는데도 노호하며 발작적으로 해안가로 몰려와 부딪치며 사체들을 밀쳐낸다. 창조 이래로 인간들을 떨게 만들었던 모든 혜성이 지구에 접근하고 끔찍한 꼬리들로 하늘을 붉게 물들인다. 태양은 울고, 그 둥근 가시 표면은 피눈물로 뒤덮인다.

이러한 전조들은 결코 거짓된 허상이 아니다. 영원한 주께서는 인류가 지구에서 영속할 힘이 있는 한 지구를 보존할 것이라고 운명의 책에 기록해 두었다. 신은 시데리가 오메가르의 도주를 견뎌내지 못할 것임을, 그리하여 인류 중 가임이 가능한 단 한 명의 여성이 사멸하게 될 것임을 안다. 자신의 약속과 자신에게 부과된 법칙에서 자유로운 신은 죽은 자들에게 부활의 첫 신호를 보낸다. 하늘은 기쁨의 함성으로 화답한다. 지옥은 전율하고, 그곳의 수인들은 몸을 숨기기 위해 불길 속으로 뛰어든다. 신의 보좌 발치에 앉은 천사들이 최후의 날을 알리는 나팔을 불고, 그 굉음은 우주 끝까지 울려 퍼진다. 인간의 실체를 감추고 있던 물체들이 서둘러 유해를 반환한다. 북쪽에서는 얼음이 갈라져 그들에게 길을 내어준다. 열대지방에서는 바다가 끓어오르면서 해안가에 그들을 토해낸다. 열린 무덤들에서, 쪼개진 나무들에서, 깨진 바위들에서, 무너진 건물들에서 그들이 나온다. 지구는 무한한 수의 화구로부터 해골과 재가 뿜어져 나오는 거대한 화산이다.

열린 무덤, 땅의 모태에서 나온 뼈, 공중에 흩날리는 인간의 유해를 보면서, 오메가르는 공포로 숨이 막힐 지경이다. 머리카락이 곤두선다. 그가 그 자리에 멈춰 선다. 살아 있는 듯 보이는 먼지를 발로 밟을까 봐 두렵다. 마치 파도 위를 항해하는 것처럼 물결치는 대지의 움직임에 끊임없이 떠밀려 간신히 몸을 지탱하면서 나무에 기대어 두 팔로 나무를 끌어안고서는, 마치 더는 폭풍과 싸울 수 없어서 돛을 삭풍의 분노에 맡긴 채 새하얗게 질려 몸을 휘청거리며 그들을 집어삼키거나 바위에 부딪쳐 부숴버릴 파도를 기다리는 뱃사람들처럼 눈을 감고 체념하며 죽음을 받아들인다.

인골의 분출이 얼마나 빠르고 강력한지 세 시간이면 충분하다! 우주 원자들의 수까지 훤히 꿰고 있고, 그 시선이 자연의 가장 후미진 구석까지 미치는 신은 대지가 인간들의 유해를 모두 되돌려준 것을 알자마자 대지가 휴식을 취하기를 바란다. 그 즉시 대양은 미쳐 날뛰던 성난 파도를 해안가로 다시 불러들인다. 바람은 달아나면서 서로에게 돌진하더니 윙윙 소리를 내며 동굴 속으로 되돌아간다. 이런 우주적 규모의 소용돌이에 이어 우울한 침묵이 흐른다. 오메가르는 아직도 살아 있다는 사실에 놀라고, 다시 평온이 돌아온 것을 감히 믿지 못한다. 그는 귀를 기울인다! 어떤 소리도 귀에 들려오지 않는다. 끌어안고 있던 나무에서 떨어져 나와 위험을 무릅쓰고 자신을 둘러싸고 있는 사물들에 눈길을 던진다. 아, 놀라움이여! 사물의 모양이 심하게 일그러져 있어 거의 알아볼 수가 없다. 인골을 품고 있던 물체에서 유해가 방출되면서 모든 사물의 형태가 훼손되고 파괴되었다. 이쪽에서 산은 기저의 절반을 잃고 마치 공중에 떠 있는 듯 보인다. 저쪽에서는 도시 전체가 그것을 뒤덮은 잿더미 아래로 사라졌다. 사람을 매장하는 데 사용된 모든 장소에 끔찍한 구멍이 벌어져 있다. 흉물스럽거나 기괴한 형태를 띠지 않고 온전하게 남은 나무, 식물, 바위, 건물이 하나도 없다.

모든 물체의 전적 괴멸이라는 광경 앞에서 오메가르는 하늘을 향해 감사의 손을 들어 올린다. 우주의 잔해 한복판에서 그의 삶은 기적으로 여겨진다. 자기를 둘러싼 폐허로 눈길을 던질 때마다 신이 날개를 펼쳐 자신을 덮어주었다는 생각이 든다. 이런 생각이 영혼을 짓눌렀던 공포를 몰아낸다. 그는 이런 소동이 아마도 죽은 자들의 부활을 알리는 먼 서곡일 뿐이라고 믿기 시작한다. 이미 곁에 돌아온 희망이 그를 위로한다. 그는 계속 길을 가다가 예전에 프랑스 제국의 수도였던 곳에 도달한다.

오메가르는 그곳에서 하룻밤을 보낼 은신처를 찾고, 자신이 겪었던 끔찍한 고통에서 회복될 수 있을 것으로 생각했다. 아뿔싸! 이런 희망이 얼마나 헛된 것이었던가! 시간은 인간적인 것들을 얼마나 변하게 만드는가. 파리는 더 이상 존재하지 않았다. 센강은 파리의 성벽 가운데로 흐르지 않았다. 파리의 정원도, 파리의 사원도, 루브르궁도 사라졌다. 도시의 품을 뒤덮었던 그 많은 건축물 중에서 살아 있는 존재가 몸을 뉠 수 있는 초라한 움막 하나조차 남지 않았다. 이곳은 하나의 사막이자 거대한 먼지 밭으로, 죽음과 침묵의 거처일 뿐이다. 오메가르는 슬픔이 가득한 넓은 공간에 눈길을 던지고, 재만 이 수북이 쌓여 있는 것을 보고는 크게 동요하며 말한다. "이것이 아주 사소한 움직임만으로 양 세계를 뒤흔들었던 그 화려한 도시의 잔해란 말인가? 몸을 기대어 눈물을 쏟을 만한 폐허, 단 하나의 돌조차도 찾을 수 없구나. 지구의 멸망을, 인간과 그 문명의 무덤을 보게 되는 것이 두렵다."

이런 생각에 잠겨 걷고 있다가 멀리서 시선을 벗어나 있던 하나의 석상을 발견한다. 오메가르가 자문한다. 내구성이 더 강한 기념물조차 그 폐허마저 소멸되었는데 대체 어떤 기적으로 이 석상만은 온전히 살아남은 것일까? 그가 따라왔던 길이 그를 석상의 발치로 이끌었다. 오메가르는 석상에 다가가서 주의 깊게 살핀다. 석상을 장식한 다양한 상징들에 비추어 그것이 프랑스인들의 옛 왕을 나타낸다고 판단한다. 석상의 기단은 비문으로 덮여 있다. 그것을 찬찬히 살피며 다음의 글을 읽어낸다. "나는 아프리카의 하늘 아래서 태어났고, 유럽을 보기를 원했다. 이 장소를 지나면서 시간이 훼손시켰던 석상의 받침대를 다시 세웠다." 오메가르는 다른 곳에서 이런 글도 읽는다. "리마는 나의 요람이었다. 제2의 아테네를 알고 싶은 호기심에 가득 차 있던 나는 여기 쓰러져 있는 이 석상을 발견했다. 이 여행을 위해 나를 따라나섰던 친구들의 도움으로 그것을 다시 일으켜 세웠다." 마지막으로 오메가르는 다른 곳에서 다음의 글을 읽는다. "나는 갠지스강 연안에서 태어난 조각가다. 이 기념물 전체를 복원하기 위해 이 사막에서 두 달 동안 야숙했다."

오메가르는 말한다. "내가 이목구비를 보고 있는 이 위대한 인물은 후세에게 매우 소중했음이 틀림없다. 뭐라고! 그토록 많은 세월이 흘렀고, 지상에서 빛을 발하던 제국들의 이름조차 잊게 만든 수많은 격변이 일어났는데도 이 군주가 고무시켰던 관심은 약해지지 않았단 말인가! 인간들의 숭배와 사랑의 대상이었던 군주의 조각상은 인간들의 정성 어린 노력 덕분에 보존되었다. 인류 전체가 이 조각상을 자신의 보호 아래 두었고, 이곳을 지나가던 이방인들조차 이 기념물을 복원하는 것을 신성한 의무로 삼았던 것이구나! 아! 이 조각상이 재현하고 있는 영웅이 누구인지 알아내지 않고서는 이곳을 떠나지 않으리라." 그는 열심히 이름을 찾는다. 비록 글자들이 거의 지워졌지만 마침내 그는 판독에 성공하고 이 위대한 인물이 나폴레옹 1세라고 불렸다는 사실을 발견한다. 오메가르는 이 이름을 알았다. 심지어 이 군주가 그의 조상에 속한다는 사실도 알고 있었다. 오메가르는 손을 들어 존경을 표한다. "오 나의 아버지여! 죽은 자들의 넋이 지상에서 주어지는 경의로 위안을 받는 것이 사실이라면, 다시 한번 인간의 사랑과 존경의 공물을 받으소서. 이것이 마지막이 될 것입니다. 당신의 이름은 기억 속에서 더 오래도록 살아남을 수 없으니까요." 이 말을 하면서 오메가르는 이 위대한 인간의 석상을 눈물로 적신다.

아담이 떠난 이후 오메가르는 눈물을 흘릴 수가 없었다. 절망이 눈에서 눈물을 마르게 했고, 태양의 열기로 바싹 마른 화초처럼 죽어가고 있었다. 하여 방금 그가 흘린 눈물은 이슬보다도 부드럽게 그를 위무하고 생기를 돋운다. 고통은 눈물과 함께 증발하면서 억눌린 그의 영혼을 더 이상 짓누르지 않는다. 남은 것은 그가 벌였던 전투의 피로뿐이다. 방금 신열이 가라앉은 환자처럼 쇠약해진 그는 밤이 어둠으로 그를 둘러싸기 전에 발걸음을 동굴이나 다른 어떤 은신처로 인도해달라고 하늘에 대고 마지막 자비를 간청한다.

소원이 이루어진다. 그는 파리의 외곽을 벗어나고 있었다. 오메가르는 센강이 그토록 오랫동안 자신의 물줄기를 흘려보내길 좋아했던 강바닥에서 고즈넉하고 소박한 집 한 채를 알아본다. 신께서 선물한 이 은신처를 바라보면서 오메가르는 한 줄기 기쁨의 빛이 마음속으로 들어오는 것을 느낀다. 하룻밤을 보낼 은신처가 확실해지자 그는 걸음을 늦추고 멈춰선 채 서녘을 향해 몸을 돌리고 자연과 태양을 바라본다. 운행을 거의 마친 태양은 벌써 지평선의 끝자락에 다다랐다. 종종 무심하게 바라봤던 이 풍경이 그를 감동에 젖게 한다. 아마도 이 별은 더는 세상을 밝히기 위해 돌아오지 않고 바닷속에서 영원히 꺼져버릴 것이다. 그는 태양을 향해 마지막 작별 인사를 올린다. 지치지 않는 운행을 통해 태양이 인간에게 베풀어 준 혜택에 대해 인간의 이름으로 감사를 표한다. 이어서 대지의 표면을 뒤덮고 있는 인간의 유골과 잔해를 바라보면서 이런 말을 건넨다. "오, 인간들이여! 당신들은 자기 자신을 얼마나 귀하게 여겨야 할 것입니까! 창조주의 가장 아름다운 작품이었고 사람들이 우주의 신으로 경배했던 이 별은 곧 사라질 텐데, 당신들은 꺼져버린 태양의 잿더미 위에서 불멸의 존재로 다시 태어날 것이니 말입니다."

그는 여전히 말하고 있었고, 빛의 항성은 지평선 너머로 사라진다. 그런데 여느 때와는 다르게 지구에서 태양의 부재를 달래기 위한 노을이 내리지 않는다. 태양이 소멸했기 때문이 아니었다. 태양의 무자비한 적수인 밤이 최후의 시간에 도달한 태양을 쫓아내기 위해 서둘러 흑단의 마차에 올라탔던 것이다. 밤의 안광이 희열로 번득인다. 밤은 어둠을 불러 모으고는 일장 연설을 늘어놓는다. "난 너희가 출신의 고귀함을 망각했는지 모르겠구나. 신처럼 영원한 어둠이여, 내가 너희와 함께 넓은 혼돈의 공간을 지배했던 시간을 기억하여라. 오, 두려운 날이여, 신이 태양을 창조하셨던 그 날, 태양은 첫눈에 나를 달아나게 했도다! 그 순간부터 안식의 어머니인 나는 더 이상 그 안식을 즐길 수가 없었다. 내 명예는 땅바닥에 처박혀버렸지! 나는 낮의 항성의 변덕에 전적으로 의존해야 했고, 그 항성은 하늘을 가로지르는 데 지친 후에야 하늘의 제국을 내게 돌려주었다. 휴식용 침대에서조차 태양은 자기 빛의 반사된 광채로 나를 괴롭히기를 즐겼고, 오래지 않아 되돌아와서는 나를 모욕적으로 쫓아내곤 했었다. 오, 어둠이여! 친애하는 벗들이여! 고통과 수치를 함께 나눴던 그대들이여, 이 오만한 지배자의 통치가 곧 끝장날 것임을 알아 두어라. 의기양양하게 행진하면서 별들을, 그대들을, 자연 전체를 모욕했던 이 오만한 태양을 한번

보라! 고통이 잘난체하는 이마를 얼마나 어둡게 만드는지를 지켜보라! 벌써 광선들이 그를 저버린다. 죽어가는 적을 서둘러 끝장내고 우리에게 속한 궁창의 제국을 수복하자."

이 말을 마치고 나서 밤은 어둠에게 자신을 따르라는 신호를 보낸다. 밤은 더는 자기 주인에게 다가가기를 두려워하는 노예처럼 소심하고 정중하게 천천히 지평선 위로 올라가지 않는다. 전속력으로 달리는 말의 속도로 밤은 바다의 장벽을 뛰어넘고 순식간에 하늘을 휘감는다.

칠흑 같은 어둠에 놀란 오메가르는 조금 전 발견한 집에 간신히 이른다. 입구를 막는 문은 하나도 없었다. 그는 느린 걸음으로 어두운 현관 아래를 지나며 뭐라도 알아보려 한다. 그런 다음 오른쪽 옆방으로 지나가면서 시간이 떼어낸 문의 널빤지들 너머로 약한 빛줄기를 봤다고 생각한다. 혹시라도 이 집에 누군가가 살고 있는 것인가? 오메가르는 슬픔 속에서 위로자를 찾을 수 있을까? 그는 희망과 기쁨으로 뛰는 심장을 안고 문을 연다. 결코 꺼진 적이 없었던, 사람들이 불멸이라고 불렀던 등불이 이곳을 비추고 있다. 문짝 맞은편 휴식용 침대 위에는 수백 년은 되었을 법한 낡은 추시계가 여전히 똑딱거리며 저녁 9시를 가리킨다. 왼쪽 깊숙한 알코브alcôve[14]에 놓인 침대 위에는 시체 한 구가 누워 있다. 이 집의 마지막 주인이었던 티베스의 시신이다. 침대 가까이 뚜껑이 열린 관에는 그의 아내가 누워있다. 아내를 잃은 상심을 달래기 위해 티베스는 눈물을 흘리며 고통의 산물인 이 관을 직접 짰던 것이었다. 관이 완성되자 직접 방부 처리한 아내의 시신을 거기에 뉘었다. 그러고는 영전에 다음과 같은 감동적인 비문을 새겼다. <당신은 죽은 후에도 여전히 나의 동반자일 것이오.> 그 이후로 활기 없는 날들이 이어질 뿐이었다. 얼마 안 가 그는 기력이 쇠진하고 있음을 느꼈다. 그래서 아내에게서 멀리 떨어져 있을 때 죽음이 자신을 내리칠까 두려워 감히 이 방을 떠나지 못했다. 마침내 티베스는 이 침대 위에서 숨을 거뒀다. 유일한 한이 있다면 아내와 함께 같은 무덤에 눕지 못한 것이었다.

오메가르는 주의 깊게 이 방을 살피고 백골만 남은 티베스에게 시선을 고정한다. 그러고는 옆에 있는 관을 관찰하며 비문을 읽는다. <당신은 죽은 후에도 여전히 나의 동반자일 것이오.>라는 글귀가 마음에 고통스러운 감정을 일깨운다. 두 눈에 눈물이 가득 고인 채 그 문장을 다시 읽는다. 그가 말한다. “나 역시도 시데리가 죽은 이후까지, 내 마지막 숨이

14. 방 한쪽에 설치한 오목한 장소를 말하며, 침대, 책상, 서가 등을 놓아 침실, 서재, 서고 등의 반半독립적 소공간으로 사용한다.

멋을 때까지 그녀를 사랑했을 텐데. 이들은 함께 있어 행복했구나. 이들은 내가 거의 맛보지 못한 행복을 누린 거야."

오메가르는 아직도 사람이 살고 있다고 생각되는 집을 좀 더 둘러보고 싶다. 살아 있는 사람을 찾는 것, 그는 그 희망을 절대로 잃어버리지 않았다. 오메가르는 영원히 불타는 등잔을 들고 티베스가 인간 사상의 걸작들을 모아 놓은 서재로 들어선다. 그곳에서 티베스는 인생의 가장 달콤한 시간을 보냈고, 아내의 죽음 이후에도 자신이 살아 있는 것에 대해 스스로를 달랠 수 있었다. 오메가르는 그 아름다움이 시간의 게걸스러운 이빨로부터 구해낸 이 장서들을 눈으로 훑으면서 지상에서 가장 위대한 인간들이 자기 앞에 도열해 있다는 생각을 한다. 그는 말한다. "인간이 불멸이라고 헛되이 부른 작품들이 바로 여기에 있구나. 아마도 내일이면 더 이상 존재하지 않을 것들. 아! 이 우주가 멸망한다고 해도, 사방에서 무너져 내려 폐허가 되는 집은 하나도 아쉽지 않다. 그러나 그 감동이 끊임없이 새로워지고, 마치 저자들이 막 출판했을 때만큼이나 아름다운 이 저작들에 대해서는 아쉬움의 눈물이 흐른다. 인간 정신의 소산을 무로 여기게 만들고 그것들을 소멸의 길로 넘겨버리는 신의 탁월함이란 대체 무엇이란 말인가!"

신을 야만적이라고 비난해야 할지 확신이 서지 않은 오메가르는 서재 탁자 위에서 티베스가 죽기 며칠 전에 종이에 써둔 글을 본다. 거기엔 다음 문구가 적혀있었다. '여기에는 현자가 미련 둘 만한 것이 하나도 없다. 무엇 때문에 곧 없어지게 될 지구와 천체에 대한 저작을 보존해야 하는가? 그 본성이 변하게 될 인간에 대한 것은? 더는 아무도 말하지 않을 언어들에 대한 것은? 가장 위대한 천재들도 이해하지 못했던 신에 대한 것은? 창조주의 손에서 나온 태양보다 더 위대한 작품이 어디에 있단 말인가! 그런데 태양은 사멸할 것이다. 자기 작품들조차 결코 죽음에서 구하지 않으실 신이 어째서 인간의 작품을 죽음에서 면해주겠는가? 신은 자연의 유일한 아름다움이다.'

이 위대한 진실에 충격을 받은 오메가르는 인간적인 것들의 부질없음에 혼란스러워한다! 인간의 미천함이 그를 두렵게 하고, 더 이상 우주에서 신 이외에는 아무것도 보지 못한다. 그는 신의 위대함, 신이 거하는 거처, 의인들에게 신이 베푸는 행복에 대한 숭고한 그림을 그려본다.

오메가르는 서재에서 나와 선견자 티베스가 필요의 자식들인 기술을 이용해 상당한 비축품을 보존해둘 수 있었던 방으로 들어선다. 고갈된 원기를 회복하자마자 졸음이 몰려와 눈꺼풀을 무거운 손가락으로 짓누르고는 취하게 하는 양귀비 연기를 들이마시게 한다. 오메가르는 그 힘에 거의 굴복한 상태에서 오래된 시계추 아래에서 휴식용 침대를 봤던 것을 기억해낸다. 그가 없는 사이에 그곳에서 무언가 놀라운 기적이 일어났음을 알리는 행복한 예감에 이끌려 티베스의 침실로 되돌아온다. 이곳으로 돌아오는 동안 오메가르는 어떤 이유로 자신의 감각이 자극을 받았는지 알아차리지 못한 채 동요한다. 방의 문턱에 닿자마자 마치 신의 성소에 들어가는 것처럼 신성한 공포에 사로잡힌다. 제일 먼저 눈을 강타한 것은 가장 달콤한 향기를 퍼뜨리며 티베스의 침대와 아내의 관 위에 떠 있는 황금색과 하늘색 구름이다. 신이 그 자리에 있다고 생각한 오메가르는 티베스의 침대를 향해 천천히 조심스러운 발걸음을 옮긴다. 그러고는 눈으로 티베스를 찾는다. 아! 놀라운 광경이여! 더 이상 그를 되찾을 수가 없구나! 한 젊은이가 티베스의 자리를 차지하고 있었다. 젊은이의 얼굴은 생생한 색조로 활기를 띠고 있다. 부동의 자세만이 죽음을 나타낸다. 오메가르는 자기 눈을 의심하지 않을 수 없다. 그는 티베스의 아내가 여전히 숨 쉬고 있는지 확인하기 위해 관 속을 들여다본다. 그녀 역시 사라졌다. 아니, 오히려 그녀도 남편과 마찬가지로 젊음의 형형한 광채를 되찾았다. 황금빛 머리칼이 가슴을 휘감고 의복처럼 그녀를 덮고 있다. 보드라운 선홍색 빛이 뺨을 물들이고 입가에는 미소를 머금은 채 잠이 들어 즐거운 꿈에 빠진 듯하다.

신이 방금 티베스와 그의 아내를 부활시켰다. 부부는 오직 영혼만을 빼앗긴 상태다. 그들의 영혼은 슬픔과 불안에 젖은 채 여전히 망자들의 거처를 떠돌며 분리된 육체에 생기를 불어넣기를 갈망하며 이 행복한 순간이 오기를 초조하게 기다리고 있다. 오메가르는 티베스와 그의 아내를 지치지 않고 바라본다. 그는 부부가 죽음의 침상에서 함께 일어나는 것을 이미 보았다고 생각한다. 죽음에서 되살아난 부부의 놀람과 흥분을 상상하며 그토록 감미로운 광경의 목격자가 되길 희구한다. 오메가르는 이러한 부활을 가능케 한 창조자의 손길을 숭배한다. 그는 고통의 끝이 멀지 않았고, 마침내 모든 인간의 육체들이 이 우주에서 이런 식으로 준비되고 있으며, 아마도 오늘 밤이 이러한 성업에 봉헌된 밤이라고 판단한다.

그때 오래된 시계추가 하루의 마지막 시각을 알리고 오메가르는 몽상에서 깨어난다. 고요한 어둠 속에 울려 퍼지는 괘종시계의 열두 번의 타종 소리는 오메가르의 마음을 고통스럽게 만든다. 그는 슬픔에 젖은 목소리로 말한다. “지구의 마지막 날이 시작되는구나.” 그는 잠시 정신을 가다듬고 시곗바늘에 시선을 고정한 채 시간이 모든 것을 집어삼킨 연후에 곧 끝을 맞이하고 영원 속으로 사라지겠다고 생각한다. 슬픔이 그의 영혼을 사로잡고, 인간에게 애착을 지닌, 절멸이 임박한 그토록 많은 존재의 운명에 마음이 아려온다. 그 역시도 자신의 마지막 시간이 도래했음을, 죽음이 그를 덮치기 위해 잠의 품에서 그가 안식하기를 기다리고 있음을 안다. 모든 인간의 피로 물든 낫에 기댄 채 마지막 희생자를 내리치기 위해 안달이 난 죽음이 벌써 자기 옆에 와 있다고 상상한다. 주위를 둘러싸고 있는 정적이 그를 두렵게 한다. 공포에 사로잡힌 오메가르는 죽음의 순간을 맞이한 인간에게는 위안자가 필요하다고 느낀다. 흘러내리는 눈물은 위로가 되지 못한다. 걱정에 빠져 있을 시데리를 지구의 정령이 인도하여 자신의 품으로 달려오게 했으면 싶다. 인류의 아버지가 예견한 모든 불행이 머리 위에 떨어진다고 해도 말이다! "이런, 내가 대체 무슨 소원을 빌었던가!" 그가 말한다. "시데리가 어떻게 여기에 올 수 있단 말인가? 그녀에게 나의 도주를 너무도 잘 감추지 않았던가. 그녀와 나 사이엔 너무나 먼 거리가 놓여 있구나. 아아, 슬프도다! 내가 말하고 있는 동안 어쩌면 그녀는 마지막 숨을 내쉬고 있을지도 모르지." 시데리의 죽음을 상상하자 절망에 빠지기 직전인 그의 영혼이 갈기갈기 찢어지는 것 같다. 그는 하늘로 시선을 돌리고 신에게 기도를 올린다.

"오, 이 끔찍한 날에 나를 보호해주신 신이시여, 내가 사는 건 단지 고통받기 위함입니다. 내 생명을 단축해 주세요. 나의 고통이 내 힘을 넘어섰습니다. 시데리가 아직 살아 숨 쉰다면 그녀를 위해 죽음의 공포를 감해주세요. 꿈의 거울을 통해 그녀에게 내가 겪은 모든 것, 나의 고통, 나의 투쟁, 그리고 나의 눈물을 그려 보여주세요. 여전히 나를 사랑해달라고 요청하기에는 그녀를 너무 많이 괴롭혔습니다. 다만 그녀가 자기에게 고통을 안긴 자를 증오하면서 죽지는 않게 해주세요. 그것이 상심한 내 마음이 갈구하는 소원입니다. 이 소원을 들어주세요. 오, 신이시여, 당신은 더 이상 어떤 인간의 기도도 받지 못할 것입니다. 당신에게 간청하는 인간의 마지막 소원을 물리치시렵니까?"

이 말을 마치고 오메가르는 고개를 숙여 시선을 티베스의 아내에게 고정한다. 평온함이 그녀의 이마에 드리우고, 그녀의 얼굴이 표현하는 듯한 천상의 내면적 기쁨이 오메가르의 영혼에 전해진다. 고통이 사라지고 용기가 되살아난다. 그는 자기도 모르게 쏟아져 나온 불평에 대해 하늘에 용서를 구하고, 섭리의 순간을 재촉하려 들지 않고 평화롭게 잠든다.

아홉 번째 노래

창조주께서 당신의 작품에 심으신 다양성은 얼마나 경이로운가! 창조주께서 다양성을 땅 위에 널리 퍼뜨렸다면, 인간들이여, 눈을 들어 하늘을 바라보라. 그와 동일한 풍요로움이 궁창에서도 터져 나온다. 하늘을 비추는 태양들은 얼마나 다양한 불길로 빛나고 있는가! 얼마나 많은 대립하는 움직임들로 태양들이 천공을 운행하고 있는가! 무한한 수에도 불구하고 그들이 그리는 궤도와 형태와 광채는 서로 얼마나 다르던가! 여기 항상 꽃과 과일로 뒤덮인 행성은 매력적인 정원을, 그 거주자들이 자연의 신들처럼 보이는 엘리제의 동산을 닮았다. 저기 메마르고 황량한 행성들은 궁창을 떠도는 폐허, 바위 더미 혹은 독사의 무리, 비루한 먹이를 두고 싸움을 벌이는 광포한 짐승들과 같다. 더 멀리 엄청난 크기를 자랑하는 태양은 맹렬한 불길을 내뿜는 용광로로, 그곳으로부터 빛의 급류가 끊임없이 솟구쳐 나와 우주 공간을 넘치게 채운다. 다른 곳에서는 창백하고 거의 꺼져버린 태양이 죽어가는 빛만을 발하고 있다. 이처럼 신은 인간의 운명 역시 다양하게 만들었다.

오메가르가 인간의 아버지에게 복종하면서 시데리를 버리기로 결심하자마자 순종에 감복한 하늘은 그의 슬픔을 누그러뜨리기 시작한다. 지구의 격변 한가운데서 수천 가지 위험이 헛되이 오메가르를 위협해보지만, 세상의 폐허는 그를 쓰러뜨릴 수가 없다. 길을 가던 오메가르는 자기 조상의 반열에 있었던 한 영웅에 대해 후손들이 간직했던 사랑을 불꽃 같은 모습으로 새겨 놓은 기념비를 발견한다. 곧이어 보이지 않는 손이 그를 티베스의 집으로 안내하고, 거기서 함께 거주하기 위해 온 창조주가 그의 눈앞에 죽은 자가 부활하는 전조를 보여준다.

시데리는 얼마나 다른 운명을 맞이했던가! 오메가르에게 버림받고, 버림받은 이유조차 모른 채, 우주의 가장 끔찍한 날에 홀로 남아 얼마나 빠른 속도로 불행의 모든 단계를 밟아가게 되었던가! 좀 더 나은 운명에 대한 희망이 순간적으로 시데리를 즐겁게 하려 올라치면 이런 기만적인 기쁨은 곧 사라지고, 배반당한 희망은 불행을 절정으로 치닫게 한다. 폭풍우가 일어 거센 파도 속으로 내던져진 뱃사람이 부서진 배의 파편들을 향해 애써 헤엄치고, 그것을 붙잡기 위해 팔을 내뻗는 순간 성난 물결이 그를 덮쳐 심연 깊숙한 곳으로 끌고 가듯이 말이다.

남편과 인류의 아버지에게 인사를 하고 물러난 후 시데리는 즉각 제 영혼 속에 차올라오는, 자신을 기다리고 있는 불행을 경고하는 불길한 예감을 감지한다. 남편을 떠난 것을 후회하면서 그를 영영 잃어버리지 않을까 두려워하며 그를 다시 보기를 바란다. 그녀는 남편이 어쩌면 자신을 다시 부를 것이라는 희망을 품은 채 아주 천천히 멀어져간다. 전혀 모르는 낯선 이방인 앞에서 자신의 약점을 얘기하는 것을 들을 용기가 없었다는 사실이 스스로도 놀랍다. 그녀는 자신의 부끄러움을 나무란다. 자신을 동요시키는 두려움을 표현하기 위해 발길을 돌리려고 하자 본인의 의지보다도 더 강한, 아까와 똑같은 부끄러움이 또다시 그녀를 붙든다. 거처가 가까워지자 마치 고통의 심연 속에 빠진 것만 같다. 미래가 두려워지고, 흘러가는 현재의 순간을 붙잡고 싶어진다.

시데리는 낮의 항성이 오전 10시를 알리는 순간에 궁전에 들어선다. 마치 그녀에게 맡겨진 손님 접대의 책무가 면제되기라도 한 것처럼 산만하고 부주의하게 손님을 위한 식사 준비를 하는 가운데 정신은 조금 전 떠나온 곳에 가 있다. 그녀는 오메가르가 그들의 사랑 이야기를 계속하고 있다고 확신하면서 남편의 입을 통해 듣고 있다고 생각하는 이 이야기를 스스로 완성해간다. 이러한 환각이 지속되는 동안 근심은 진정되고 마음은 평온하다. 하지만 그 이야기가 끝났을 거라는 생각이 들자마자 불안해진 시데리는 자리에 가만히 있을 수가 없다. 계속해서 궁전의 테라스로 나가 눈으로 오메가르를 찾고, 그를 불러보지만 허사다. 불안을 야기하는 남편의 늦은 귀가의 이유를 추측하느라 정신이 하나도 없다. 처음에 경계심 없이 바라보았던 노객이 갑자기 두려워지기 시작한다. 사람이 살지 않는 이곳에 그가 출현한 사실이 공포스럽게 떠오른다. 그의 용모가 지닌 독특한 특징들, 그의 얼굴에 동시에 드러났던 다양한 정념들, 뭐라고 표현할 수 없는 근심과 엄격함과 연민의 혼합, 시데리는 지금 자신을 두렵게 하는 이 모든 것들이 어째서 아까는 충격으로 다가오지 않았었는지 새삼 이해할 수가 없다. 그녀는 이런 두려움 속에서 네 시간을 보낸다. 그 시간이 무한하게 느껴진다. 그제야 남편의 귀환을 단념하고는 두려운 진실을 찾기 위해 아까 그 장소로 되돌아 가보고 싶어진다. 그녀는 길을 나선다. 가는 도중에 떨리는 무릎이 자꾸만 아래로 무너져내린다. 완전히 정신이 나간 상태로 시데리는 인간의 아버지가 앉아 있었던 동굴에 당도한다. 그들이 사라졌다. 그녀의 시선은 자신을 둘러싸고 있는 지평선을 한순간에 훑는다. 오메가르가 시야에 들어오지 않는다. 하지만 여전히 자신의 불행을 의심하려 한다. 그녀가 말한다. "그가 나를 버린 것일까? 오직 그만을 위해 살았던 나를, 그를 따르기 위해 아버지와 조국, 어릴 적 동무들을 떠나왔던 나를! 만약 내가 모르는 어떤 천상의 명령이 그에게 이런 희생을 요구한 것이라면 어째서 그 사실을 숨긴 채 마치 죄인처럼 도망을 친 걸까. 나에 대한 그의 애정은 전혀 식지 않았었다. 한데 마지막 작별 인사로 용기를 북돋아 주고 나를 위로해주길 그가 원치 않았던 것인가? 그가 마침내 나를 절망에, 죽음에, 배신자로 믿는 끔찍한 의심에 빠뜨린 것인가? 도무지 그렇게는 생각할 수가 없다. 오메가르는 궁궐로 돌아오기 위해 내가 모르는 길을 따라갔을 것이고, 아마 이 순간 집에서 나를 부르며 내가 없는 것을 불평하고 있을 거야."

시데리는 궁궐로 되돌아가려 한다. 하지만 이 장소를 떠나기에 앞서 주의 깊은 눈길로 주위를 돌아본다. 혹시나 오메가르의 흔적이 남아 있지는 않은지 살핀다. 아아! 슬프도다! 그녀를 깨우치는 치명적인 살핌이여! 돌연 낯빛이 창백해지고, 고개가 푹 숙어지고, 눈에 눈물이 가득 차오른다. 그녀가 말한다. “그이가 떠났어. 날 피하는 거야. 더는 그 사실을 의심할 수가 없어. 땅 위에 새겨진 그의 발자취가 프랑스인들의 수도를 향해 동쪽으로 나 있는 것이 보여.” 시데리는 다른 말을 내뱉을 기운이 없다. 시선은 오메가르의 흔적에 못 박혀 있다. 마치 그것을 바라보며 죽기를 바라는 듯하다. 그녀가 다시 말한다. “그가 떠났어! 이런! 그가 내게 마지막 인사를 할 거로 생각하다니 얼마나 큰 착각이었나! 배신자는 내 고통과 눈물이 두려웠구나. 감당을 할 수 없었던 거야. 아무리 야만적이라 해도 나는 그이의 마음을 돌려놓았을 거고, 그렇지 않으면 그이 발아래서 내가 죽었을 테니까.”

시데리는 잠시 침묵을 유지한다. 그러면서 마음속으로 다양한 계획을 궁리한다. 그녀가 말한다. “해결책은 한 가지야. 그이가 도망친 지 겨우 네 시간이 흘렀을 뿐이지. 내게서 앗아갈 수 없었던 이 흔적들이 나를 인도해 줄 수 있어. 그이를 쫓아가서 붙잡을 거야. 나를 버린 것이 사실이라면, 그땐 내가 무슨 죄를 지었는지 알게 되겠지.”

말을 마친 그녀의 발걸음은 바람보다도 더 가볍고 마치

날개를 단 듯하다. 그녀는 시선을 오메가르의 발자취에 고정한 채 그가 밟았던 길을 충실히 따라간다. 얼마 안 가 그가 길가에 세워놓았던 돌을 본다. 다가가 보니 새롭게 새겨진 글자들이 보인다. 남편의 필체를 알아본 그녀는 그것이 마치 오메가르라도 되는 양 기쁨으로 전율한다. 돌에 새겨진 글자가 그가 떠난 이유를 알려주고 그녀의 불안한 영혼을 안심시켜줄 것이라 믿는다. 그녀는 열심히 명문明文을 읽는다. 그러나 <오메가르는 죄가 없다>라는 문장은 머릿속에 애끓는 모호함만을 던진다. 그녀가 말한다. "이 말의 의미를 파악할 수 없지만 분명 불길한 징조로구나. 오메가르가 죄가 없다고 주장하니 그이가 어떤 잘못을 저질렀다고 탓하지는 않겠어. 아! 하지만 어디로 가는지, 무슨 이유로 떠났는지, 다시 돌아올 것인지를 내게 말해주는 것이 더 화급한 일이 아니었단 말인가!"

시데리는 명문을 다시 읽고, 그에 대해 깊이 생각한다. 명문 안에 갇혀 있던 어두운 빛이 천천히 드러나며 시데리의 눈을 밝힌다. 그녀는 절망적인 어조로 말한다. "아! 나는 이 말의 치명적인 의미를 너무나 잘 이해할 수밖에 없구나. 오메가르는 나를 버렸고, 그게 그가 범한 유일한 범죄인 거야. 내가 자기를 비난할까 봐 두려워하는 유일한 범죄란 말이지. 그이는 동행한 노객과 하늘에 자신의 죄를 떠넘기기를 바라는구나. 내가 아는 게 대체 뭐지? 그이는 나를 모든 의심 앞에 던져놓고 내가 자신을 결백하다고 생각하는 것으로 만족하고 있어. 그러니까 이것이 그토록 잔인한 영별의 순간에 그의 마음을 동요시켰던 유일한 걱정거리였단 말이구나! 그이는 내 영혼이 갈기갈기 찢어지는 것은 두려워하지 않았어. 오로지 내 눈앞에 유죄로 보일까 봐 두려워했을 뿐이지. 어쩌면 그이는 내 폐부를 찌르듯 고통스러운 이 순간에도 자기를 용서하고 가여워해야 하는 사람은 나라고 주장하려는 게야!"

이 말을 하고 그녀는 폭포수 같은 눈물을 흘린다. 그래도 고통은 전혀 진정되지 않는다. "내가 찾아 나섰던 진실을 모르는 편이 나았을 텐데! 나를 버릴 것이라고는 추호도 생각할 수 없기에 오메가르가 돌아오리란 희망으로 버티고 기다리며 살았을 텐데. 이젠 나를 위로해줄 미약한 희망마저도 잃고 말았구나."

과도한 고통이 시데리를 한동안 무감각하게 만든다. 그녀는 침묵한 채 미동도 하지 않는다. 하지만 곧 분노가 고통을 넘어선다. 그녀가 외친다. "자기가 죄가 없다고! 아! 나를 이 사막으로 데려온 게 바로 그가 아닌가? 나는 오직 그를 위한 마음으로 이 끔찍한 사막마저 사랑했었다! 오늘 내 눈물을 닦아줄 친구 하나 없는 이곳에 모든 것을 박탈당한 채로 나를 남겨두고 떠난 것이 그가 아닌가? 자기가 떠난 후에 나 혼자 살아갈 수 없다는 걸 그이는 알고 있어. 그러니 떠나려면 그 전에 나를 죽음에게 바쳤어야 해. 그래, 이것이 바로 그의 죄야! 그런데도 죄가 없다고 말하다니!"

그런 식으로 화를 분출한 후 시데리는 좀 더 차분한 기분을 되찾는다. 오메가르그가 유죄라는 생각이 참을 수 없는 고통을 일으킨다. 그런 생각과 씨름하면서 이를 물리치고, 고통을 달래기 위해 남편의 무죄를 믿으려 한다. "아아! 슬프도다. 그의 도주가 자발적이라고 확신할 수 있나? 내가 비난하고 있는 동안 그이는 어디 먼 곳에서 나와 헤어진 것 때문에 괴로워하고 있을지 누가 알겠는가? 천상의 권능으로 도움을 받아 나를 버리도록 종용하고, 우리 공통의 불행에 대해 내게 알리지 못하도록 했던 그 노객이 신이 보낸 사자가 아닌지 누가 알겠는가? 아! 정말이지 오르뮈스의 마지막 유언이 성취되는 것은 아닌지 두렵구나! 신은 우리의 결혼을 부인했었고 어쩌면 그 불길한 매듭을 이제 막 끊어낸 걸지도 몰라! 그래, 바로 이것이 소름 돋는 진실의 전모야. 오메가르그는 더는 내 남편이 아니고, 나의 불행은 치료책이 없는 거야."

이 말을 한 후 그녀는 완강히 침묵을 고수한다. 시선은 여전히 남편의 흔적을 주시하고 그 흔적을 떠나지 못하고 있다. 그녀는 울면서 다시 말한다. "오, 맙소사! 그러니까 이것이 내게 남은 오메가르의 전부구나! 최소한 이 야생의 장소에 아무도 살지 않는다는 게 다행이구나. 적어도 그이 발걸음의 흔적을 놓치지는 않을 테니까. 아직 얼마간 살아갈 시간이 남아 있다면 나는 흔적을 쫓아서 그이에게 이를 것이다."

이렇게 말을 하고서 앞으로 나가려 해보지만, 과도한 고통이 기력을 고갈시켜 버렸다. 쇠약한 무릎은 더 이상 그녀를 지탱하지 못한다. 그녀는 비틀거리다가 오메가르가 세워둔 돌 위로 혼절하여 쓰러진다. 아무런 도움도 받을 수 없이 혼자인 그녀는 죽게 될 것이다! 죽음이 고통을 감해준다면 너무도 행복할 것이다! 하지만 가장 끔찍한 깨어남이 그녀를 기다린다. 인간 유해의 분출이 시작되는 순간, 땅이 배를 갈라 인간의 유골을 사방으로 흩뿌리는 바로 그 순간에 그녀가 다시 깨어난다. 시데리는 자신이 어디서 숨 쉬고 있는지 자각하지 못한다. 때로는 자신의 감각이 아직 잠결에 붙들려 있고, 자기가 바라보는 대혼란이 환각이자 환영이라고 생각한다. 때로는 자신이 더 이상 산 자들의 무리와 함께 있지 않고, 이미 죽은 자들의 거처에 내려왔거나 지옥과 가까운 장소에 와 있는 거로 생각한다. 생명과 함께 이성을 부여받은 존재자로서 그녀는 무지를 자각하고 자문하며 자신이 누구인지, 누구였는지를 의식과 기억 속에서 찾으려 애를 써보지만, 그런 노력은 수포로 돌아간다. 그녀가 일어선다. 침대로 사용됐던 돌이 시선을 붙잡는다. 그것을 살피다가 명문을 다시 읽는다. <오메가르는 죄가 없다>는 문장이 그녀의 영혼을 채우고 있던 어둠을 몰아내는 한 줄기 빛이 된다. 그녀는 자신을 다시 알아본다. 동시에 모든 불행이 마음에서 되살아난다. 그녀는 한숨을 내쉬며 말한다. "아아, 슬프도다! 이 돌 위에 누운 채 거의 죽어가던 나를 오메가르가 봤다면 좋을 텐데! 그래도 여전히 자기가 죄가 없다고 말할 텐가!" 자연의 대혼란 속에서도, 앞으로 겪게 될 숱한 위험 속에서도 시데리는 오메가르를 쫓아가기로 다시 마음을 먹는다. 그녀는 그가 남긴 흔적을 찾는다. 한데, 오! 불의의 고통이여! 더 이상 그의 흔적을 찾을 수 없다. 바다 밑바닥에서부터 일어난 거센 물결이 해안가 모래톱에 새겨진 전차의 바퀴 자국과 여행객의 발자국을 지우듯이 오메가르의 흔적이 자취를 감췄다. 여기서는 땅이 열리면서 흔적들이 지워졌고, 저기서는 인간의 유골이 내려앉으며 마치 눈을 머금은 짙은 구름 위에 걸터앉은 동장군이 두 손 가득히 눈을 뿌려댈

때 눈발이 휴경지를 뒤덮듯 흔적들을 뒤덮어버렸다.

분노한 시데리는 오로지 자신의 절망에만 귀를 기울이며 무작정 자기 앞에 놓인 길을 따라나선다. 시시각각으로 열리고 닫히는 대지가 자신을 집어삼키거나, 무너져 내리는 건물과 나무들이 자신을 깔아뭉갤까 봐 두려워하기는커녕 그녀는 자신을 위협하는 위험들을 즐기며 애써 죽기만을 바란다. 주신酒神 바커스의 지팡이를 들고 풀어헤친 머릿결을 흩날리며 크게 소리를 지르고 손으로 가슴을 치면서 치달리는 술취한 바커스 신의 여사제처럼 시데리는 산을 기어오르고 절벽을 건너뛴다. 그녀는 계속해서 오메가르를 부른다. 때때로 화염의 소용돌이가 덮쳐서 그녀가 나뒹군다. 붕괴하는 건물의 잔해가 급작스레 그녀를 내리치면서 상처에서 선혈이 솟구치고 이내 얼굴과 팔과 옷이 피로 물든다. 그녀는 더 이상 미의 완벽함에 도달했던 유일한 여인 시데리가 아니다. 너무나 흉하게 변한 나머지 오메가르의 눈도 그녀를 알아볼 수 없을 것이다.

평온이 되돌아온 덕분에 그녀는 목숨을 구한다. 자연에 다시 임한 평화로 용기를 북돋운 그녀는 발길을 재촉한다. 초조한 마음에 저 멀리 보이는 대상들 하나하나에 어서 도달하고 싶은 마음이 앞선다. 태양이 운행을 마칠 때가 가까워지면서 더욱 서두른다. 태양처럼 자신도 하루 만에 우주를 주파하면서 모든 것을 눈에 담았으면 싶다. 그렇기에 그 끝자락이 지평선에 닿아 마침내 눈에서 사라지는 태양을 보는 것이 고통스럽다.

시데리는 하루를 살아낸 부드러운 빛줄기를 조금 더 누릴 수 있기를 바랐다. 그런데 갑자기 너무도 깊은 어둠이 사방을 둘러싸는 것을 보았을 때, 그 어둠이 자신에게서 하늘과 땅을 앗아가는 것을 보았을 때, 그녀의 놀라움과 두려움이 어떠했겠는가! 자신의 계획에 반대하는 신이 밤을 시켜 그녀의 추적을 막도록 한 것이 분명하다. 생각이 이에 미치자 사기가 꺾인다. 그녀는 비통함과 피로가 힘을 고갈시킨 영혼 속에서 절망이 잉태하는 극도의 쇠약 상태를 경험한다. 엄격한 신에 대해 불평하지 않을 수가 없다. 탈진해서 죽기 위해서라도 가던 길을 재촉한다.

시데리는 간신히 높은 산 위로 기어올랐다. 정상에 이르렀을 때 저 멀리 어둠 속에서 희미한 빛줄기가 보인다. 그러자 내버렸던 희망이 마음속에서 되살아난다. 그녀는 말한다. “저곳에 살면서 이 시각에 깨어 있을 수 있는 사람이 과연 누가 있을까? 저건 분명 오메가르, 바로 그이야. 의심의 여지가 없어.” 그녀는 하늘을 향해 손을 들고 말한다. “위대한 신이시여! 은혜에 감사드립니다. 절 인도한 분이 바로 당신이시군요. 부당하게도 당신이 가혹하다고 불평을 늘어놓았습니다. 제 불행이 당신의 눈에 변명이 되어줄 불평을 용서하세요. 오직 한 가지 은혜만을 당신께 구합니다. 저 집까지만 갈 수 있게 힘을 주세요. 오메가르를 보고, 그이의 눈앞에서 죽을 수 있다면 전 만족합니다." 말을 마치고 자신을 인도하는 불빛을 향해 나아간다. 그런데 어떤 위험도 놀랍지 않은 불굴의 용기가 더는 없다. 다시 소심해진 그녀는 가장 작은 위험에도 소스라친다. 절망은 그녀의 발걸음을 더 이상 재촉하지 않는다. 천천히 속도를 줄이고, 그동안 후회막급하게도 탕진했던 힘을 아낀다. 그토록 원하던 집 근처에 거의 도달했다고 생각한 순간 갑자기 팔다리가 뻣뻣해지고 과도한 피로로 인해 꼼짝달싹할 수 없는 상태가 된다. 결승선에 거의 다 왔는데 그것을 통과하지 못하게 된 것이 절망스러울 뿐이다. 오메가르를 부르고 싶지만 목소리는 입술에서 멈춘다. 휴식을 취할 수밖에 없게 된 시데리는 땅바닥에 주저앉아 눈물을 쏟으며 신에게 짧은 기도를 올린다. "오, 신이시여! 아마도 당신을 모독했을 가련한 피조물을 뒤쫓지 마세요. 여전히 순수한 그 마음은 죄의 공모자가 아니었습니다. 전 죽기 전에 오메가르를 다시 한번 볼 수 있기를 바랐을 뿐입니다. 그런데 당신은 이 기쁨을 누릴 희망을 품은 순간 위로를 주시길 거부하시는군요. 제아무리 잔인하다 해도 전 당신의 의도를 찬미합니다. 제 명줄을 끊기 위해 불행의 잔을 완전히 비우기를 바라신다면, 당신의 희생양을 내리치세요. 그러면 제 불행은 완성될 것입니다."

이 기도가 마음을 위로했고, 신도 그녀의 슬픔을 측은하게 여겨 비로소 힘을 되돌려준 것 같다. 시데리는 각고의 노력으로 몸을 일으키고, 느린 걸음으로 불이 켜진 것을 보았던 집까지 몸을 끌고 간다. 그곳에 당도한 그녀는 문을 두드린다. 가장 끔찍한 날이 지나가고 한밤중 어둠 한가운데서 울려 퍼지는 문 두드리는 소리가 이 집에 공포를 드리운다. 시데리는 귀를 기울여 보지만 이곳엔 깊은 침묵이 지배하고 있다. 다시 문을 여러 차례 두드린다. 그러자 불빛이 자리를 옮겨 그녀에게 다가오는 것이 보인다. 시데리는 동요하고, 기쁨과 두려움과 희망이 한데 섞인 수만 가지 감정이 그녀의 영혼 속에서 일어난다. 그녀는 말한다. "그이가 오고 있어. 그이야." 문이 열리고 횃불을 든 남자와 그의 뒤에 몸을 반쯤 가린 채 멀찌감치 떨어져서 떨면서 뒤따라오는 여자가 보인다. 그들은 오메가르의 첫 번째 여행에서 그를 맞이했던 폴리클레트와 세피즈였다. 인간 유골의 분출에 어찌나 놀랐던지 달콤한 숙면에 자신을 내맡기지 못하고 두려움에 떨면서 지금까지 깨어 있었던 것이다. 시데리가 문을 두드리는 소리가 그들의 공포를 배가한다. 폴리클레트는 무덤에서 나온 죽은 자들이 환대를 요구하는 것으로 생각한다. 세피즈는 그들에게 피난처를 제공하지 말자고 남편에게 간청해보지만 소용이 없다. 일어서는 그를 그녀가 붙잡는다. 그가 말한다. "저 죽은 자들도 인간이었소. 그들이 불행하다면 나는 그들을 도와야만 하오." 창백하고 초췌할 뿐 아니라 피와 먼지로 더럽혀진 시데리의 몰골은 부부의 추측에 확신을 더한다. 그들은 그녀를 저승의 거처에서 되돌아온 망령으로 간주하고 감히 말을 건네지 못한다. 오메가르와 재회할 희망을 배반당한 시데리는 상심하여 말을 잊는다. 그녀는 폴리클레트의 집으로 들어가려 했지만 거기서 도움을 받아 생명과 불행을 연장하게 될까봐 두려워 어둠 속으로 도망친다. 이로써 폴리클레트가 부지불식중에 오메가르의 배우자를 보게 될 때 그의 걱정이 끝날 날이 임박할 것이라는 예언이 성취되었다.

도를 넘어선 불행에 시데리는 굴복하고 만다. 폴리클레트가 사는 도시에서 몇 발자국을 떼기도 전에 그녀는 죽음의 한기가 자신을 붙잡는 것을 느낀다. 이제 살날이 한순간밖에 없다고 생각하면서 출입문이 부서진 인근의 사원으로 들어가 제단의 계단에 앉아 단말마의 마지막 탄식을 고이 내뱉으려 한다.

그때가 바로 티베스의 집에서 오메가르가 하늘을 향해 손을 들고 아내의 고통을 덜어달라고 기도하던 순간이었다. 그의 기도가 신의 마음을 움직였다. 신은 홀로 고통에 내맡겨진 채 제단 계단 위에 드러누운 시데리를 보고 가련한 운명에 연민을 느낀다. 신은 그녀의 눈에 달콤한 양귀비 연기를 내려보내고 인간들의 수면을 관장하는 천사들을 시켜 시데리 주변으로 위로가 되는 꿈을 불러들이도록 한다. 천사들은 복종하고 시데리의 주위에 둘러서서 꿈의 거울에 수많은 즐거운 꿈을 비춰 보인다. 그녀는 가장 달콤한 향내를 풍기는 꽃과 금빛 과실로 뒤덮인 나무들이 울창하게 들어선 매력적인 골짜기로 옮겨졌다고 생각한다. 감미로운 요람의 입구에 앉아 있던 한 여자가 일어나서 그녀를 맞으러 오는 것이 보인다. 여인은 자애로운 어머니의 눈길로 시데리를 바라보고 그녀를 품에 안으며 말한다. "난 이브란다. 신께서 방금 젊음의 광채를 내게 되돌려주었다. 오, 내 딸아! 나는 이 행복을 네 남편에게 빚졌구나. 눈물을 닦으렴. 내일이면 너는 오메가르와 함께 하늘에 오르게 될 것이다."

대제사장 오르뮈스가 인류의 어머니 뒤를 잇는다. 그는

마치 아자스 평원에서처럼 브라질 제국의 모든 주민을 대동한 채 시데리 앞에 나타난다. 그는 오메가르의 결혼이 축성됐던 제단의 계단 위에 서 있다. 얼굴에 더는 어두운 그림자가 드리워지지 않았고 시선은 평화를, 입술은 미소를 머금고 있다. 그가 시데리에게 말한다. "오메가르는 나의 마지막 소원과 하늘의 명령에 반항했지만, 그대를 떠남으로써 모든 것을 바로잡았소."

또 다른 꿈에서는 최후의 심판이 장엄하게 장면 전체를 이루며 눈 앞에 펼쳐진다. 그녀가 들었다고 생각한 귀청을 찢을 듯한 나팔 소리에 맞춰 모든 무덤이 동시에 일제히 열리고, 거기서 겁에 질린 상상력으로는 과연 어떻게 이 땅이 그들을 부양하고 품을 수 있었는지 도무지 이해할 수 없을 정도로 엄청나게 많은 수의 사람이 매 순간 쉼 없이 쏟아져 나온다. 어떤 이들은 얼굴과 몸을 더럽히는 먼지와 재를 털어내고, 또 다른 이들은 마치 무섭다는 듯 자신들이 입고 있는 수의를 서둘러 벗어 멀리 내던져 버린다. 파도가 집어삼켰던 뱃사람들은 바닷가 기슭으로 내던져졌다가 어리둥절한 상태에서 몸을 일으킨다. 콧구멍과 머리칼, 몸에서 물이 줄줄 흐른다. 그들은 바다를 바라보며 몸을 떤다. 마치 그들을 파멸시켰던 물이라는 자연 요소를 두려워하는 듯 보인다. 모든 인간이 대지 위로 쏟아져 나오고 대지는 더는 그들을 수용하기가 어렵다. 다시 살아났으나 무덤과 묘지의 묘혈 속에 꽉꽉 들어찬 사람들 때문에 계속 붙잡혀 있는 죽은 자들은 거기서 빠져나오려 혈안이 되어 있다. 그때 신이 양 세계의 바다들을 향해 물러나라고 명한다. 신의 목소리에 바다들이 자취를 감추자 인간들이 마른 해저면 위로 쏟아진다. 그들은 금세 해저면을 빼곡하게 채운다. 거기서 인간들은 비옥한 평야를 황금빛으로 물들인 밀 이삭보다 더 빽빽하게 붙어 있다. 신이 대지를 향해 팽창할 것을 명하자, 곧바로 산이 평평해지고 사방으로 길게 늘어난 대지는 지난 세월이 탄생을 목도했던 모든 인간으로 뒤덮인 거대한 고원이 된다.

시데리는 별과 바다의 모래알 수보다도 더 많은 수의 인간이 어떻게 아담 한 명으로부터 나왔는지 감탄하며 바라본다. 신이 그들을 심판하기 위해서는 무한의 세기가 필요할 거로 생각한다. 하지만 신에게는 찰나의 순간이면 충분할 터이다. 신은 죽은 자들의 양심을 가리는 베일을 벗겨내고, 구름 한 점 없는 대낮에 우주를 비추는 태양보다도 더 선명하게 양심이 보일 수 있도록 명한다. 모든 죄인이 명명백백한 자신의 범죄와 회한을 목도하면서 수치심을 느낀다. 그들은 서둘러 자기 양심을 두 손 아래 감추고 머리를 가슴에 파묻는다. 그러나 헛수고일 뿐이다. 팔과 손, 머리를 비롯해 모든 몸이 투명하게 속이 훤히 비쳐 보인다. 그들의 첫 번째 괴로움은 견딜 수 없는 의인들의 시선이다. 아버지를 죽인 자는 자신이 독살한 아버지를 피해 달아난다. 불의한 재판관은 자신이 단죄한 무고한 자를 피하고, 간음한 아내는 자신이 속인 순진한 남편을 피한다. 모든 악당, 모든 유덕한 사람, 의인들이 차례로 범죄로 더럽혀진 양심의 추악한 광경에 공포를 느끼며 뒤로 물러선다. 의인은 의인을 찾고 악인은 악인을 찾는다. 자연 속의 어떤 움직임도 서로를 찾고 서로에게서 달아나는 이 인간들의 움직임을 묘사할 수 없다. 폭풍우가 일으킨 파도의 충격도, 서로 전투를 벌이는 양쪽 군대의 끔찍한 근접전도 말이다. 의인들은 지구의 동쪽으로 달리고 악인들은 서쪽으로 달아난다. 곧 그들이 분리되고 평온이 다시 찾아온다.

시데리는 희붐한 빛줄기로 태양이 비추는 장소에서 오메가르를 본다. 그는 의인들에 둘러싸여 있다. 의인들은 자기 눈에 비친 오메가르의 영혼 속에서 영광의 날을 재촉하기 위해 그가 감수했던 고통을 읽어내고는 감사의 손길을 뻗는다. 시데리는 남편의 곁에서 전날에 봤던 노객을 발견한다.

그의 얼굴은 눈부시고 기쁨이 두 눈에서 빛난다. 시데리는 순간 원망의 몸짓을 자제할 수 없다. 노객은 여전히 그녀를 오메가르로부터 떼어내려고 하는 것처럼 보인다. 하지만 시데리는 장애물을 넘어 남편의 품에 안긴다. 오메가르는 그녀에게 입 맞추며 이렇게 말한다. “오 시데리여! 이토록 달콤한 한순간이 숱한 고통을 잊게 만드는군요!” 그가 이 말을 마치자마자 번개가 하늘에 불을 붙이고, 뇌성이 으르렁거린다. 신이 천사들을 대동하고 금빛과 은빛 구름 위에서 최후의 심판을 마무리하기 위해 강림한다. 신에게는 이 많은 인간의 무리가 한눈에 보인다. 신은 인간들이 스스로 심판을 내렸음을 본다. 의인들은 의의 순서에 따라 동쪽에 자리를 잡았고, 악인들은 불의의 등급에 따라 서쪽에 자리를 잡았다. 가장 지혜로운 인간들이 동방의 경계에 모인 것과 같이 가장 패역한 자들은 자기보다 죄가 가벼운 자들의 시선까지 두려워하며 서문에 기대 숨었다. 그처럼 자기가 선 자리만으로도 모두가 악덕과 선덕의 정도를 드러냈기에 신은 징벌이나 포상을 내리기만 하면 되는 것이다. 신이 신호를 보낸다. 신은 의인들의 몸이 가장 미세한 수증기보다 더 가벼워지길 바란다. 의인들은 자신들을 지상에 비끄러맨 하중을 돌연 상실하고 하늘로 올라간다. 악인들이 전율하며 의인들의 승리를 바라보는 동안 시데리는 오메가르를 따라 하늘로 승천한다. 악인들의 발밑에서 대지가 진동하더니 이내 무너져내린다. 동시에 악인들이 불과 유황이 끓어오르는 용광로 속으로 떨어진다. 시데리는 비록 죄인이라고는 하나 이 사람들의 운명에 동정을 느끼며 눈물을 쏟는다. 그녀는 죄인들을 태우지 않고 집어삼키는 이 불길이 꺼지기를 희구한다. 아니 차라리 끔찍한 이미지로 자신의 행복을 영원히 방해하게 될 그들의 고통을 몰랐으면 싶다. 시데리의 잠을 지켜보는 천사들은 그녀의 눈에 하늘의 모습을 열어 보이는 것으로 지옥과 지옥 거주자들의 고통을 잊게 만든다. 천상의 장관을 보고 황홀경에 빠진 그녀는 인간은 알지 못하는 감정을 더할 나위 없이 생생하게 느낀다. 기쁨과 평화가 결합한 순정한 희열, 천상에서 의인들의 행복을 구성하는 탁월한 혼합물. 지상에서는 기쁨과 평화가 항상 분리되어 있다. 기쁨은 근심과 피로에 둘러싸인 채 나아가고, 평화는 쇠락하는 쾌락과 권태를 끌고 간다. 그런데 천상에서는 평화와 기쁨이 하나로 결합해 있는 것이다. 시데리는 천상의 지복을 음미하면서 밤의 마지막 시간을 보낸다. 이 순간이 영원하길 희구하지만 안타깝게도 그녀에겐 찰나의 순간일 뿐이었다.

열 번째 노래

지구는 소멸하려고 한다. 신이 보살핌의 책무를 위임한 정령의 노력 외에 지구를 구할 수 있는 것은 아무것도 없다. 사실 이 정령은 여전히 활동적이고 아직 막강한 힘을 지니고 있다. 그는 자연 만물을 지배하고 자연의 모든 비밀을 소유하고 있다. 그러니 지구의 수명을 연장하려면 시데리를 남편에게 돌려보내거나 태중의 아이와 함께 그녀를 보호하기만 하면 된다.

인간의 유해가 분출하던 때 정령은 지구의 중심에 있는, 자기가 손수 파서 만든 지구의 양극단을 연결하는 실험실에 있었다. 이 거대한 실험실은 우주의 축소판이다. 그는 예술 도구들과 오직 그 한 사람만이 사용법을 알고 있는 다양한 기계들, 그리고 땅의 표면을 덮고 있거나 땅이 품 안에 숨기고 있는 모든 종류의 물체들을 거기에 모아 놓았다. 수를 셀 수 없을 정도로 많은 선반 위에 청동으로 만든 용기들을 정렬해 놓았는데 그 안에는 식물의 즙과 종자, 동물들의 휘발성 정기가 보관되어 있었다. 지칠 줄 모르는 정령이 창조 이후로 모든 물체의 요소들을 혼합했던 곳이 바로 이 장소였다. 그는 이곳에서 자연을 심문하고 대답을 강제했다. 우연과 인간 정신이 그 영예를 인간에게 부여했지만 실은 정령의 선물이었던 소중한 발명품들은 바로 이 동굴로부터 출시되었다. 마지막으로 정령이 무수한 용광로에 계속해서 불을 지펴 그 열기로 하루하루 세계의 심부까지 밀려오는 치명적인 냉기를 물리쳤던 곳이 바로 이곳이었다.

갑자기 정령은 동굴 깊숙한 곳에서 광범위하고 둔탁한 소리를, 보편적이고 불명료한 떨림을 감지한다. 매우 놀랍게도 청동 용기들과 정령을 둘러싸고 있는 물체들에서 원자들이 급류처럼 분출해서 동굴의 둥근 천장까지 치솟아 오르더니 길을 내고 정령의 눈앞에서 사라져버린다. 정령이 원자들의 분출을 막기 위해 너무 뜨겁다고 판단한 용광로의 불길을 조절하러 달려가 보지만 헛된 일이다. 이러한 현상을 어떤 원인으로 돌려야 할지 알 수가 없다. 정령은 당황했다. 불길한 생각들이 정령을 뒤흔든다. 더 이상 동굴에 머물 수가 없다. 정령은 피레네의 산마루로 치달린다. 이 높은 산의 정상에 서니 매 순간 불어나고 지구의 표면을 가리는 두터운 암운을 형성하는 분진들이 모든 물체에서 물결처럼 쏟아져 나오는 것이 보인다. 대지가 뱉어낸 이 퇴적물을 주의 깊은 눈으로 살펴보던 정령은 곧바로 그것이 재가 된 인간의 유골임을 알아본다. 공포로 얼어붙은 정령은 힘을 잃고 휘청거리며 혼란스러워한다. 그가 말한다. "맙소사! 오메가르와 시데리가 죽은 것인가? 내가 목격하는 것이 행여 부활의 전조인가?" 이 말을 하고 나서 그는 서쪽의 헤스페리아[15] 해안가에서 낫에 기댄 채 차분한 눈으로 인간 유해의 분출을 관망하고 있는 죽음을 발견한다. 정령은 그에게 다가가야 할지 망설인다. 죽음이 카인의 손을 빌려 인간의 아이들 가운데 첫아이를 희생시킨 이후로 정령은 그와 말하기를 그만두었었다. 죽음을 보는 것만으로도 분노가 솟구친다. 정령은 죽음에게서 인류의 파괴, 지구의 멸망, 지구를 위협하는 재난의 치명적인 원인을 본다. 하지만 죽음으로부터 시데리와 그녀의 남편이 아직 살아 있는지 알아내야 한다. 정령은 자신의 생존이

15. 그리스 신화에서 헤스페리아는 해가 지는 서쪽 지방에 있는 지역으로 오늘날 이탈리아 혹은 이베리아반도를 지칭한다.

달린 시데리와 오메가르의 목숨을 구하기 위해 죽음에게 협조를 요청할 작정이다. 그런 막중한 이해가 얽혀 있는 까닭에 도저히 누그러뜨릴 수 없다고 생각했던 자신의 증오심은 잠시 제쳐둘 생각이다. 정령은 죽음에게 다가가서 자신의 욕망과 초조함을 감춘 채 부드럽게 말을 걸면서 그가 어느 고장에서 왔고, 어느 지방으로 가는지, 지상에 아직 많은 수의 인간들이 남아 있는지, 특히나 죽음의 무자비한 낫이 오메가르와 시데리 위로 떨어졌는지를 묻는다. 죽음은 아자스 평원에서 대제사장 오르뮈스를 내리친 이후에 줄곧 아메리카를 떠나지 않았고, 최후의 날이 임박했음을 감지했기에 그곳 주민들의 목숨을 서둘러 끊어놓은 참이라고 대답한다. 오메가르와 시데리는 아직 살아 있지만, 자신은 곧 유럽으로 와서 인류의 나머지를 처단할 예정이라는 말도 덧붙인다.

이 계획은 정령을 겁먹게 만든다. 정령은 그 계획을 물리치기 위해 다음과 같이 말한다. "그러니까 당신은 자비로운 별이 언젠가 지구에 접근해서 그것을 소생시키고 최초의 젊음을 되돌려주기를 바라지 않는다는 말이오?" 죽음이 대답한다. "그렇다면 너무 늦게 오는 게 되겠지. 인간은 더 이상 인간을 재생산하지 못하오. 인류는 멸종되었소." 이에 정령이 반박한다. "인류는 아직 살아 있다오. 이 고백이 내게 치명적인 것이 된다고 하더라도, 당신이 지구의 마지막 희망을 죽일 만큼 당신 자신의 적인지를 따져봐야겠소. 시데리의 태내에 새로운 후손의 시조가 될 수 있는 아이가 자라고 있음을 알아두시오." 죽음이 경멸조로 그에게 말한다. "당신은 머리를 내 낫 아래로 숙이고 스스로에게 장수를 약속하는 늙어빠진 노인들을 닮았소. 눈을 들어 옆구리에 인간의 유해를 품고 있는 구름을 보시오. 저 멀리 죽은 자들의 뼈로 하얗게 변한 평원을 보시오. 사방에서 유해들을 바닷가로 토해내는 저 바다를 보란 말이오. 당신은 막 시작된 이 부활을 막을 힘이 있소? 나를 믿으시오. 모든 것의 끝이 왔소. 나는 내 운명에 순복하오." 그에게 정령이 대답한다. "내가 그리도 막강하다고 생각했던 존재, 인간들을 파괴하면서 자기의 불행을 짓는 존재가 이토록 나약할 줄이야. 인류가 생육하고 번성할 수 있는 한 지구를 보존하겠다고 신께서 아시아의 산 위에서 내게 약속했던 것을 당신은 잊은 게요? 이러한 생식력을 지닌 오메가르와 시데리는 죽이지 말고 남겨두시오. 이 유해들, 이 인골들은 신이 자신의 약속을 위반하기 전에 대양 속으로, 지구의 심부로 되돌아갈 것이오." 죽음이 말한다. "나는 이처럼 음울한 노화가 지속되기를 절대 원치 않소. 매일 나는 힘을 잃어가고 있다오. 내 모습은 심히 변해서 나도 나를 알아볼 수가 없소. 예전에 나는 마치 신처럼 모든 장소에 편재하면서 지구의 모든 지점에서 동시에 사람들을 내리쳤소. 지금은 간신히 지구의 다양한 기후대를 차례차례로 돌아다닐 수 있을 뿐이오. 여기선 더 이상 집어삼킬 희생자를 찾지 못하오. 피에 대한 갈증은 충족되지 않은 채 나를 괴롭히고 있다오." 정령이 대답한다. "그 말인즉슨 당신은 장구한 세월 동안 사슬에 묶여 있을 혼돈의 무로 돌아갈 때 더 행복할 것이라는 얘기요? 그러니까 당신이 멸망시켰지만 이제 영원히 되살아나서 당신의 권세에 맞서게 될 모든 인간의 행복에 동의할 생각이란 말이오? 아! 이러한 수치가 당신에게서 멀리 떠나길! 그런 수치를 감내하느니 차라리 나의 계획에 봉사하시오. 우리의 이해관계는 동일하며, 우리가 전능한 신의 일격에 굴복해야 한다고 기록되어 있다면 적어도 우리의 패배는 영광스러울 것이오. 물론 당신 머리를 짓누르는 수많은 세월에 압도되어 당신의 기력이 쇠하기 시작한 것은 사실이오. 하지만 젊음이 이 땅에 되돌아온다면 당신은 그와 함께 예전의 활력을 되찾을 것임을 믿으시오. 오! 죽음이여! 당신은 당신의 존재로 우주를 다시 한번 둘러싸게 될 거요. 인간들은 당신의 일격에 쓰러지기 위해 태어날 수많은 후손으로 우주를 뒤덮을 것이오. 당신은 전과 같이 그 번쩍이는 낫이 결코 휴식을 취하지 않을 그런 강력한 죽음이 될 것이오. 당신은 존재들에 대해서 새로운 지배를 다시 시작할 것이고, 이는 오랜 세월을 거쳐 마치 영원처럼 긴 시간 동안 지속될 것이오."

정령의 이러한 연설이 죽음을 설득한다. 젊음과 활력을 되찾을 것이라는 희망이 그를 유혹한다. 한동안 죽음은 기운 없이 사색에 잠겨 있다. 마침내 죽음은 침묵을 깨고 정령에게 말한다. "당신이 약속하는 성공을 믿지는 않지만 기꺼이 당신을 돕겠소. 그들의 가슴 속에서 사랑을 비옥하게 하는 불꽃을 키우는 한 오메가르와 시데리를 살려두겠다고 맹세하오. 나는 그 둘을 다 잘 알고 있소. 그들이 어디에 사는지도 안다오. 자, 그러니 해야 할 작업이 당신을 부르고 있는 지구의 심부로 돌아가시오. 언제나 인정에 끌리는 법이 없었거늘 오늘 처음으로 마음이 누그러진 자의 말을 당신은 믿어도 좋소." 이 말들을 나누고 그들은 헤어진다.

죽음은 가던 길을 계속 간다. 정령이 그토록 커다란 희망을 걸고 있는 오메가르와 그의 아내를 보기 위해 재빠르게 헤스페리아 지방을 관통하고 피레네산맥을 넘어 론강 기슭까지 나아간다. 그곳에서 불행한 나날을 보내고 있던 소수의 인간은 여전히 인간의 유골이 분출하는 모습을 보고 겁에 질린 얼굴을 하고 있었다. 죽음은 그들을 삶과 공포에서 해방시키고, 프랑스인들의 수도가 있었던 장소를 향해 발걸음을 재촉해서 밤이 자신의 장막을 접고 창공을 새벽의 마차에 양보해야 할 시간에 그 위를 날아가고 있었다. 티베스의 집에서 그리 멀지 않은 곳에 있던 죽음은 예리한 눈으로 짙은 어둠과 삼중의 벽을 꿰뚫어 보고는 거기서 살아 있는 존재들을 알아본다. 그는 겁 많은 암양을 습격하는 굶주린 독수리의 잔혹한 허기로 그곳을 향해 날아간다. 오메가르가 누워 있는 방 안으로 첫걸음을 옮기자마자 한 번도 경험한 적 없는 감정, 즉 두려움과 존경심이 그의 영혼 안에서 솟아오른다. 죽음은 잠시 멍한 채로 있다가 달콤한 꽃잠을 만끽하고 있는 오메가르의 침대를 향해 천천히 나아간다. 이런 곳에서 오메가르를 발견하게 된 것이 놀랍다. 죽음은 뭔지 모를 위엄과 신성함을 드러내는 그의 아름다운 얼굴을 즐겁게 응시한다. 죽음이 말한다. "그러니까 여기 수많은 아이의 아비가 될 새로운 아담이 있구나." 언젠가 이들을 제물로 희생시킬 생각에 벌써 기쁜 마음이 들지만, 시데리의 부재가 그를 걱정스럽게 만든다. 이리저리 그녀를 찾던 죽음의 눈이 살아 있다고 생각한 티베스에게 가닿는다. 죽음은 티베스를 희생양으로 삼고자 가까이 다가가서는 배반자의 환희를 표하며 말한다. "이 젊은이가 자는 동안 생명줄을 끊어내자." 죽음이 티베스를 치기 위해 낫을 세 번 들어 올렸지만, 이 치명적인 도구가 세 번 다 손에서 벗어난다. 죽음은 두려움을 느낀다. 그가 말한다. "하늘이 생명을 보존하길 원하는 이 젊은이는 대체 누구인가? 혹시 필멸자의 형상 아래 모습을 감춘 천사인가?" 좀 더 가까이에서 희생양을 바라보자 두려움에 찬 죽음의 눈이 다른 곳도 아니고 바로 이 침대에서 자신이 처단했던 티베스를 알아본다. "맙소사! 티베스가 벌써 불멸의 육체를 입었다는 말인가? 행여 부활이 밤의 침묵과 어둠 속에서 시작된 것인가?" 죽음은 티베스의 아내가 누워 있는 관 속을 들여다본다. 남편과 마찬가지로 최초의 젊음을 되돌려 받은 그녀를 본 죽음은 분노에 찬 어조로 말을 내뱉는다. "아, 정령이 착각하고 있거나 아니면 나를 속인 것이야. 나의 지배는 끝났다. 그런데도 오메가르를 살려두어야 하나?" 위협적인 눈으로 잠든 오메가르를 쏘아보면서 죽음이 말을 잇는다. "그는 죽어야 할 것이다." 죽음은 잔인한 표정을 지으며 낫을 휘둘러 머리 위로 치켜들려고 한다. 그러나 희망의 끈이, 맹세의 기억이 죽음의 팔을 붙잡고, 맹세를 어긴다는 두려움이 엄습하자 서둘러 티베스의 집을 떠난다.

쓸쓸히 생각에 잠긴 채 죽음은 프랑스 서쪽으로 계속 길을 따라가면서 시데리와 지구의 정령 앞을 지나치지만 알아보지 못한다. 여전히 어둠이 대지를 덮고 있다. 죽음은 태양이 지평선에서 떠오르지 않자 의아해한다. 불안해진 그는 계속해서 동쪽으로 시선을 돌리며 어쩌면 태양이 더 이상 세상을 비추러 돌아오지 않을 것으로 생각한다. 하지만 그가 잘못 생각했다. 태양은 단지 자신의 걸음을 늦췄을 뿐이었다. 누군가는 태양이 영락한 지구의 반구에 희미해지고 빛을 잃은 자신의 모습을 드러내는 것을 두려워했다고 말할 수도 있으리라. 마침내 태양이 모습을 드러낸다. 하지만 승리의 전차를 타고 자신을 앞장서던 오로라로부터 버림받은 태양은 흐릿하고 어두운 얼굴을 한 채 인간의 눈이 알아볼 수 없을 행색으로 나타났다. 오! 수치다! 태양은 미약한 별빛조차 지울 힘이 없구나. 태양과 밤 별들의 공존이라니 그야말로 소름 돋는 광경이다. 죽음이 아무리 무감각하다 해도 이 광경에는 마음이 동하지 않을 수 없다. 죽음은 지구의 신이 소멸하는 모습을 본다고 생각한다. "태양은 자기 행로의 절반에도 이르지 못할 것이다. 저 태양은 지구에 남은 시간이 몇 시간밖에 없다는 것을 알려주는구나. 아! 정령의 말을 믿다니 내가 얼마나 경솔했던가! 뭐라고! 내게 욕망을 부추기는 약속은 무시하라고 가르쳐주었을 숱한 인간들의 사례에도 불구하고 나 역시 희망에 속고 말았구나." 죽음은 수치를 느끼며 자신의 나약함에 분노하고 자신을 속인 정령에게 복수함으로써 속죄하기로 다짐한다.

한편, 죽음의 언약에도 지구의 정령은 걱정을 지울 수가 없었다. 죽음과 헤어지면서 정령은 그를 굴복시킨 것에 잠시 즐거움을 맛보았다. 그러나 곧 불길한 예감이 그의 영혼에 일었다. 그는 용기와 총기를 잃은 느낌이 들었고, 이를 되찾으려고 노력할수록 오히려 공포심과 영혼의 혼미함이 더해졌다. 그는 동굴로 돌아간다. 자신의 힘이 미치는 거처에서 고통에 위안을 찾을 수 있으리라 생각한다. 하지만 기대와는 달리 모든 것이 좌절을 초래할 뿐이다. 고대 풍의 어두운 궁륭 아래서 신음소리가 들린다. 거기서 배회하는 유령들을 발견한다. 정령은 두려움을 물리치기 위해 작업을 다시 시작한다. 그런데 정령이 손을 대자 도구들이 부서진다. 세게 지피려고 하는 불은 풀무의 바람에 꺼져버린다. 정령이 말한다. "이 불길한 전조들이 어떤 불행을 예고하는지 누가 내게 알려줄 수 있을까? 지옥의 영들을 불러 도움을 청해보자. 그들은 홍수가 나서 땅이 가라앉았을 때, 대양이 구세계와 아메리카를 갈라놓았을 때 동요하던 내 영혼을 진정시켜

주었다. 필시 그들은 내가 헛되이 찾아 헤매는 안식과 평안을 되돌려줄 것이다."

정령은 깊은 동굴 한가운데 바위에 암혈巖穴을 뚫고 그것을 바다 괴물의 비늘로 치장해놓았다. 지옥의 영들을 위한 제단을 세워둔 곳이 바로 여기였다. 제단은 삼각대 형태의 흑색 대리석으로 되어 있었다. 항상 켜져 있는 무덤의 램프가 침울한 빛을 비추고 있었다. 제단 위에 놓인 그림은 사람의 피로 그려놓은 것으로 이브가 그의 꾐에 넘어가 머뭇거리는 손으로 금단의 열매를 땄던 순간의 반역 천사의 모습을 재현하고 있었다. 그림 속 악마의 눈에, 배신자의 미소에, 심지어는 그것을 숨기려는 노력에서까지 환희가 번득인다.

정령은 이 제단 아래에 도착한다. 손에는 징그러운 머리를 치켜들고 쉬잇 하며 무시무시한 소리를 내는 여섯 마리의 뱀이 들려있다. 정령은 뱀들을 제단 위에 올려놓고 칼을 들어 수천의 조각들로 잘게 자른다. 이 파충류의 불순한 피가 제단을 적시는 동안 정령은 지옥의 영들에게 이러한 기도를 올린다. "오! 내가 한 번도 헛되이 부른 적이 없는 그대 영들이여! 나를 도우러 달려오시오. 나는 알지 못하는 끔찍한 위험들에 둘러싸여 있습니다. 지표면에서, 천구에서 그리고 지옥의 심연 깊숙한 곳에서 무슨 일이 일어나고 있는

지 알려주시오. 나의 안내자가 되어주시오. 내게 구원의 영감을 불어넣어 주시오. 나의 정신은 더 이상 영감을 주기를 거부하고, 나를 저버리고 있다오. 내가 느끼는 두려움으로 판단컨대, 나의 마지막 날이 다가오고 있습니다. 지구는 파멸할 것입니다. 지구를 지킬 수 있도록 함께 힘을 모아주시오. 나의 제국은 곧 당신들의 제국이오. 내가 동굴에 감추어둔 보화들을 이용하시오. 나의 비밀과 권능을 마음대로 처분하시오. 당신들께 나를 온전히 바칩니다."

정령이 기도를 마치자 동굴이 발아래서 흔들리더니 성난 삭풍이 뒤흔드는 숲의 나뭇잎들처럼 요동친다. 지하의 천둥이 두 배의 타격으로 울려 퍼지고 그 굉음 소리가 한쪽 끝에서 다른 끝까지 반복된다. 동굴의 궁륭이 열리자 악마의 군단이 사방에서 돌진하며 동굴 안으로 침투해 들어온다. 눈은 불에 타듯 이글거리고 머리칼은 곤두선 채 정령이 그들에게 도움을 간청한다. 악마들이 모두 모이는가 싶더니 모두가 함께 비통한 목소리로 외친다. "우리는 지옥으로 돌아간다." 동시에 그들은 끔찍한 비명을 내지르며 사라진다. 갑자기 동굴의 불빛이 꺼지고, 제단의 그림이 찢어지고, 제단 자체가 산산조각이 나고, 동굴은 먼지 더미로 변한다.

공포에 젖은 정령은 죽음이 맹세를 어겼고, 그 배신자가 방금 오메가르와 시데리를 희생시킨 거로 생각한다. 정령은 자연에서 자신을 구할 수 있는 자는 신뿐임을 깨닫는다. 하지만 신은 세상이 시작될 때 그의 죽음을 선언했다. 자기 머리 위에 더 많은 세월이 쌓이면 쌓일수록 정령은 죽어야 한다는 생각을 점점 덜 하게 되었다. 정령은 자신이 살아낸 매 순간을 기억하며 삶에 매달린다.

정령은 동굴을 향해 성큼성큼 발걸음을 옮기면서 이런저런 계획을 궁리하고 차례로 채택하고 포기한다. "아아! 슬프도다!" 정령이 말한다. "내가 비겁함 때문에 얼굴을 붉히는 일이 있어서야 되겠는가? 나보다 연약한 인간 존재들이 용기 있게 죽음을 받아들이는 것을 목도한 내가 죽음을 두려워한다고! 죽음! 아, 그것이 문제가 아니었구나! 인간들은 자신이 불멸로 다시 태어날 것을 알고 있었다. 그들은 자기 영혼이 흙으로 이루어진 육신보다 오래 살아남으리라는 것을 알고 있었다. 오, 죽음이여! 내가 두려워하는 건 죽음이 아니다! 나는 무無가 두렵구나. 내가 봤던 사람들은 모두 영겁의 시간을 다시 살아갈 것인데, 나, 나는 더 이상 존재하지 않을 것이고, 영원히 존재하지 않게 되리라! 이 끔찍한 생각을 견딜 수가 없는 것이다!" 정령이 탄식하며 말한다. "오, 신이시여! 내 존재를 당신 마음에 드는 방식으로 사용해주십시오.

나를 지옥에 내던지십시오. 무가 되느니 차라리 악마들과 함께 불에 타는 것이 더 좋습니다."

정령은 더 이상 다른 말을 내뱉을 기운이 없고, 목소리는 입술에서 사그라든다. 가슴이 답답해졌는지 비틀거리다 쓰러진다. 그의 영혼은 단말마의 고통을 경험하고, 뜨거운 태양빛에 그을린 아프리카인의 얼굴색과 유사한 피땀이 얼굴을 뒤덮고는 몸을 타고 흐르며 땅을 검게 물들인다.

위기가 너무 격렬해서인지 그 지속 시간이 다소 단축된다. 정령의 고통이 좀 덜해진다. 하지만 근심은 계속 커져만간다. 정령이 말한다. "이렇게 고통스럽게 살 수는 없다. 시데리와 그녀의 남편이 아직 살아 있는지 확인하고, 내 불행에 대해 확실하게 해둬야 할 것이다." 정령은 동굴을 떠나 젊은 부부가 거주했던 궁전으로 가서 한 바퀴 둘러보지만 부부를 찾지 못하고 서둘러 나온다. 자기가 놓친 사슴의 흔적을 찾는 열성적인 사냥꾼보다 더 꼼꼼하게 주변을 돌아보면서 계곡에서 산으로 내달리고 산꼭대기에서 계곡으로 돌진하고 오두막으로, 지하 통로로, 모든 건물 안으로 어디든 살아 있는 존재를 숨길 수 있는 곳으로 들어간다. 마침내 제단의 계단 위에서 잠이 고통을 잠시 중지시켜놓은 시데리를 발견한다. 그 아름다움이 얼마나 빛이 바랬는지 정령은 간신히 그녀를 알아볼 수 있었다!

누가 그녀를 이곳으로 인도했는지, 어떤 이유로 남편과 헤어지고 젊음과 매력을 상실하게 되었는지를 알아내기 위해 정령은 서둘러 그녀를 잠들게 한 달콤한 양귀비 연기를 걷어낸다. 시데리는 잠에서 깨어나고 그녀의 영혼을 충만하게 했던 천상의 쾌락이 잠과 함께 사라진다. 벗어났다고 생각했던 삶으로 다시 돌아오는 것은 고통이 수반되는 일이다. 폴리클레트의 도시에서 대낮에 모습이 포착되기를 원치 않았던 시데리는 몸을 일으켜 급히 제단을 벗어나 전날 지나왔던 길을 거슬러 자신이 떠나왔던 장소로 되돌아간다. 하지만 오메가르를 쫓아가서 다시 만나겠다는 계획은 포기한다. 단 하룻밤이 시데리의 욕망을 바꿔놓았다. 자신을 절망에 빠뜨린 모든 사건이 신의 섭리 속에서 이루어졌다는 사실을 더는 의심하지 않는다. 시데리는 신의 뜻에 몸을 맡기고 잠의 품에서 첫 열매를 맛본 행복을 되찾기 위해 자기 삶이 끝날 날만을 갈망한다.

시데리에게는 보이지 않는 정령이 그녀의 발걸음을 따라간다. 죽은 자들의 처소로 내려갔다고 생각했던 시데리를 다시 본 정령은 지구의 구원에 대해 더는 절망하지 않는다. 정령이 말한다. "나는 인간들의 상처를 순식간에 치유하는 비밀을 알고 있다. 그녀의 얼굴에 잃어버린 광채를 되살아나게 하는 것은 손쉬운 일이다. 오메가르의 은신처를 찾아내서 반드시 이 부부를 다시 만나게 할 것이다." 이런 계획에 몰두한 채 인간의 얼굴을 하고 시데리 앞에 나타나려고 하는 찰나, 정령을 공포로 얼어붙게 하는 두 대상이 눈에 들어온다. 거의 꺼진 것과 다름없는 상태로 떠오르는 태양이 하나고, 피비린내 나는 살인 계획을 궁리하는 성난 죽음이 다른 하나다.

지구와 하늘과 지옥의 운명을 영원히 결정하게 될 순간이 도래했다. 세상의 마지막 무대가 시작된다. 하늘의 권능들이 그것을 참관하기 위해 구름 위로 내려온다. 방황하며 도망치는 망자들의 망령이 이 무대가 펼쳐질 장소로 몰려든다. 악마들은 지옥의 형벌을 잠시 중지하고 지옥문을 열어 이 끔찍한 소굴의 어두운 문지방 쪽으로 몰려든다.

시데리는 그 전날 그토록 고통스럽게 애를 쓰며 올라갔던 폴리클레트의 도시를 굽어보는 산에서 느린 걸음으로 내려오고 있다. 죽음은 그녀를 보지만 알아보지 못하고, 여전히 인간의 피에 목말라 하며 살의 품은 낫을 들고 성큼성큼 그녀를 향해 전진한다. 정령은 위험을 눈치채고 죽음 앞으로 날아가 막으려 한다. 죽음은 쳐다보지도 않은 채 자기 길을 계속 간다. 두려움에 떠는 목소리로 정령이 소리친다. "오, 죽음이여! 당신의 의도가 무엇이오? 당신이 지금 희생시키려는 사람이 그녀라오. 당신 눈이 알아보지 못한 시데리란 말이오." 죽음이 환희에 차서 말한다. "그녀로군. 내가 당신 눈앞에서 기꺼이 희생시킬 사람이 시데리라는 사실을 알게 되어 참으로 기쁘오." "뭐라고!" 정령이 절망적으로 부르짖는다. "당신의 맹세를 잊었소?" 죽음이 대답한다. "난 시데리가 마음속에서 사랑의 불꽃을 지피는 한 살려두겠다고 맹세를 했었지, 그저 형벌일 뿐인 목숨을 끊어주기만을 바라는 죽어가는 시데리를 살려두겠다고 약속한 적은 결코 없소." 죽음이 덧붙인다. "이쪽으로 오시오. 이리 와서 죽어가는 여인으로부터 배우도록 하시오. 이 교훈은 당신에게 무용하지 않을 거요." 그렇게 말하는 동안 시데리가 죽음 앞으로 걸어오고 있었다. 평온하고 고요한 얼굴로 그녀가 다가선다. 죽음이 살짝 건드리자 시데리는 마지막 숨을 내쉬며 미동도 생기도 없이 땅바닥에 쓰러진다.

온 하늘이 이 위대한 사건을 애타게 기다려왔다. 즉시 하늘의 궁륭에 환호성이 울려 퍼진다. 시간의 지배가 끝나고 영원의 세기가 시작될 것이다. 그러나 같은 순간 지옥은 분노의 함성을 내지르고 태양과 별들의 빛이 꺼진다. 혼돈의 어두운 밤이 지구를 뒤덮고, 산에서, 바위에서 그리고 동굴에서 탄식 소리가 새어 나오고, 자연은 신음을 토한다. '인류는 죽었다'라고 외치는 음산한 목소리가 공기 중에서 들려온다.

죽음의 눈과 마찬가지로 어둠을 투시하는 능력을 지닌 정령의 눈은 시데리의 육체에 고정되어 있다. 혹자는 정령이 자신의 불행을 의심하면서 그녀의 몸에 아직 생명의 불씨가 남아 있는지 확인하려 한다고 말할 것이다. 그러나 귀를 강타한 '인류는 죽었다'라는 불길한 말이 헛된 노력을 포기하게 한다. 마침내 정령은 시데리가 더 이상 살아 있지 않으며 자기 자신도 곧 사멸하겠다고 생각한다. 정령의 온 존재가 변한다. 그의 입은 화염을 토해내길 멈춘다. 거기서는 이제 짙고 검은 연기만이 피어날 뿐이다. 그는 절망하여 이성을 잃는다. 정령을 주시하며 상대의 고통을 즐기는 듯 보이는 죽음의 존재가 분노를 증대시킨다. 죽음의 배신행위를 벌할 수 없는 무능력이야말로 가장 끔찍한 고통이다. 정령은 죽음에게 성난 시선을 던지며 힐난하기 시작한다.

정령은 땅바닥에 쓰러져 누워 있는 시데리를 가리키며 말한다. "야만스러운 자여! 그토록 소중한 사람의 생명줄을 어찌 자를 수 있었단 말이냐! 그녀가 인류의 희망이었거늘, 너는 시데리라는 단 하나의 존재를 죽이면서 인류 전체를 살해했다. 인류의 장자가 너에 의해 희생당했을 때 내가 두려워했던 것이 바로 이 일격이었다. 그때부터 네가 살인에 살인을 거듭하면서 이 불행한 종자의 최후의 자식에까지 이르게 될 것임을 예상했었지. 맙소사! 네 제물의 고귀함이 너를 두렵게 만들지도 않았고, 이 일격 이후에 온 자연이 보편적인 외침으로 너의 범죄를 책망하고, 산, 동굴, 바위가, 아니 내가 무슨 말을 하고 있나! 네가 시데리를 칠 때, 마치 자신이 당한 것처럼 신음하지 않은 원자가 이 우주에 단 하나도 없는데, 여전히 그리도 냉정하고 무감하다니! 이제 네가 저지를 죄는 딱 하나 남았다. 나를 죽임으로써 네놈의 살인 행각을 완성해라. 벌써 네 눈에 분노가 이글거리는 게 보인다. 너는 내 피를 흩뿌리기 위해 안달이 나 있겠지. 내리쳐라! 하지만 경고하건대 나는 내 목숨을 지킬 줄 안다."

죽음은 정령의 이러한 위협을 무시하고 그에게 대답한다. "감히 네가 내게 인간 살해의 범죄를 뒤집어씌울 수 있단 말이냐? 신은 인류의 보존을 위해 너를, 인류의 파괴를 위해 나를 창조하셨다. 우리는 둘 다 우리에게 부과된 법을 따른 거야. 그러나 여기서 너의 분노가 감추고 있는 게 있지. 너는 피를 흘림으로써 실은 내가 너보다 인류에게 더 큰 은혜를 베풀었다는 사실을 말하지 않는단 말이야. 만일 인류가 자기 자식들로 지구를 가득 채워 과부하 상태로 만드는 걸 막지 않았다면, 그들은 스스로 지구의 정기를 고갈시키고 말았겠지. 나는 그저 곳곳에 사람들이 들어차서 아무것도, 심지어 들판의 메마른 풀조차 생산하지 못했을 이 지구의 비좁은 땅덩어리 위에 이들을 배치할 수 있으면 해보라고 네게 말할 수도 있었어. 하지만 이 위험천만한 인구 증가를 멈춰야 했고 인류를 보존하기 위해 인간들을 죽여야만 했던 거지. 그래, 내가 없었다면 네가 두려워하는 세상의 종말은 이미 오래전에 도래했을 거야. 너는 네 치세의 숱한 세월을 내게 빚지고 있단 말이다."

정령이 대꾸하려 하자 죽음이 말을 끊으며 외친다. "말이 너무 많군. 필멸자들이 나를 감동케 할 재능이 없듯이 나는 필멸자들을 설득할 재능이 없었어. 나는 세상의 첫날에 신이 자네에게 선고한 판결을 집행해야만 하네. 쓸데없이 나한테 맞서려 하지 말란 말이야. 죽기 위해 용기를 내보게나. 나는 무적이야."

말을 마치자마자 죽음은 정령을 쓰러뜨릴 강력한 일격을 가하기 위해 쭉 뻗은 자신의 긴 팔로 낫을 높이 들어 올린다. 정령으로 말하자면 기운 없이 침묵 속에서 죽음의 움직임을 눈으로 좇는다. 죽음이 자신의 머리를 향해 내리치는 치명적인 무기를 더 이상 붙들 수 없음을 보자 정령은 옆으로 물러나고, 빗나간 낫은 허공을 가르고 땅바닥에 떨어진다. 먹잇감을 놓쳤다는 수치심으로 죽음은 분노에 떤다. 그는 자신의 살인 도구인 낫을 격하게 뒤흔들고는 곧바로 다시 치켜세운다. 정령은 두려움에 떨며 이번에는 치명적인 일격을 피할 수 없겠다고 판단한다. 그는 바람과 불과 천둥 등 모든 자연 만물에게 도와달라고 청한다. 그러나 이들은 도움을 요청하는 목소리에 귀를 막는다. 남은 것은 오직 도망뿐이다. 정령은 땅을 뚫고 가장 큰 동굴로 피신한다. 수 세기 동안 엄청난 양의 유황, 타르, 인화성이 강한 용액들, 그리고 전쟁과 전투의 악마가 발명했던 화약을 만들었던 곳이다. 마음에 절망을 품고 양손에 횃불을 든 채, 정령은 자신을 뒤쫓는 죽음을 기다린다. 죽음은 지체 없이 나타난다. 그를 보자 정령이 말한다. "멈춰라. 만일 한 발짝이라도 움직이면 내가 만든 화산에 점화할 것이다. 나는 지구를 파괴하고 그 폐허 아래 묻힐 것이다. 원한다면 너는 이 역겨운 잔해 위에서 통치하게 될 것이다." 죽음은 앞으로 한 발 내딛는 것으로 답을 대신한다. 갑자기 정령이 동굴 속에서 횃불을 휘두르자 이내 동굴엔 불이 붙는다. 폭발이 어찌나 끔찍했던지 지구 전체가 흔들리면서 궤도에서 물러난다. 지구의 내장이 찢기고 알프스산맥,

피레네산맥을 들어 올려 이 거대한 덩어리들을 대기권의 높은 지역으로 내던진다. 지구의 정령은 자신이 방금 죽음을 공포에 떨게 했으며, 무시무시한 불길이 성벽 역할을 하는 화산의 심장부에서 죽음이 자신을 공격하지는 못할 것으로 생각한다. 죽음에 맞서는 헛된 자원이여! 죽음이 말한다. "지옥의 심부로 숨어본들, 나를 피할 수 없을 것이다." 이 말을 하고 죽음이 불길 한가운데로 뛰어들어 정령을 찌르니 정령은 고꾸라지며 우주에 울려 퍼지는 단말마의 비명을 내지른다.

정령의 죽음 이후 자연을 뒤덮고 있던 어둠이 걷힌다. 밤의 행성인 달의 빛보다 부드럽고 낮의 항성인 태양의 빛보다 더 밝은 빛이 어떤 천체의 도움도 없이 창공의 궁륭을 금빛으로 물들인다. 그것은 영원의 서광이었다. 나는 이 멋진 장면들에 뒤이어 계속되는 사건을 보고 싶었고, 특히 오메가르의 운명이 어떻게 됐는지 알고 싶었다. 나는 인간의 부활이 완수되고 신께서 이 거대한 무리를 심판하는 것을 보기를 원했다. 하지만 미래를 주재하는 정령은 나의 소원에 눈을 감는다. 그가 내게 말한다. "이처럼 인간은 늘 만족을 모른단 말이다. 네가 요구하는 장면을 네 눈앞에 드러낸다 해도 너의 호기심 가득한 욕망은 절대 충족되지 않을 것이야.

알아야 할 무언가가 남아 있다면 너는 영원 너머로 뚫고 들어가고 싶을 테지. 나는 단지 너를 오메가르의 승리의 증인으로 삼아 그가 어느 날 하늘의 명령에 복종함으로써 어떻게 시간의 지배를 끝내고 영원의 지배를 앞당기게 될 것인지를 가르쳐주려고 했다. 내 계획은 완수되었다. 가서 인간들에게 지구의 최후의 세기에 관한 이야기를 드러내라. 내가 맡기는 이 영광스러운 임무를 위해 재물과 야망에 대한 욕심을 희생시켜라. 나는 네가 일하는 시간을 아주 감미롭게 만들어서 그것이 네 인생에서 가장 행복한 시간이 되게 할 것이다. (끝)

| 부록 |

교사 그랭빌, 그의 생애, 그의 시, 그의 죽음

쥘 미슐레[16]

그랭빌의 생애

1804년 겨울, 대관식이 열렸던 엄동설한의 추위에 사람들은 아미엥에서 인적이 끊긴 볼품없는 집 한 채를 볼 수 있었다. 그 집은 말하자면 영벌永罰이 선고되고 공개적으로 파문을 당해 출입이 금지되어 있었다. 사람들은 멀리서 그 집을

16. 쥘 미슐레(Jules Michelet, 1798~1874). 프랑스 역사가이자 문필가로 프랑스 민족주의 사관을 일군 사람으로 평가된다. 국립고문서보관소에서 근무했고 콜레주 드 프랑스 교수를 역임했다. 『프랑스사』(1833~1867) 전 17권과 『프랑스혁명사』(1847~1853) 전 7권을 비롯해 방대한 역사서를 남겼고, 중세사의 기초를 다졌다. 여기에 실린 「교사 그랭빌, 그의 생애, 그의 시, 그의 죽음」이라는 글은 미슐레가 「19세기 역사」 편에서 '민주주의의 전설'이라는 항목 아래 다루었던 내용 가운데 그랭빌에 관련된 부분을 옮긴 것이다. 미슐레는 그랭빌의 작품을 혁명 이후 일어난 나폴레옹 보나파르트의 집권과 그 이후의 역사 정치적 맥락과 관련해 이해함으로써 작품이 지닌 역사적 의미를 높이 평가하였다.

가리키곤 했다. 집이 위치한 습한 골목길과 거의 언제나 굳게 닫힌 대문 앞엔 잡초가 무성히 자라고 있었다. 집 뒤편으로는 주변 농부들이 채소를 운반하는 수로가 흐르고 있었는데 수로를 채운 더러운 물의 찰랑거림 소리가 아니라면 그 어떤 소리도 이 저주받은 적막한 집이 인구가 밀집한 대도시 한가운데 자리 잡고 있다는 사실을 알려주지 않았을 것이다.

이 집의 주인은 나이가 대략 60세 정도 되는 동갑내기 남자와 여자였다. 남자 또는 여자가 아침에 집을 나섰고, 사람들은 그들을 볼 수 있었다. 그들은 근처로 빵과 가난한 자의 서글픈 땔감인 약간의 토탄을 찾으러 나섰다. 그러고는 한낮과 태양을 두려워하는 그림자처럼 서둘러 집으로 돌아왔다.

하지만 그들을 보고 있자면 그 어떤 것도 그들이 평생을 그렇게 파문당한 채로 살아야 했던 이유를 설명하지 못했다. 여인의 온화한 얼굴은 오히려 관심을 끌 만했고, 극단의 가난 속에서도 유별나게 고귀한 남자의 얼굴은 상시 부주의와 몽상이라는 특성으로 놀라움을 주었다.

대체 어떤 저주가 이 남자 위로 떨어졌던 것일까? 사람들은 왜 그를 피했을까? 죄악으로 손을 더럽혔던 것일까? 살인의 흔적으로 낙인이 찍혔던 것일까? 그게 아니라면 혹시 자유를 위해 유혈이 낭자한 대량 살육을 감행했다가 이번에는 반대로 반동파에 의해 그토록 잔인하게 추적당했던 그 과격한 혁명파 중의 하나였을까? 아니다. 그는 정반대로 공포정치의 희생자였다.

대혁명 이전에 사제였던 그랭빌(이것은 그의 이름이다.)은 결혼을 통해 자신의 안위를 도모했었다. 그는 나이가 많고 가난하지만 교양 있고 초연하며 온화한 성품을 지닌 친척 여인과 결혼했다. 필요 때문에 행해진, 아무런 열매도 맺지 못한 금욕적인 결합이었다.

그랭빌은 1,500리브르의 연금이 있었으나 박탈당했다. 그는 작은 기숙학교를 열었고, 기존의 학교들이 모두 파괴된 상황에서 그 덕분에 먹고살 수 있었다. 별안간 혁명에 의해 사면되고 혁명에 대해 가차 없는 모든 혁명의 적들이 되돌아왔다. 사제들은 지배력을 되찾았다. 새로운 공포정치가 이번에는 거꾸로 사람들이 혁명분자라고 믿었던 모든 사람을 대상으로 행사됐다. 단두대에서 목을 치지는 않았지만 굶겨서 죽였다. 이 점에 있어서 여성들은 사제들의 과격한 지원군이자 무자비한 박해의 형구였다. 귀부인은 종교가 없는 자들을 더 이상 상점에 보내지 않을 것이라고 말했다. 부르주아 여인이 그 뒤를 따른다. 그녀는 생각이 바르지 못한 인부들에게 널빤지를 대고, 판유리를 끼우고, 못을 박는 일을 맡기지 않기로 했다. 이런 상황에서 사람들이 결혼한 사제에게 벌였을 전쟁을 한번 상상해보라. 그의 학교는 사막이 됐고 학생들은 하나둘씩 떠나갔으며 교사만이 홀로 남았다.

홀로, 말 그대로 홀로 남아 사람의 얼굴이라고는 볼 수 없었다. 그랭빌 때문에 밉보이고 성무 집행 금지령을 함께 받았던 친우들과 지인들은 차차 멀어져갔다. 물론 마지못해서였지만, 어쨌든 그들은 유죄판결을 받은 자를 피함으로써 사면받아 세상으로 되돌아올 수 있었다. 그의 고독은 지하 감옥에 갇힌 포로의 고독처럼 깊었다. 겉보기엔 자유로우나 실제로는 비밀 엄수 의무에 묶인 사람이 되어야 한다는 기괴한 형벌. 사회는 그에게 말한다. "좋아, 너는 올 수도, 갈 수도 있어. 하지만 너는 항상 혼자일 것이고, 너와 한마디의 말을 나눌 사람을 찾지 못할 거야. 너는 더 이상 말을 할 수 없고, 들을 수도 없어." 그랭빌은 그의 고통스러운 글에서 지고의 행복 중 으뜸으로 '사람들을 만나고 사람의 말을 듣는 행복'을 꼽았다.

인류에 대해 그토록 자애로운 감정을 마음에 품었던 자를 사람들은 마치 야생짐승처럼 고독 속에서 죽게 만들었다!

당시 지방 도시들이 어떠했는지를 안다면(사실 대부분은

크게 변하지 않았다.), 어렵지 않게 그런 음모의 효과들을 이해할 것이다. 아미엥의 경우, 산업의 변화가 일으킬 수 있었던 몇몇 외적 변화에도 불구하고 옛 모습 그대로 머물러 있다. 그것은 여전히 모든 것을 위에서 굽어보며 지배하는 강력한 대성당과 함께 솜강을 끼고 육중하게 좌정한 예전의 아미엥이다. 가옥들, 정원 및 늪지, 그 밖의 모든 것은 아래쪽에 하천과 안개 속에 존재한다. 거기엔 적은, 아주 적은 움직임만이 있다. 서점에 있는 것은 교회와 관련된 것들이다. 짧은 산책 중에 나는 세 명의 인쇄업자를 만났는데, 첫 번째는 주교의 인쇄업자였고, 두 번째는 『성직자 소식지』의 인쇄업자, 세 번째 인쇄업자의 가게는 성심회 소속이었다.

세상에서 아미엥 저지대 주민들보다 더 비참한 주민은 결단코 없다. 남루한 옷가지들을 삯바느질하는 아낙들은 10솔을 받고 하루 16시간씩 노동을 하면서도 실과 등불을 스스로 조달한다. 이 모든 것이 비좁은 주거지역인 비루한 골목길에 모여 있고 각각의 집은 여러 가구로 분리되어 있다. 골목길을 따라 잠든 수로에서 끊임없이 안개가 피어오른다. 날씨가 궂은 계절이면 이 안개는 비위생적인 만큼 따분한 이 우울한 거주지에 곰팡이를 슬게 하고 춥고 을씨년스러운 분위기를 부여할 것이다. 이 안개는 그야말로 손으로 만질 수 있고 눈으로 볼 수 있는 권태 그 자체다. 지나가는 길에 나는 혼잣말을 했다. "인간에게 삶에 대한 환멸이 닥치게 된다면 바로 이곳이겠구나." 이 지역 주민들을 견디게 하는 것은 무엇일까? 그들을 멍하게 만드는 화주火酒다. 이 독한 술은 그들에게 망각의 순간을 제공하고, 이 일시적 죽음은 결정적인 죽음이 바라는 호의를 인내심을 갖고 기다리게 만든다.

그랭빌은 오랫동안 이 죽음의 매혹에 저항했다. 그는 일하면서 싸웠고, 희망을 물고 늘어졌으며, 위대한 생각을 품고 있는 영혼은 죽을 수 없다고 스스로에게 말하고 또 말했다. 그는 자애의 마음으로 씨름하며, 결코 불평하지도, 비난하지도 않으며 오로지 소리 없는 눈물만을 흘리는 이 여자, 이 누이, 이 무고하고 처연한 사람을 속수무책으로 내버려 둔 자신을 책망했다. 오로지 사랑하기 때문에 어쩔 수 없이 살아가고, 애정 때문에 견딜 수 없게 되어버린 삶에 묶여 있는 남자의 상황이 바로 그랭빌의 천재성에 영향을 주었다. 비록 자살에 저항할 힘은 얻지 못했어도 그는 자신을 불멸로 만든 시의 영감을 이런 상황에 빚진 것이다.

이 시의 주제는 '최후의 인간' 또는 말하자면 세상의 죽음이다. 그것은 시간의 끝에 이르러 소진되고 정죄 받았으나 자신의 선고에 반하여 살기 위해 끈질기게 노력하고 인간들 사이에서 사랑이 지속되도록, 인간들이 여전히 사랑하도록 만들기 위해 고군분투하는 지구의 정령의 지고한 투쟁의 이야기다. 왜냐하면, 탁월한 시인이 말하듯, 이 지구상에 사랑할 수 있는 커플이 한 쌍이라도 남아 있는 한 지구는 끝이 날 수 없기 때문이다.

그랭빌은 평생 이 죽음의 시를 가슴에 품었다.

그의 누이와 결혼한 베르나르댕 드 생피에르[17]처럼 르아브르에서 태어난 그랭빌은 일찍부터 대양을 눈에 담았다. 바다가 해안에서 펼쳐지는 파괴적인 행동, 와해, 대양이 해안 절벽에 가하는 연속적인 분해. 야생적 요소의 항구적인 부식 작용으로 벗겨지고 하얗게 드러난 대지의 형해形骸를 보는 것 같은 음울한 폐허. 열여섯의 나이에 그는 벌써 미래에 닥칠 불가피한 세상의 종말에 충격을 받고 지구에게 말한다. "너는 죽게 될 것이다."

귀족으로 태어난 그랭빌은 사멸하게 될 구舊사회에 속했

17. 베르나르댕 드 생피에르(Jacques-Henri Bernardin de Saint-Pierre, 1737~1814). 프랑스의 소설가이자 박물학자로 르아브르에서 태어났다. 1784년 출간된 저작 『자연의 연구』로 명성을 얻어 식물원장이 되었다. 낭만주의 영향이 농후한 그의 소설 『폴과 비르지니』는 후일 이국 취향의 유행을 선도했다.

다. 그는 우울한 노쇠를 대표했던 계급에 속해 있었다. 프랑스의 귀족은 드 메스트르[18]씨가 지적한 것처럼 물리적으로 퇴화하고 퇴락하고 퇴조한 계급이었다.

귀족이지만 가난한 그랭빌은 교회에 소속되었고, 사제복인 수단soutane을 입고, 위선자라는 비난을 받았다. 열정적이고 정열적인 젊은이로서 그는 분명히 완전히 다른 소명을 지니고 있었다. 본성을 부수고, 본성을 침묵시키고 부인하기 위해, 신앙이, 확고하고 강한 믿음이 필요했었다. 그랭빌은 교회에서 오직 불신의 학교만을 발견했다. 그의 생-쉴피스 신학교 동기는 인간들 가운데 믿음이 가장 약하고 정치적 계산이 빠르며 과묵하고 음흉한 시에예스[19]였다. 후일 혁명을 숫자의 승리로 정식화하게 될 이 기이한 인물은 인간들에게서 숫자 또는 원자를 봤고, 언제나 이 원자들을 가지고 기하학적으로 그가 헌법이라고 불렀던 차가운 무덤을 건립하고자 했다.

18. 조제프 드 메스트르(Joseph de Maistre, 1753~1821). 프랑스혁명 당시 반계몽주의의 대표적 사상가로, 절대군주정과 교황무류권을 옹호했다. 그에 따르면, 정치의 권위는 종교로부터 나와야 하며, 유럽에서는 종교적 권위가 궁극적으로 교황에게 있어야 한다.

19. 에마뉘엘 조제프 시에예스(Emmanuel Joseph Sieyès, 1748~1836). 프랑스의 정치가로 프랑스혁명과 통령정부, 프랑스 제1제국에 대한 사상적 기반을 다지는 데 핵심적인 역할을 했다. 1789년 출간된 그의 저서 『제3신분이란 무엇인가?』가 프랑스 권력을 삼부회에서 국회로 옮기는 혁명을 선언한 것이라면, 10년 후인 1799년에는 나폴레옹 보나파르트와 손잡고 총재정부를 무너뜨리는 데 기여했다.

여기 사제이자 설교자로서 자신이 믿고자 하는 바를 큰 소리로 떠들고, 스스로 확신을 갖기 위해 크게 말하고, 강한 어조로 부르짖는 그랭빌이 있다. 다른 사람들처럼 철학자들에 맞서 짖어대고 이성을 부인하는 그가 있다. 한 학술원에서 질문을 제기하자 그는 그런 식으로 대답한다. 한 마디로 씁쓸하게 루소를 모방한 것이다.

어느 날 아침 이러한 거짓된 삶과 의례적인 역할이 그에게 참을 수 없는 것이 된다. 그의 타고난 솔직함이 승리한다. 그는 한 인간이 아니라 법의를 입은 성직자로 사는 것에 진력이 난 것이다. 그는 사제복을 찢어버리고 설교단과 그의 작은 성공들, 살붙이와 고향 패거리들을 남겨둔 채 아미엥을 떠나 파리로 달려가 하나의 드라마를 만든다. 1789년 대혁명의 전야였다.

이 인간의 기이한 운명이라니! 그가 이 사회의 문을 두드리자마자, 간신히 그 사회에 들어서자마자 그 사회가 붕괴된다. 그것은 그저 먼지일 뿐이다.

그리고 폐허에서 빠져나온 젊은 거인, 즉 혁명은 그 유치한 미숙함 속에서 왕좌를 부수고도 제단은 지킬 수 있을 것으로 믿는다. 혁명은 초창기 교회의 선출방식을 복원한다. 그것은 고위성직자의 지위는 낮추고 일반 사제의 지위는 높인다.

최고의 사제들을 불러들여 그들로 하여금 신 안에서의 평등을 주창하게 한다. 그랭빌은 정화된 교회로 돌아가 강단에 오르고 설교를 한다. 강단이 그의 발밑에서 사라지고 교회가 그의 머리 위에서 무너진다. 혁명 자체가 교회를 깨부수고 해체하고 가루로 만든다. 그에게는 전혀 다른 것이, 더 강하고, 더 심오한 무언가가, 훈련이 아니라 영과 믿음에 있어서 내적인 개혁이 필요하게 될 것이다.

이 모든 것은 미래의 일이다. 그리고 1793년의 공포가 그랭빌의 머리 위에서 폭발한다. 공포정은 성직자인 그를 발견하고, 그에게 무거운 손을 얹는다.

아미엥에는 난폭하지만 수완이 좋은 지방 총독이 있었다. 외모가 잔인하고 말은 끔찍하고 무자비한 그는 이 공포를 이용해 피를 흘리는 것을 피해갔다. 그는 그랭빌을 소환한다. 그가 말하길, "나는 예순여섯 명의 사제 목숨을 약속했네. 자네도 그중 하나야. 제일 먼저지. 자넨 내가 높이 사는 재능을 가지고 있어. 하지만 내가 자네 목을 아끼면 대신 내 목을 내놔야 할 거야. 우리 둘 다 사는 길이 있지. 혼인하게. 애국자와 시민이 되는 거야."

이 결혼, 그 자체로 무고하고 합법적이며 명예로운 행위가 필요의 이름으로 부과됐을 때도 여전히 그러할 수 있었겠는가? 독신의 서약, 그가 구세계의 폭정이라고 수백 번이나 저주했던 자연을 거스르는 이 불경한 서약은 신세계의 폭정으로 인해 그것을 어기도록 강요되었을 때 그에게 다시 존엄한 것이 되었다. 여기서 사람들이 공격한 것은 인간의 가장 내밀한 것, (신앙의 약화 속에서도) 유일하게 남아 있던 것, 말하자면 의지였다. 그랭빌은 그에 동의하지 않았다. 그는 자신의 온전한 의지를 보전했고, 강제력에 대해 외적인 복종만을 허했으며, 나이 많은 친척과 결혼했고, 결혼 생활 속에서도 순결을 지킬 수 있을 거로 생각했다. 그는 초기 교회 시대에 기독교인들이 맺었던 결혼과 유사한 그러한 혼인이 동지적 유대와 다른 것이 아니길 희망했다.

이상한 상태! 고통과 다툼과 은밀한 투쟁으로 가득한 상태. 가정에 더 이상 평화가 없다. 인간이라면 누구나 휴식과 망각을 찾는 장소 자체가 소요의 복판이요, 전쟁터가 되었다.

아직 생존해 있는 많은 사람이 젊은 시절의 기억을 더듬으면서 그 시대의 한없는 슬픔을 어렵지 않게 떠올릴 수 있다. 폐허의 광막함, 숱한 환상들의 상실, 수많은 희생자의 죽음, 제물로 바쳐지고 배반당하기까지 한 원칙들에 대한 애도, 혁명의 최고 제도들에 대한 (성 바르톨로메오 축일 학살[20]을 상기시키는) 법적인 대량 학살, 생-클루의 창밖으로 내던져진 공화국 자체. 이 모든 것이 어떤 가치를 지니고 있던 영혼에 슬픔의 심연을 새겼다. 온 세상이 그 앞에서 한순간 무릎을 꿇었던 1789년 대혁명의 빛은 어찌 되었는가? 우리의 시민연맹이 하루 만에 수백만의 인파를 불러 모았던 박애의 제단, 민족 전체가 자신의 심장을 진상하고, 눈물로 적셨던 그 제단은 어디에 있었던가? 이 모든 것이 사라졌다! 하늘에서 번개가 한 번 번쩍였다! 그리고 하늘은 다시 닫혔다!

영광은 부족하지 않았다. 지칠 줄 모르고 살기등등하며 가혹한 영광 말이다. 인간들의 거대한 파멸의 시간이 시작되었다. 사람들은 그 시간이 어떻게 끝을 맺을지 가늠하지 못했다. 승리에서 승리로, 살육에서 살육으로, 세상은 그렇게 무無의 비탈길을 향하고 있었다. 여러 사람이 거기서 입맛을 다셨고, 죽음을 교리로 삼았다. 드 메스트르는 우리에게 말살은 신이 선호하는 방식이라고 가르쳤다. 세낭쿠르[21]는 무덤의

20. 성 바르톨로메오 축일 학살(Massacre de la Saint-Barthélémy)은 프랑스의 로마 가톨릭교회 추종자들이 위그노, 즉 프랑스 개신교도들을 학살한 사건으로 1572년 8월 24일 시작되어 그해 10월까지 계속되었다. 이 사건의 희생자 수는 약 3만 명에서 7만 명으로 추산되며 세계 역사상 가장 잔혹한 범죄 중 하나로 여겨지고 있다.

21. 에티엔 피베르 드 세낭쿠르(Étienne Pivert de Senancour, 1770~1846). 프랑스의 작가이자 모럴리스트로, 예민한 감수성을 지닌 주인공의 고뇌를 그린 서간체 소설 『오베르만』과 같은 작품을 발표하였고, 프랑스 낭만주의 문학의 선구자 중 한 사람으로 간주된다.

돌 위에 그의 고통스러운 책 『사랑』을 써놓았다.

그랭빌이 펜을 들었던 것이 바로 그 순간이다. 그의 책은 자살을 지연하는 방도였다. 젊은 시절의 첫 생각, 쓰라리고 어두운 생각이 이번에 다시 떠올랐다. 이제 그에게 세상의 종말을 알려주는 것은 더 이상 바다와 바다의 파괴가 아니었다. 그것은 그의 눈앞에서 넘실대는 인간의 바다였다. 얼마나 많은 세대가 르아브르의 해안 절벽에 밀려오는 파도보다 더 거세고 더 빠르게 자기 앞을 지나갔던가!

방금 흘러가 버린 살아 있는 물결로서 그 자신은 과연 파멸에 맞서 무엇을 할 수 있었던가? 유일하지만 위대한 일, 그것은 인간의 복수와 파멸에 대한 인간의 승리다. 파멸을 굽어보면서 파멸을 묘사하고, 이렇게 말하는 것이다. "너는 나를 압도하는구나. 그래 좋다. 하지만 네가 무엇을 할 수 있든지 간에 내가 너로부터 영감, 새로운 영혼, 미래의 삶을 끌어낼 것이기에 너는 너무나 작은 승리를 거둔 것이 되리라."

이 시가 지닌 엄청난 도덕적 중요성을 전혀 감지하지는 못했지만, 1차 출처를 통해 저자의 삶을 세부적으로 아주 잘 알고 있었던 독창적인 편집자의 말을 믿자면, 이 시는 일찍이 구상되었지만, 오랫동안 방치되었다가 마침내 절망의 마지막 순간에 완전히 싹을 틔웠다. 그가 말하길, "그의 아내는 종종 내게 그랭빌의 마지막 학생이 집을 떠났던 저녁에 관한 얘기를 했다. 노부부는 화롯가에 앉아 이따금 서글픈 시선을 주고받았다. 아내의 눈에서 마침내 더 이상 감출 수 없는 눈물 몇 방울이 굴러떨어졌다. 그랭빌은 그녀의 손을 잡고 마치 갑자기 떠오른 계시를 붙잡으려는 듯이 자신의 이마를 쳤다. 그러고는 그녀에게 이렇게 말한다. '걱정 마시오. 학생들이 더는 사용하지 않을 이 쓸모없는 종이와 잉크를 내게 주시오. 내가 당신에게 미래를 보증하겠소.' 그때 시가 그의 영혼 안에 들어와 있었다. 그는 삭제나 정정 없이 일필휘지로 써 내려갔다."

『최후의 인간』이라는 시

나는 팔미라의 폐허에서 멀지 않은 시리아에 있었다. 거기에 누구라도 한 번 들어가면 살아나오지 못한다는 깊은 동굴이 아가리를 벌리고 있다. 이집트 원정대의 우리 용사들이 모험을 감행했다가 다시는 나타나지 못했다.

그런데 내가 감히 그들의 흔적을 찾아 나섰다. 어둠의 공포 속에서 오래도록 걷고 난 뒤 나는 순수한 빛을 다시 보게 되어 기뻤다. 내가 마치 암석으로 만들어진 반원형의 장소 한가운데 사파이어 왕좌 혹은 삼각대 맞은편에 서 있는 것이 보였다. 삼각 보좌에서 어떤 목소리가 흘러나와 내 귀에 울렸다. "아무것도 두려워 말라. 내가 너를 불렀다. 나는 미래의 정령이요, 참된 꿈과 예감의 아버지다. 나는 선인과 악인들을 자기 운명의 예언자가 되게 만듦으로써 그들에 대한 재판을 시작한다."

"네가 가까이에서 보고 있는 마법의 거울 속에서 최초의 인간과 최후의 인간이 동시에 등장할 것이다. 최후의 인간은 그를 알아보고 찬미해줄 후손을 갖지 못할 것이다. 나는 그가 태어나기 전에 이미 기억 속에서 살아가길 바라고, 그의 투쟁과 자기 자신에 대한 승리를 사람들이 기념하길 바란다. 그가 인류의 악행을 줄이고, 인류가 소멸하는 것을 돕고, 시간의 지배를 끝내고, 영원한 보상을 앞당기기 위해 어떤 고통을 감내하게 될 것인지 이야기하는 것이 바로 너의 임무다."

그때 하나의 섬이, 지옥의 문 가까이에 있는 끔찍한 섬이 나타난다. 섬 주민은 한 명의 노인, 즉 자신의 불순종에 대한 대가로 자기 잘못 때문에 파멸한 후손들이 지옥으로 떨어지는 것을 끊임없이 지켜봐야 하는 형벌을 받은 인류의 아버지 아담뿐이다. 한 천사가 그에게 다가온다. 그 옛날 에덴의 요람에서 신의 메시지를 그에게 전달했던 바로 그 천사다.

천사는 아담을 지상으로 데려간다. 신이 그에게 내린 고통스러운 임무는 최후의 인간을 설득해 세상을 삶에서 해방시키고, 그를 이 세계에 여전히 묶어놓고 있는 끈을 끊도록 하는 것이다. 성스러운 끈, 그것은 바로 사랑이다.

아담은 공포에 떨고 비탄에 빠진다. 아! 그가 세월의 손을 거쳐 간 지구의 모습을 다시 볼 때 마음이 얼마나 저몄던가! 아직 젊었던 어머니와 오랫동안 헤어졌다가 세월의 무게로 허리가 굽고 주름이 진 변해버린 어머니를 다시 만나 눈물을 터뜨린 아들처럼 아담은 지구를 바라보면서 신음을 토한다. "나는 당신이 그토록 아름다웠을 때 떠났습니다. 그런데 지금 당신은 폐허나 다름없군요. 태양조차 노쇠했고 그의 얼굴은 창백합니다. 내가 태양의 시선을 견디다니요."

그러면서 그는 앞으로 나아간다. 그는 황폐한 도시의 황폐한 궁전에서 최후의 인간과 그의 아내인 매혹적인 시데리가 나오는 것을 본다. 곧 시들어버릴 인류의 사랑스러운 마지막 꽃송이인 이 한 쌍의 부부는 뭉클한 기쁨에 겨워 아담을 귀빈으로, 아버지로, 한 명의 인간으로 맞이한다. 인간이라는 자격은 만연한 고독 속에서 위대한 것이다. 그들은 말했다. "우리는 두려웠어요. 끔찍한 전조들이 우리에게 경고를 보내고 있었어요. 우리는 위안자를 찾고 있었는데 당신이 오셨어요. 우리에게 하늘을 달래는 법을 가르쳐 주십시오."

아담은 감격했다. 그는 시데리에게서 이브를, 그가 사랑했던 모든 것을 다시 본다. 그녀의 아름다운 금발 머리와 우아함, 취하게 하는 매력, 황홀에 빠지게 하는 수줍은 태도가 그것이다.

아담은 질문하고, 두 사람의 운명에 관한 모든 이야기를 오메가르의 입을 통해 들어 알게 된다. 그들은 죄를 지었다. 최후의 인간은 존경스러운 아버지에게 죄를 고백한다. 부부의 잘못은 신의 의지에 맞서 사랑을 하고, 정해진 운명 너머로 세계의 삶을 연장시킨 것이다.

최후의 인간이 말한다. "나의 부친은 그분의 조상들처럼 왕이었고, 얼마 지나지 않아 백성이 없는 왕이 되었지요. 벌써 내가 태어나기 전까지 20년 동안 결혼에서 후사를 보지 못했지요. 나의 출생은 모든 이들에게 기쁨을 주는 현상이었답니다. 나의 아버지는 나를 팔에 안고 이렇게 외쳤어요. '인류가 아직 살아있다! 오, 신이시여! 이 아이를 지켜주소서!' 여인들은 그들이 '아기 인간'이라고 부르며 경배한 자를 감격 속에서 보고 만지기 위해 세상 끝에서 몰려왔답니다.

이 기쁨은 오래가지 못했어요. 곧 나는 혼자가 되었습니다. 내 주변의 모든 것이 꺼져 갔지요. 나는 내 손으로 아버지와 어머니를 땅에 묻었습니다. 나는 홀로 이 넓은 저택에서 살았어요. 어느 날, 나는 내 심정을 토로하고 내 생각을 전하고 싶은 욕구로 괴로워하면서 이 집을 떠났어요. 이 세상에 아직도 인간들이 남아 있는지 찾아보려고 했습니다.

이 여행 중에 어느 날 하나의 기이한 형상이 내 앞에 나타나 나를 멈춰 세웠어요. 그것은 한 인간의 형상, 불을 호흡하고 불 속에서 살아가는 인간이자 움직이는 화산인 어두운 정령의 형상이었지요. 그의 눈에서 눈물이 흘러나왔지만, 불이 금방 눈물을 삼켜버렸어요. 그가 말했지요. '나는 지구의 정령이다. 지구는 사멸하게 될 것이다. 이에 관해 신은 창조의 날에 내게 이렇게 말했었다. <인간은 아주 조금밖에 살지 못하지만 다시 태어난다. 너는 오래 살겠지만 너의 죽음은 영원할 것이다. 인간이 더 이상 수태 능력을 지니지 못할 때 너의 죽음이 도래할 것이다.> 그날이 왔다. 이 세상을 다시 시작하게 할 수 있는 여인은 단 한 명뿐이다. 그녀를 찾아내라. 너를 구하고 우리를 구하라.'

정령은 내게 학자 이다마스를 안내자로 정해주었습니다. 모든 것에 통달한 이 현인은 성스러운 역사책에서 불행한 지구가 자신의 아이들로 인해 어떻게 고갈됐는지를 내게 읽어주었습니다. 인간들은 지구의 가장 깊숙한 곳에서 생명의 마지막 구성성분까지 쥐어 짜냈습니다. 그들 스스로 과도하게 향락을 즐겼고, 힘을 탕진했고, 마침내 활력을 잃었지요. 이다마스는 세계의 퇴조와 인류의 영락에 대해 많은 눈물을 쏟았습니다. 그가 말했어요. '무시무시하게 거대한 핏빛의 달덩어리가 우리에게 내려와 화산에 의해 불타버린 것을 목도했던 끔찍한 날이여! 그렇게 우리는 달을 잃었소. 다시는 하늘에서 사랑스러운 밤의 행성을 찾을 수 없다오.'"

이 말에 아담이 끼어든다. "뭐라고! 아들아, 더 이상 달을 볼 수 없단 말이냐? 아, 그 부드러운 빛을 내가 얼마나 사랑했던가! 아 슬프도다! 달을 위해 슬피 울어야 하는가! 달보다 더 오래 살아남아야 하는가!"

최후의 인간이 이야기를 계속했다. "초인적인 정령이 쇠락하는 지구의 불임과 맞서 싸우려 했지만 헛수고였어요. 사람들은 강에 새로운 길을 열었고 강바닥의 비옥한 진흙에서 쟁기를 끌었지요. 한데 맙소사! 땅은 비옥해졌을지 몰라도 인간들 자체가 불임이 되었습니다. 그보다 더했지요. 그들은 야만적으로 변해갔어요. 굶주림에 두려움을 느낀 그들은 서로를 적대적인 시선으로 바라봤어요. 사람들 말로는 몇몇이 인류의 절반을 말살하여 나머지 절반을 구하겠다는 혐오스러운 음모를 꾸몄다고도 했어요.

이다마스와 그의 동료들은 비행선의 도움으로 나를 하늘로 들어 올려 대양을 건너도록 했고, 나를 위해 자신의 가슴으로 세상을 소생케 할 복된 여인을 간직하고 있던 해역에 닿게 했습니다. 브라질의 해안가였어요. 인류는 불씨를 지닌 따뜻한 기후대의 땅에 피신해 있었지요. 한데 그곳에서조차 인간은 불씨를 잃어버리게 되었답니다. 우리가 착륙했던 태양의 도시는 부유하고 화려했어요. 황금은 많았지만, 인간은 드물었죠. 말하자면 사치스러운 사막이었습니다. 기아의 공포가 만연했지요. 야만적인 법은 감히 그곳을 피난처로 삼은 이방인을 죽음으로 벌했어요. 간신히 사형을 면한 우리는 우리의 수색 작업과 모든 이의 구원이 될 결혼의 은총을 이야기했어요.

그 나라의 왕이 내 앞에 아메리카의 딸들을 출두시켰어요. 산 정상에 쌓인 눈처럼 순백의 아름다운 여인들에게 부족한 것은 오로지 생명의 기운이었어요. 오직 한 명만이 불꽃을, 열정을 지니고 있었지요. 그녀의 호흡은 힘차고 빨랐으며, 아래로 숙인 기다란 눈꺼풀에선 광채가 번쩍이고, 가슴에서는 그녀의 의지와 무관하게 한숨이 새어 나왔어요.

시데리는 길들여지지 않은 종족의 딸이랍니다. 그녀의 아버지는 항상 도시를 경멸하고 마지막까지 숲과 자유를 선호했던 북방 야만족의 마지막 자손이고요.

저의 행복에 아무런 모자람이 없었습니다. 사람들은 우리의 결혼을 축복하기 위해 연로한 신관을 불러들였습니다. 오르뮈스가 그의 이름입니다. 그는 슬픔과 근심에 젖은 채 그곳에 왔습니다. 그 자신이 세상을 다시 살릴 수 있을 온갖 재생의 기술들을 오랫동안 고안했고 시도해봤답니다. 자연에 패배하고 나서 그는 더 이상 아무런 희망도 품지 않았어요. 그에게 우리의 결혼은 가장 음울한 전조로 비쳤어요. 그는 이렇게 말했어요. '비운의 혼례여! 유럽 왕족의 마지막 자손이 젊은 아메리카 여인과 결혼하는 날 세상은 끝에 이를 것이다. 만일 내가 잘못 생각한 것이라면, 만일 그와는 다른 일이 일어날 것이라면, 신은 우리에게 일러줄 것이다. 신은 우리가 땅에 버린 씨앗들이 싹을 틔우도록 할 것이다.'

얼마나 다급하게 사람들이 밭고랑을 갈았는지요! 지구는 자신에게 조금 더 시간을 줄 수 있는 이 결합에 매우 많은 관심을 두고 있었지요. 놀랍게도 땅이 씨앗을 받아들였고 싹을 틔웠어요. 모든 사람이 서로를 부둥켜안고 감격의 눈물을 흘렸답니다. '자연은 죽지 않는다. 자연은 우리를 위해 다시 태어나고 우리는 살아남을 것이다!'

신관은 더 이상 거부하지 않았지요. 그는 복종했지만 확신은 없었어요. 그는 우리의 결혼을 축성합니다. 그가 말하길, '이 혼사가 불길한 것이라면 신은 나를 치고, 내 죽음을 통해 당신들에게 경고를 보낼 것이리라!' 말을 마치고 그는 제단 계단에서 고꾸라집니다. 그가 말했지요. '불행이여! 불행이여! 만일 이 결혼이 완수된다면, 그로부터 저주받은 한 종족이 태어나 서로를 잡아먹을 것이고 오직 허기라는 신만을 섬길 것이다!'

모두 두려움에 휩싸였고 사람들은 우리를 갈라놓았어요. 몇몇 사람들이 바로 그날 밤에 조만간 서로 만나게 될 이 불길한 부부를 학살할 음모를 꾸몄습니다. 만일 시데리의 부친이 우리의 삶을 돌보지 않았고, 우리 둘을 함께 날개 달린 배에 태워 하늘을 통해 이곳으로 데려오게 만들지 않았다면 아마도 우리는 죽었을 것입니다."

최후의 인간이 여기까지 이야기했을 때, 시데리는 순진한 누설이 계속되는 것을 두려워하며 얼굴을 붉힌 채로 일어나서 남편에게서 벗어날 핑계를 댔다.

실제로 신랑은 노객에게 새신부가 어떻게 저항했는지, 그녀 자신도 마음에 품고 있던 사랑을 어떻게 밀어냈는지를 기탄없이 이야기했다. "그녀는 자기 아버지에게 이 결합이 순수한 것으로 머물러 있을 거라고, 세계의 운명을 저버리는 죄를 범하고 신의 명령을 거스르고 세계의 기한을 연장하느니 차라리 스스로 목숨을 끊겠다고 맹세를 했었답니다. 그녀는 사랑하고 거부하면서 사랑의 고통과 처절한 전투를 치렀어요. 기만이 그녀를 무너뜨렸습니다. 지구의 정령이 그녀 아버지의 모습으로 나타나 그녀에게 합방을 명령했던 것이지요. 정령은 가슴 뭉클한 관능의 이미지를 통해 그녀의 눈앞에 아직 거의 어린아이지만 자신의 가슴에서 생명을 들이마시는 아들을 매혹적인 가슴에 끌어안은 채 벌써 수유의 행복에 젖어있는 이브를 보여주었습니다. 시데리는 더 이상 저항하지 못합니다. 그녀는 원하고 갈망합니다. 오메가르는 그녀의 남편이 됩니다."

최후의 인간은 자신의 이야기를 마친다. 그는 아담에게 너무나도 감미롭고, 찬란했던 이 순간에 지구가 희망으로 다시 꽃을 피웠다고 고백한다. 하지만 슬프도다! 동시에 태양이 창백해지고 하늘이 핏자국으로 붉어진 것이다.

여기서 아담의 가혹하고 어려운 임무가 시작된다. 하지만 신이 그것을 원한 것이다.

인류를 시작한 자가 최후의 고통으로서 인류를 끝내고, 이승에서의 사랑을 종결하고, 이혼과 최고의 이별을 완수하고, 치명적인 영별을 명해야만 한다.

최후의 인간에게 한 아담의 말, 아니 차라리 신이 한 말은 다음과 같았다. "내 아들아! 도망쳐라, 그녀를, 너무나도 사랑한 이 여인을 피해서 영원히 달아나라! 저주받은 종족의 아비가 되는 것에 전율해라! 괴물을 낳게 될까 두려워하라!"

이 말을 듣자 불행한 자는 얼굴이 하얗게 질리면서 뒤로 물러선다. 그가 말했다. "오, 나의 아버지여! 당신 역시도 인류의 어머니와 함께 죽기를 바라지 않았던가요? 좋습니다! 저도 당신처럼 행동할 것입니다!" 그의 고통이 너무나 크고 진실하고 비장하여 아담은 그와 함께 눈물을 흘린다. 최초의 인간과 최후의 인간은 가장 자애로운 포옹 속에서 그들의 눈물을 섞었다.

"오 나의 아들아! 세상의 해방자가 되어라! 세상의 은인이 되어라! 세상의 비참을 더는 연장하지 말거라! 세상이 끝나도록 해라! 너의 선조들은 세상이 기한을 다하여 그들의 유골이 생기를 되찾고, 그들의 뼈가 일어서기를, 그리고 인류가 너에게 숱한 축복을 바치면서 되살아나기를 무덤에서 기다리고 있다.

넌 지금 망설이고 있구나. 아! 나는 내 형벌이 다시 시작되는 것을 느낀다. 나는 메마른 벌판, 어두운 하늘 아래서 최후의 인간들을 본다. 나는 흉측하고 잔인한 그들이 혐오스러운 향연에 참여해 형제들의 사지를 두고 다투면서 선혈이 낭자한 인육을 서로 빼앗으려 하는 것을 목도한다."

그가 말을 마쳤다. 최후의 인간도 역시 이 끔찍한 이미지를 보았다. 그도 더는 저항하지 않는다. "나의 아버지여! 적어도 시데리가 나를 저주하지 않도록 해주세요. 남편의 배신은 자기 의지에 반한 것임을 알게 해주세요. 나의 무고함을 밝혀 주세요!" 불행한 자는 길가에 제단을 세우고 다음과 같은 문구를 새긴다. 시데리는 그의 흔적을 좇으며 이를 읽게 될 것이다. '나는 죄가 없다.'

오메가르는 이를 어렵지 않게 예상했었다. 버림받은 가엾은 여인은 남편이 돌아오지 않자 정신이 나가고 절망한 채로 궁전을 떠났다. 그녀는 남편의 흔적을 찾아 모래를 살피면서 떠돌며 나아갔다. 온 땅을 뒤져 그를 찾고 그를 붙잡길 바랐다. 하지만 아직 한낮인데 날이 기울고 점점 어둠이 짙어갔다. 그녀는 울면서 더듬더듬 나아가다 길가의 돌에 부딪혔다. 때때로 흔들리는 땅은 깊은 주름을 내며 갈라졌다. 커다란 나무들이 쓰러지고, 유적들이 무너졌다. 헝클어진 머리로 산발한 채 그녀는 가슴을 치며 달려갔다.

지하 동굴에서 새어 나오는 이 탄식들은 무엇인가? 공중에서 신음하는 이 목소리들은 무엇인가? 동물들이 달아나며 울부짖는다. 그들은 달리다가 깊은 구덩이 속으로 뛰어든다. 저절로 종이 울린다. 마치 인류의 조종을 울리는 것 같다. 아! 바다가 납빛으로 변한다. 폭풍우가 일지 않았는데도 바다가 꿈틀거리고, 고함을 내지르더니 시체들을 굴리고 토해낸다. 시대를 불문하고 자신이 삼켰던 모든 사람을 오늘 바다가 되돌려 보내는 것이다. 대지도 바다만큼이나 심하게 요동친다. 땅에 금이 가고 갈라지더니 입을 크게 벌리고 마치 화산처럼 삶을 살았던 적이 있는 유골들과 인간의 먼지를 토해낸다. 오! 두려운 광경이여! 죽은 자들의 분출이여!

공포에 사로잡힌 시데리는 계속해서 남편을 찾았다. 비처럼 떨어지는 인골의 재가 어둠을 더욱 짙게 한다. 그녀는 거대한 폐허의 들판을 가로질렀지만 거의 아무것도 분간하지 못했다. 그것은 사라진 도시였다. 파리조차 잔해더미에 불과했다.

그때 저 아래 아직 반듯하게 세워져 있는 주택에서 약한 불빛이 반짝인다. "만약 그이라면!" 그녀는 달리며 소리친다. 아니 소리치길 원한다. 하지만 목소리가 나오지 않는다. 촘촘하고 두텁고 단단한 공기는 더 이상 목소리를 허용하지 않는다. 자연의 붕괴에 놀라 떨고 있는 한 노인과 그의 부인이 그 집에 있었다. "문을 열지 말아요! 망자들의 영혼이에요!"

겁에 질린 부인이 말했다.

가엾은 시데리는 말없이 또다시 자신의 희망이 배반당한 것을 보면서 달아난다. 그러고는 신을 향해 손을 높이 쳐든다. 살인적인 추위가 엄습했다. 곧 죽을 것만 같았다. 시데리는 한 사원에 들어갔고 실신하여 제단의 계단에 쓰러진다. 신이 자비를 베풀었다. 쓰러진 오메가르의 아내에게 잠과 휴식과 꿈을 제공한 것이었다. 꿈에서 최후의 심판과 의인들의 승리와 신성하게 변형된 새 삶의 아름다움을 본다. 또한 가벼워진 몸으로 신에게 올라가 남편 곁에서 행복에 겨워하는 자신의 모습을 바라본다. 꿈에서 깨어난 시데리는 평정을 되찾고 초연하게 죽음을 준비한다.

이제 홀로 버려진 괘종시계가 막 최후의 시간을 알렸다. 태양은 복상服喪했고 의기양양한 밤은 하늘을 정복했다. 밤은 어둠의 군대를 향해 다음의 말을 전한다. "낮의 항성의 변덕은 끝이 났다. 폭군은 쓰러졌다. 오! 영원의 딸들아, 우리가 함께 공허와 혼돈을 지배했던 그때를 기억하여라. 그 시간이 다시 오고 있다. 창백함이 태양의 얼굴을 휘감았다. 어서 이리 와서 적을 끝장내자." 밤은 두려움 없이, 낮의 항성이 내지르는 단말마의 고통에 대한 존중도 없이 그렇게 말하고는 한걸음에 하늘을 뛰어넘었다.

지구의 정령이 느끼는 공포는 엄청났다. 인간 잔해의 분출은 그에게 종말을 고했다. 그는 밤낮으로 화염 속에서 그토록 오랫동안 일했고 삶을 모의했고 선동했던 그의 심연을 떠난다. 그는 죽음을 찾아갈 것이다.

지구의 정령이 말한다. "뭐라고! 이미 끝난 것인가! 인류의 마지막 한 쌍이 끝을 본 것인가? 오! 죽음이여, 당신은 그 여인이 태내에 후손의 담보물을 지니고 있다는 걸 생각해보았소? 당신은 당신에게 속한 필멸자들의 희망을 살해함으로써 당신 자신의 적이 될 셈이요?"

죽음이 고개를 흔들며 말한다. "당신은 이미 내 낫 아래 있으면서도 스스로에게 장수를 약속하는 늙어빠진 노인네들을 닮았소. 하늘을 보았소? 땅을 보았소? 모든 것이 끝났다오. 나 역시 이전의 내가 아니요. 나도 나를 간신히 알아보오. 나는 온 지방을 천천히 돌아다녔소. 더 이상 내리칠 생명이, 더 이상 희생자가, 더 이상 피가 없소. 나는 갈증을 느낀다오. 하지만 당신의 시데리, 당신의 최후의 인간은 남겨두도록 하겠소. 맹세하오. 그들이 서로 사랑하는 한, 그들이 죽음을 생산하고 준비하는 풍요의 불씨를 간직하는 한 나는 그들을 건드리지 않을 것이오."

정령은 그와 헤어져 지구의 중심에서 지옥의 악마들에게

희생 제사를 올린다. 그는 자신을 그들에게 바친다. 그의 위험, 공포, 자신이 소멸될지 모른다는 두려움을 그들에게 맡긴다. "인간에게 죽음은 아무것도 아니다. 인간은 자신이 불사의 존재로 부활할 것을 알고 있다. 하지만 나는 다시 태어날 수 없다. 죽음은 두렵지 않다. 하나 무無는 두렵다. 맙소사! 내가 더 이상 존재하지 않는다고! 내가 영원히 존재하지 않는다고!"

헛된 불평이로다! 악마들마저 그를 피한다. 그들이 말한다. "이미 끝났다. 우리는 지옥으로 돌아간다."

한편, 태양의 절멸을 목격한 죽음은 지구의 정령이 자신을 속였다고 생각한다. 죽음은 자신의 맹세를 지키지 않을 것이다. 시데리 자신이 죽음을 원하고 있다. 죽음은 시데리를 살짝 건드려 삶에서 해방시키고 신에게 건넨다.

그러자 공중에서 크고 음산한 목소리가 울려 퍼진다. "인류는 죽었다." 자연은 이제 죽음에서 벗어나 휴식에 들어갈 것이다.

자연의 정령이 외친다. "아! 야만스러운 자여! 이런 야만적인 죽음이여! 네가 어떻게 그녀를 쳤단 말이냐? 시데리는 인류 그 자체였다. 너는 그녀를 내리치면서 인류 전체를 죽였단 말이다! 이것이 아벨이 죽었던 날 이후 내가 예상했던 바이다. 죽이고 또 죽이면서 네가 이 가련한 인류의 마지막 씨앗에까지 이르게 될 것임을 나는 알고 있었다."

하지만 죽음은 조롱하는 어조로 말한다. "오히려 내게 고마워해라. 나야말로 인류의 은인이다. 이봐! 만일 내가 아니었다면, 내가 그때그때 이 위험한 종족이 사멸하도록 세심한 주의를 기울이지 않았다면, 이 세상은 진즉에 소멸했을 것이다! 인간들은 지구를 고갈시켰을 것이고 너는 벌써 끝장났을 거야. 너는 이제 곧 죽게 될 것이 아니라 이미 죽어 없어졌을 거란 말이야."

정령은 죽음의 일격을 기다리지 않고 지구의 중심으로 도망친다. 그곳은 유황과 역청 더미 위에 건립되었다. 정령은 손에 횃불을 들고 기다린다. 죽음이 다가온다. 정령이 불덩이를 내던진다. 폭발이 어찌나 강력한지 지구는 뒤로 물러나고 파편들이 날아간다. 지구는 알프스산맥과 피레네산맥을 하늘로 내던진다. 죽음은 이 혼돈 한가운데서 죽어가는 정령을 정확히 타격한다.

그때 어둠이 걷힌다. 달의 빛보다 더 부드럽고 태양 빛보다 더 밝은, 하지만 하나의 천체에 집중되지 않은 자유로운 빛이 창공을 다시 금빛으로 물들인다. 그것은 영원의 여명이다.

그랭빌의 죽음

우리가 알고 있는 그랭빌 작품은 확장된 계획일 뿐이며, 운문으로 완성하길 원했던 시의 밑그림이다. 그러니까 방금 읽은 요약은 말하자면 밑그림의 밑그림이다. 여기서 사람들이 원작이 지닌 웅장함을 하나도 발견하지 못할까 봐 두렵다.

하지만 마음이 있는 사람이라면 확신하건대 이 요약본의 취약함 가운데서도 견고하고 위대한 사상을, 숭고한 페이소스의 상황을, 무슨 말로 표현하더라도 그 자체로 웅변적인 구상을 인식하고 재발견할 수 있을 것이다.

마음의 힘은 이 작품의 전부다. 이 작품은 관습적인 경이로움의 판에 박힌 장치들에 아무것도 빚지지 않았다. 그랭빌은 고대 이교도 문명에서 아무것도 가져오지 않았고, 기독교적인 경이에서도 거의 가져온 것이 없다. 최초의 인간, 타락, 최후의 심판은 그 자체로 기독교에 속한 것이 아니다. 그것은 수많은 종교에 공통적인 사상이다.

우리는 이 밑그림을 단테와 밀턴의 완결된 위대한 시와 비교하기를 원치 않는다. 하지만 공정하게 말하자면, 이 두 작품이 모두 그 일반적 구상에서 전통의 지배를 받았음에 주목해야 한다. 밀턴은 걸음걸음마다 전통을 따랐다. 단테는 자신의 천재성으로 전통을 쇄신했지만 그럼에도 우리가 어렵지 않게 알 수 있듯 잃어버린 전설들에서, 수많은 세월 이래로 교회 문 앞에서 연기되던 민중적인 『신곡』에서 많은 것을 차용해왔다.

하지만 그랭빌은 오직 자기 자신에게, 자신의 시대에, 자신이 몸소 겪은 시절의 너무도 현실적인 고통에만 빚을 졌다. 그의 책은 시대의 모든 책 중에서 가장 역사적이다. 심오한 진실과 함께 '그 시대의 영혼 자체'를, 이 영혼의 고통을, 그 어두운 사유를 제공하고 있는 점에서 말이다.

육체적 고통뿐 아니라 도덕적 고통에서 비롯된 이 사유는 그 안에 거칠고 야만적인 시를 담고 있다. 그것은 바로 굶주림과 기근, 즉 18세기 말경에 명백한 토지의 고갈이 불러일으켰던 공포와 다른 것이 아니다. 1793년 단두대보다 더 강력한 이 공포는 그 시대 역사의 모든 행에서 찾아볼 수 있다. 우리는 다른 곳에서(『프랑스혁명사』 1권, 76) 루이 14세 이후 대혁명이 치명적인 마법을 깨고 인간과 동시에 자연을 해방시키고 다시 다산을 시작할 때까지 땅을 시나브로 불모로 만들었던 요인들을 언급한 바 있다. 정의의 이슬을 맞으며 땅이 다시 생산을 재개한 것이다. 불행히도 혁명의 이 유익한 효과는 장기적으로만 느껴졌다. 혁명은 스스로가 사라질 무렵이 되어서야 아름다운 결실을 보았고, 혁명 법에 기인한

다산의 축복은 혁명 법을 제정하지 않았던 제국 정부를 위한 것이었다. 반대로 혁명이 남긴 모든 기억은 혁명의 기간에 겪었던 우발적 재앙에 대한 기억뿐이었다. 예컨대 생필품 부족과 가격 상한제법, 곡물을 둘러싼 피비린내 나는 폭동, 빵집 문 앞에서 보낸 기나긴 기다림의 밤이 민중의 상상 속에 남아 있는 것들이다.

게다가 기근에 대한 끔찍한 집착은 이 시기 프랑스에만 국한된 것이 아니다. 그랭빌이 시를 집필하기 시작한 것으로 보이는 그 해(1798년), 영국에서는 또 다른 허구적인 시가 추상적이고 진지한 형태로 출간되는데, 이 책은 가히 절망의 '경제학'이라 부를 만하다. 나는 지금 맬서스의 책[22]을 언급하고 있다.

우리는 이 이론을 알고 있다. 우리는 자비도 인정도 없는 영국 국교회 사제의 가증스러운 냉정함을 안다. 맬서스는 세상을 향해 죽음의 법(다행스럽게도 거짓된 법)을 단호하게 선포한다. 인구는 빠르게 증가하고 식량은 천천히 증가한다. 가난한 자는 무엇을 해야만 하는가? 자격 없이 삶이라는 연회에 실수로 초청된 자는 신속히 자리를 떠야 하며 어떤

22. 1798년 익명으로 초판 발행된 『인구론』을 말한다.

흔적도 남겨서는 안 되고, 세상의 합법적인 거주자인 부자와 지주가 짐을 덜 수 있도록 혼자 살고, 혼자 죽고, 결혼으로 위로받길 스스로 금하고, 절대 결합해선 안 되고, 절대 '사랑해서도 안 된다.'

수많은 목소리가 맬서스에게 화답했다. 이처럼 신음하는 목소리로부터 하나의 온전한 문학이 출현했다. 자연의 외침이었다. 이들을 우리는 '기아의 시인들'이라고 부른다.

이 모든 운동과 무관하고 그 자체로 혼자였지만 그랭빌은 이 시인들 중 첫 번째 시인으로 등장한다. 이 장르에 마지막이 있다면, 맨 마지막 시인은 맨체스터의 신랄한 노동자 이베네제르 엘리엇[23]이다.

주목할 만한 대조. 맬서스 책의 요체, 즉 이 책의 불경스러운 논리적 귀결은 이 세상이 사랑 과잉이라는 것이다. 이 세상에서 맬서스 식의 차갑고 비참한 삶이 지속되려면, '더 이상 사랑해서는 안 된다.' 그와 정반대로 그랭빌 시를 사랑스럽고 선하며 성스러운 독서의 대상으로 만들어주는 것은, 바로 '사랑이야말로 삶 자체이자 세상의 존재 이유이며, 세상은

23. 이베네제르 엘리엇(Ebenezer Elliott, 1781~1849)은 가난한 자들에게 고난과 굶주림을 초래한 소위 '옥수수 법(Corn Laws)' 폐지 투쟁을 이끌며 '옥수수 법 시인'으로 널리 알려졌다. 그는 평생 노동 계급의 복지 향상을 위해 헌신했다.

인간이 여전히 사랑하는 한 종말을 맞을 수 없다'라는 (맬서스의 사상이 물질적이고 천박한 만큼 정신적으로) 숭고하고 자애로운 사상이다. 세상을 쉬게 하고 죽게 만들기 위해 신은 '사랑하기를 중단함으로써 이 죽음을 허용하도록' 인간을 설득해야 할 정도이다.

호메로스는 신의 손에 황금 사슬로 묶여 있는 세상을 보여주었다. 이 사슬은 무엇이었던가? 그는 말하지 않았지만, 그랭빌이 찾아냈다. 그것은 바로 사랑이다.

그랭빌이야말로 사람들이 덜 독창적인 책에 대해 남발해왔던 말을 자신의 시에 대해 말할 권리가 있지 않을까? 그 말은 다름 아닌 'Prolem sine matre creatam', 즉 어미 없이 태어난 자식이라는 것이다!

어미를 굳이 찾아야 한다면 그것은 아마도 고통일 것이다. 모든 것을 위로 들어 올리고 결코 스스로를 위로하며 울기 위해 아래로 내려오지 않는 이 고귀한 시에서 우리는 작가가 이야기를 썼던 시절의 가혹한 상황, 그의 궁핍함과 절망, 그리고 내면적이면서도 신비로운 다른 성질의 투쟁을 엿볼 수 있다. 자신이 공유하는 사랑에 맞선 시데리의 투쟁과 순결 서약에 충실하기 위한 노력은 고통을 함께 나누는 온화한 동반자에 대한 애정과 잔인한 서원의 준수 사이에서 분열

되었던 그랭빌 자신의 투쟁을 너무나 잘 보여준다.

소진되고 굶주리고 어둠으로 움츠러들어 이제 인간의 지하 감옥에 지나지 않는 이 세상은 나이와 겨울의 추위로 얼어붙은 가난한 학교 선생이 떨리는 손으로 글을 써나가던 냉기 가득한 거처를 생각나게 하지 않는가? 아! 그 발상과 감정이 참으로 숭고한 이 시의 허약한 밑그림에서 생기 없이 창백한 표현이 발견된다면 이는 너무도 자연스러운 것이며, 이 또한 진실의 한 특성이다. 세계의 노화를 말하는 자가 가난한 노인이라는 사실을 생각해보라. 거의 다 꺼진 화롯가에 앉아서 메마른 가슴으로 약해진 호흡을 내쉬며 그는 자기의 죽음을 마주하기 위해 최후의 불씨를, 사멸하는 불꽃을 그려내고 있다.

이러한 절망적인 상황에서도 여전히 하나의 희망의 말이, 즉 우리가 작품 전체에서 발견하는 인간과 시대의 사물에 대한 유일한 암시가 출현할 때 우리는 깊이 감동하게 된다.

첫 페이지에서부터 시리아에 주둔한 프랑스인들에 대해 언급하고 있는 것을 보면 그는 아마도 프랑스군이 시리아와 이집트에 원정을 나갔을 때 이 글을 썼던 것 같다. 작품 중반부에 등장하는 나폴레옹에 대한 칭송 표현은 프랑스가 이집트에서 귀환할 때 혹은 마렝고 전투 당시에 품었던 환희와 (너무나 짧았던!) 희망의 순간을 충분히 잘 보여준다.

그랭빌은 최후의 인간이 완전히 폐허로 변한 어두운 세상을 가로질러 파리가 있었던 곳에 당도한다고 가정한다. 파리는 완전히 파괴되었다. 집도, 정원도, 사원도 없다. 루브르궁조차도 더 이상 존재하지 않는 곳에, 조각상 하나가 여전히 남아 있다. 명문은 거의 지워졌다. 그런데 지나가던 사람들이 석상 밑동에 몇 글자를 적었다. 어떤 이는 "아프리카의 아들이 유럽을 방문했다. 나는 여기에 왔고, 받침대를 복원했다."라고 했다. 다른 이는 "리마의 아들이 새로운 아테네를 방문했다. 석상이 넘어져 있었고 내 손으로 석상을 다시 세웠다."라고 한다. 마지막으로 갠지스강 유역에서 온 또 다른 사람은 "인도의 조각가인 나는 이 기념비를 복원해서 인류에게 넘겨주기 위해 두 달을 이 사막에서 야영했다."라고 적었다.

그렇다면 후손들에게 사랑받는 이 위대한 인간은 도대체 누구인가? 뭐라고! 제국의 이름까지도 잊게 만든 숱한 세월이 그에 반해서는 아무 일도 할 수 없었다고? 그의 형상이 너무도 소중해서 모든 민족이 자기 보호 아래 두었고, 형상을 수리하는 것을 하나의 종교로 삼았다.

참으로 훌륭하면서도 기발한 찬사가 아닌가! 그는 여러 나라의 감사와 열렬한 지지로 영광을 누리는 위대한 인간을 보여준다.

여기에는 어떤 아첨도 없다. 모두의 감정이었고 프랑스와 세계의 진지한 희망이었다. 고통받는 프랑스는 피가 흐르는 상처를 치료해줄 구원자를, 도움을 줄 메시아를 기다리고 있었다. 당대 위대한 천재들도 민중과 함께 이러한 희망을 고대했다. 화가 앙투안 장 그로는 <자파의 페스트 환자를 방문하는 나폴레옹>이라는 그림에서 환자를 만지고 죽은 자를 되살리는 보나파르트를 보여준다. 이 환자 중 눈먼 장님은 더듬거리며 앞으로 나와 이렇게 말하는 것 같다. "아! 내가 저분에게까지 다가갈 수 있다면 몹쓸 병이 나을 텐데."

이 장님은 프랑스라는 나라가 아닌가? 하지만 프랑스 혼자만이 아니었다. 독일의 위대하고 정력적인 한 천재, 금욕적인 베토벤은 결코 왕을 섬기기 위해 자신이 살고 있던 저 높은 곳에서 내려온 적이 없다. 그 예외가 보나파르트였다. 그는 아크롤의 정복자를 위해 위대한 <영웅 교향곡>을 작곡했다.

프랑스는 항복했다. 프랑스는 지친 상태에서 통치되고 인도되기를 원했다. 누구에 의해? 적이 아니라 사랑하는 자에 의해. 한데 망명 귀족들과 사제들에 대한 돌연한 특혜, 노예제의 복원, 생-도맹그에 대한 군대 파병, 누진세 폐지,

교황과 맺은 놀라운 조약, 이 모든 것이 프랑스 국민을 경악의 심연 속으로 빠져들게 했다.

우리는 진짜 프랑스의 마지막 항의, 마지막으로 행해진 자유로운 말을 알고 있다. 보나파르트는 휘하의 장군들이 여전히 혐오하는 노트르담 대성당으로 대관식을 보러오라고 요구했다. 그날 저녁 장군들은 말없이 그의 주변을 에워쌌다. 이러한 침묵, 이러한 수동적 복종은 그에게 충분치 않았다. 그는 독립적 정신의 소유자이며 무엇보다 용감한 군인인 델마 장군에게 다가간다. "자, 장군이 보기에 대관식은 어떠했소?" 장군은 눈썹 하나 까딱하지 않고 적군 앞에서처럼 단호하게 대답한다. "아름답지만 따분한 설교였습니다. 거기에 부족했던 것은 역사를 되돌리지 않으려고 죽임을 당했던 수백만 명의 사람들뿐입니다."

승리로 축성되고 위대한 국가의 열광으로 정당화된 보나파르트가 로마의 지하 묘지 카타콤베에 자신의 정통성을 찾으러 갔다는 사실은 추종자들에게 굴욕을 주는 끔찍한 일격이었다. 베토벤은 영웅을 위해 준비했던 작품의 헌정을 회수하며 이렇게 말했다. "그도 하나의 인간일 뿐이구나."

황제는 그랭빌을 읽었을까? 우리는 알지 못한다. 알다시피 그는 젊어서 오시안Ossian[24]을 좋아했다. 이집트 원정 때 가져가려고 손수 지정하고 작성한 목록 중에는 『벨리사리우스』, 『누마 폼필리우스』, 『곤살로 데 코르도바』, 『에스텔과 네모랭』과 같은 시와 소설들이 있다. 황제가 된 후에는 기꺼이 소설들을 읽으면서 자신이 가혹하게 질식시킨 민심의 실상을 알고 파악할 수 있다고 상상했다.

그랭빌은 책을 인쇄하기 위해 누이와 결혼한 베르나르댕 드 생피에르에게 문의했고 원고를 보냈다. 『폴과 비르지니』의 저자는 필시 그 원고를 읽었다. 왜냐하면 그는 출판사를 찾기 시작했고 책을 추천했기 때문이다. 그는 출판사는 찾았으나 독자는 찾지 못했다. 간신히 네다섯 부가 서점에서 팔려나갔다. 시대의 취향을 탓해야 할까? 아니다. 이는 부당한 처사이리라. 사실 작품은 완성된 것이 아니라 완성해야 할 책이었다. 구상만으로는 충분치 않다. 주의 깊고 예리하고 감수성이 있는 독자가 이 풍요로운 사유 안으로 들어가서, 스스로 마음을 쏟고 이 위대한 계획이 잠재적으로 지니고 있던 웅변적이고 비장한 전개를 머릿속에서 재구성해야만 했다. 한데 감정에 치이고, 메마르고, 너무 많은 가혹한 경험

• •

24. 스코틀랜드의 시인 제임스 맥퍼슨이 1760년부터 발표한 일련의 서사시들의 작중 서술자로 설정된 인물이다. 맥퍼슨의 오시안은 아일랜드 신화의 영웅 핀 막 쿠월의 아들인 음유시인 오신을 원형으로 한다.

으로 얼어붙은 대중에게 어떻게 이것을 요구할 수 있단 말인가? 매년 워털루와 점점 더 가까워지는 전장에서 펼쳐지는 모험적인 군사작전, 위험천만한 전투의 불확실한 결과에 목매달려 있는 대중에게 말이다.

대중의 관심을 끌기 위해, 잠시라도 그들을 이러한 심각한 걱정거리에서 끌어내기 위해서는 적어도 우스꽝스러운 책이, 웃음을 터뜨리게 하는 커다란 성공 요인이 필요했다. 저자가 출판을 금지했던 『아탈라』의 초판이 그랬던 것처럼 말이다. 그랭빌은 평단의 관심을 완전히 피해갔다. 아무도 비난하지 않았고, 칭찬도 하지 않았다. 고전주의자들과 낭만주의자들은 둘 다 구성이 독창적이었던 시대의 유일한 책을 외면했다.

이 망각, 이 침묵은 저자에게 최후의 일격이었다. 그는 운명에 의해 돌이킬 수 없는 선고를 받았다. 그의 시, 그의 희망이자 암울한 말년에 대한 위로였던 이 충실한 동무, 자주 일으켜 세워주었고 그 불꽃으로 차갑게 식은 화로에서도 여전히 따뜻하게 데워주었던 고귀한 친구였던 시가 말하자면 그를 떠났다. 아아! 슬프도다! 그 친구는 침몰하기 위해 떠났다! 책이 완성되었을 때 책과 영원히 헤어져 자기 사유의 아들을 박탈당한 채 홀로 남아야 하는 작가의 비애를 알기 위해서는 직접 창작해본 경험이 있어야 한다.

그러자 자신이 처한 상황의 온갖 지긋지긋한 현실이 그를 다시 붙잡았다. 굶주림과 추위를 다시 느끼기 시작했다. 그는 늙었고 궁핍했으며 비참했고 혼자였다. 내가 무슨 말을 하고 있나? 아니다, 그는 혼자가 아니었다. 기숙학교가 세 들어있었던 허름한 주택은 더 이상 그랭빌 혼자의 차지가 아니었다. 그것은 대부분의 아미엥 저지대 주택들처럼 시끄럽고 더럽고 항상 취해있는 극빈층의 여러 가구가 칸을 나눠 살아가는 곳이었다. 축축하고 어두운 1층에 틀어박힌 그랭빌은 얇은 칸막이를 통해 온갖 소음들, 울림들, 생지옥의 여파인 아이들의 울음소리, 부모들의 말다툼, 여인들의 수다를 들어야 했다. 이웃들과 너무 다른 그는 곧 비웃음의 대상이 되었다. 사람들은 이 늙은이를 조롱했다. 그를 흉내 냈고, 감시했다. 적어도 그 자신은 그렇게 생각했다. 그는 이웃이 적에게 말과 행동을 일러바쳤고, 자신을 마을의 웃음거리로 삼았다고 추정했다. 집안에서조차 안심하지 못했다. 그는 아내에게 말하곤 했다. "목소리를 낮춰요. 사람들이 듣는다오."

수백 번이라도 내버릴 수 있었을 이런 참을 수 없는 삶에서 그를 붙든 것은 여전히 아내였다. 그러나 그는 조금씩, 우리가 추측할 수 있듯이, 그녀가 혼자라면 덜 불행할 거로, 그를 내리누르는 독한 저주를 더 잘 피할 수 있을 거로 생각했다. 매우 정확한 예측이었다. 상냥하고 교양 있는 그랭빌 부인은 남편의 죽음 이후 수월한 생존 수단을 찾았다.

그랭빌은 오래전부터 열이 있었고 잠을 자지 못했다. "1805년 2월 1일 새벽 2시, 쌀쌀한 폭풍우가 몰아치는 추운 밤, 그는 계절의 궂은 날씨에 열로 달아오른 머리를 식힐 생각으로 일어났다. 버려진 황량한 작은 정원을 가로질러 조용히 문을 열고 다시 조용히 문을 닫고는 자물쇠를 한 벌뿐인 외투 주머니에 넣었다. 광란의 사육제에서 밤을 보내고 건너편 길을 지나가던 철없는 젊은이들이 반대쪽에서 미끄러지는 다소 이상한 유령을 보았나 싶더니 잠시 후 물체가 떨어지는 것과 유사한 소리가 들렸다. 다음날 선부들이 작업하러 도착했을 때 깨진 얼음 사이로 떠다니는 무엇인가를 발견했다. 긴 말뚝을 연결한 갈고리로 그것을 건져 올렸다. 그랭빌이었다."

죽은 자는 예식도 없이 묘지로 이송됐다. 그날 낮에 사람들은 수군거렸다. 저녁에 살롱에 모인 사교계 부인들은 사고는 슬프지만, 어쨌든 신의 정의로운 처벌이라는 데 한목소리를 냈다. 그것이 장례의 전부였다.

얼마 지나지 않아 한 외국인이, 한 순박한 영국의 골동품상이, 지칠 줄 모르는 문학적 호기심의 탐구자가, 즉 크로프트 기사[25]가 아미엥에 거주하러 왔다. 그는 『최후의 인간』을 알고 있었다. 그는 자신이 유일한 근대의 서사시로 간주했던 이 시를 쓴 독창적이고 강력한 작가를 만나고자 열심히 묻고 다녔다. 아뿔싸! 그는 더 이상 없었다! 크로프트는 통곡했다. 그가 말했다. "아! 내가 그를 구할 수 있었다면!"

잔인한 운명이여! 필시 그의 삶을 소중하게 해주었을 날의 하루 전에 세상을 떠나다니!

크로프트는 운이 없었다. 항상 너무 늦게, 죽은 자들을 매장하기 위해서만 도착했다. 이미 영국에서 그는 채터톤의 시를 발견하고 탄복했지만, 그때 이 젊은 시인은 스스로 생을 마감한 직후였다.

크로프트 기사는 오늘날 잘 알려지진 않았지만 아직 프랑스에서 아무도 인간 그랭빌과 그의 시에 관해 관심이 없었을 때 유일하게 애도하며 흘렸던 눈물로 영원히 살아남을 것이다. 호라티우스에 관한 그의 주석에서 이 열정적인 영국인은 민족적 자기애를 넘어서서 프랑스어로 쓰인 그랭빌의 시에 대해 이렇게 말했다. "이 시는 밀턴의 시보다 훨씬 확실하게

25. 샤를 노디에의 1811년 서문에 언급된 크로프트 기사와 동일인물이다.

최후의 인간에, 세계의 끝에 이를 것이다."

학교 교사들에게

이 글을 쓰면서 나는 누구를 생각했던가? 잘 알려지지 않은 책의 애호가들, 혹은 문학의 호사가들인가? 내가 먼지 구덩이에서 이 고통의 기념비를, 굶주림의 첫 번째 시를 발굴한 것은 책벌레들의 여가를 즐겁게 하기 위해서였는가?

아니다. 나는 최소한 비참함과 낙담에서 그랭빌을 닮은 세계, 그처럼 사물들의 종말이, 인간과 자연의 마지막 단절이 가까웠다고 기꺼이 믿는 이 불행한 군중을 생각한다.

나는 고통 받고 숨을 죽인 채 기다리고 있는, 아니 차라리 더 이상 기다리지 않고 삶이 절망적이라 믿는 위대한 민중을 생각한다.

나의 동료이자 동지이고, 그랭빌이 그랬던 것처럼 자신과 가족의 생존에 타격을 받은 수많은 교육계 종사자들, 나는 무엇보다 당신들을 생각했고, 당신들을 위해서 이 글을 썼다.

특히 지방 콜레주의 폐교로 인해 영향을 받은 많은 교수는 말할 것도 없고, 이미 1850년대 말에 (3만 3천 명 중에서) 8천 명의 교사들이 타격을 입었다! 그 이후로 얼마나 많은 다른 피해자들이 있었을까!

면직되어 쫓겨난 어떤 이들은 아내와 아이들을 데리고 빵을 구걸하러 나선다. 다른 이들은 치명적인 변화, 먼 유배지로의 망명을 선고받는다. 그렇게 삶이 중지되고 수개월을 굶주림 속에서 보낸 후 아아! 어떤 조건으로 복권이 되었는가! 여러 사람이 차라리 죽음을 선호했다.

살해와 모욕으로 흩어진 가엾은 무리! 이 말이 당신들에게 가닿을 수 있기를! 모든 것을 빼앗기고 하늘 아래 쉴 곳 없이 길 위에 나선 자들이 이 말을 듣기를! 아내와 굶주린 아이들을 구하기 위해 매일매일 자신의 사상, 믿음, 눈물을 억누르는 어쩌면 더 불행한 자들이 이 말을 듣기를! 이 우정의 목소리가 그들의 귀에 다다르고, 그들의 절망 속으로 내려가 자살로 이르는 비탈길에서 그들을 붙잡을 수 있기를 바란다.

이 목소리, 그것은 무엇을 말하는가? "여기서 네가 무엇을 피해야 하는지 똑똑히 봐야 한다. 그랭빌을 모방하지 마라. 너의 심장이 숙명에 부서지도록 내버려 두지 마라. 사내답게 인내하라. 그 불쌍한 자는 세계가 끝났고 그 자신도 끝날 거라 믿었다. 오판이다! 오히려 세계는 시작도 하지 않았다고 말해야 하리라. 인류애와 정의의 첫 여명 속에서 세계는 내일 태어날 것이다!"

교사들은 이 점에 유념해야 한다. 이토록 가혹한 위기는 수많은 눈물을 흘리게 하겠지만 유익한 것이다. 이 위기는 교사에게 해방의 시대 그 자체이다. 위기가 없었다면 절대 오랜 자신의 굴종에서 벗어나지 못했을 것이고, 절대 교회의 사슬을 끊어내지 못했을 것이다. 사제가 운영하는 학교는 노예의 지위에 있었다. 사제가 핍박하는 학교는 이제 노예 상태를 벗어나 미래 전체를 위해 해방되리라.

미래 시대는 이 세상에서 가장 소중한 우리의 관심, 우리 마음의 보물인 아이를 맡긴 유능하고 다른 누구보다 존경받을만한 사람을 비열한 타락 상태에 남겨두었다는 사실을 믿지 않을 것이다! 교육이라는 현대적 성직을 맡은 사람을 사제의 시종으로 만들어버린 야만적 시대의 수치스러운 몰인식! 아침부터 온종일 송독誦讀으로 녹초가 되고도 (대개 무보수로 일하는) 성가대원, 성당 관리인, 성수 배달원, 연보 담당자, 교회 청소부 등 교사가 맡은 시종 일은 가지가지다.

교실과 집 역시 교사에게는 예속의 장소요, 항구적 굴욕의 장소다. 사제는 거기서 자기 집처럼 행동한다. 주인으로서 들어오고 나간다. 사제는 선생을 나무라고, 선생의 붉어진 얼굴을 조롱하는 학생들 앞에서 으르렁댄다.

혁명에 합당하지 않은 아들인 우리는 반세기 전부터 그 꼴을 보고 있으며 참아내고 있다. 우리는 학교에 대한 교회의 막강한 지배를, 작은 집을 압살하는 대저택을 무관심하게 보고 있다. 낮고, 모욕당하고, 습기 차고 비탄에 잠긴, 대저택의 그늘에 숨이 막힌 이 작은 집을 말이다.

학교를 위해 쓸 돈이 없다. 힘겨운 시간이다. 나라는 가난하고, 의회는 돈을 아낀다. 그러니 교사가 무엇을 불평한단 말인가? 그에게는 이백 프랑과 개돼지에게 던져진 사과들이 있지 않은가?

하지만 매년 사람들은 교회를 건축하고 장식하고 재건축한다. 이것을 위한 돈은 많고 넘쳐흐른다. 석공과 사제와 관리들, 즉 성스러운 삼위일체는 고딕 양식 복원사업에서 그들의 진정한 캘리포니아를 찾았다. 생-투앙 성당은 삼백만 프랑, 르 푸이 성당은 백칠십만 프랑이 투입됐다. 그리고 생-드니 성당, 생트-샤펠 성당, 생트-클로틸드 성당, 노트르담 대성당은 그야말로 밑 빠진 독이 아닌가?

이어서 스무 개의 또 다른 대성당이 뒤따른다. 연구는 이미 행해졌다. 죄송하지만, 팔천만 프랑이다.

파리에서 멀지 않은 곳에 있는 산업과 정치 변동의 영향을 가장 혹독하게 받은 도시에서, 방직공 하루 임금이 8수로 떨어진 도시에서, 우리는 성당 출입문에 삼백만 프랑을 투입하기 위해 입시세入市稅가 치솟고 소비세가 뛰는 것을 보지 않았는가? 그리스도의 사상에 반하는 불경한 표결이 아닌가! 그리스도는 돌을 빵으로 바꾸었다. 하지만 그들은 빵을 돌로 바꾸었다!

교회, 신이 거하는 교회, 이는 우리 교사들이 생명으로 인도하는 어린아이들 속에, 이 결백한 백성 속에 존재하는 것이 아닌가? 그런데 어째서 당신들은 낡은 돌덩이에서만 교회를 발견하는가? 우리의 살을 나눈 아이들이 바람이 들이치는 축사에서 벌벌 떨며, 아니 아예 지붕도 없는 하늘 아래서 공부하는 동안 이 돌덩이들을 위해서 쓸 돈만큼은 따로 남겨두어야 한다고 믿는가?

아마도 이들은 덜 불행할 것이다. 생-장-피에-드-포르에서 한 용감한 교사는 학교로 사용됐던 습기 찬 움막을 버리고 학생들을 국경 역할을 하는 다리 건너편으로 불러들일 결심을 했다(1833년 보고). 그는 스페인의 하늘 아래서, 아이들에게 피난처조차 허용하지 않은 불친절한 국민이 없는 곳에서 가르쳤다.

교사들이여! 박해를 받았든 아니든, 수치를 당했든 아니든, 당신이 누구인지, 사람들이 당신에게서 빼앗을 수 없는 것이 무엇인지 알기를 원하는가?

당신들은 공화국의 맏아들이요, 그 기관이며 목소리다.

공화국은 당신들을 신뢰한다. 조국을 가르치는 것이 당신들에게 달려있다.

당신들의 강단, 모든 강단은 하나의 벼슬이다. 당신들의 강단은 역사적 사건들의 필연적이고 결정적인 영향 아래 분명 벼슬의 성격을 지니게 될 것이다.

당신들은 박해로 영광을 얻고, 고통으로 무장하고, 순교로 가공할만한 존재가 되어 혁명의 날, 아주 강해져서 돌아올 것이다.

그날 당신들은 우리가 가장 먼저 믿을 수 있는, 가장 권위 있는 사람이 될 것이다. 조금 더 말해보겠다. 당신들이 유일한 사람이 될 것이다.

만조가 해안을 넘어 제방을 비웃는 날, 오만한 자들과 힘 있는 자들은 파도가 즐겁게 다가오고 바다가 달려드는 것을 보게 될 것이다. 그들이 대비하고 있다고 생각하는가? 누가 살아남을까? 당신들이 유일하다.

당신들의 적은 어디에 있을 것인가? 나는 그에 관해서는 모른다. 하지만 당신들, 당신들은 거기에 있을 것이다. 그리고 혁명은 웅대한 목소리로, 천둥보다 큰 목소리로 당신들에게 말할 것이다. "앉아서 기록하라."

혁명의 서기들, 측근들, 서기관들이여! 왕권보다 강력한 힘이다.

왕의 영혼, 더 좋게 말하면, 사심 없고 관대하고 영웅적인 시민의 영혼을 취하라. 교육자로서 이번에는 당신들 중 여럿이 이미 마음에 새긴 위대한 교훈을 가르쳐라. 단호하되 관용을 베풀어라. 사태의 핵심을 보고 사람들을 구원하라. 진정한 교회가 어디에 있는지 보여줘라.

그날, 그토록 학대받은 학교가 은신처가 되고, 자비의 성소가 되기를! 강단이 당신들 뒤에서, 당신의 자녀들 뒤에서 모든 인간의 생명을 보호하는 제단이 되기를!

나는 좀 전에 당신의 적이 어디에 있을지를 물었다. 내가 잘못 제기한 헛된 질문이다. 그들은 당신의 집 안에 있을 것이다.

옮긴이 해제 및 후기

1. 최초의 '최후의 인간'

서구 문학의 무대에서 최초로 '최후의 인간'이라는 형상이 등장한 것은 언제였을까? 프랑스혁명에 엄청난 영향을 받은 영국 낭만주의 시대 문인들은 이 전대미문의 충격적 체험을 이해하기 위한 인식의 틀로 예언적이면서 묵시적인 담론을 적극적으로 활용하였고, 그 과정에서 세상의 끝에서 홀로 목격자이자 희생자로서 파국이라는 사건을 경험하는 이른바 '최후의 인간'의 형상이 반복적으로 출현하였다. 예컨대 1816년 발표된 시 「어둠」에서 바이런은 세계의 종말과 관련해 신학적 차원이 아니라 파국의 사회적, 도덕적 결과에 방점을 두고 최후의 인간을 생물학적 존재로서, 다시 말해 기근과 기후 재난으로 인해 먹을 것이 부족해지자 인류의 마지막 금기인 카니발리즘을 위반하는 '늑대 인간Homo hominis lupus'으로 묘사한 바 있다. 또한 동시대의 작가 메리 셸리는 1825년 아예 최후의 인간이라는 토포스Topos를 제목으로 삼은 장편 소설 『최후의 인간』에서 지구상에 남은 마지막 인간 라이오넬 버니를 통해 새 천 년의 구원 가능성이 차단된 종말의 비전을 보여주면서 새로운 서사적 토포스의 유행을 주도했다. 이러한 정황을 고려한다면 '최후의 인간'의 최초 형상을 발견할 가능성이 큰 곳은 아무래도 영국 낭만주의 문학일 것이다.

이러한 추측의 타당성에도 불구하고 서구 문학사상 최초로 최후의 인간이 탄생한 곳은 놀랍게도 영국이 아니라 프랑스였다. 한 연구자가 최후의 인간이라는 형상을 탁월하게 발명했다고 격찬했던 것처럼, 공식적으로 최초의 최후의 인간의 창시자가 된 사람은 다름 아닌 '최후의 인간'이라는 제목을 단 미완의 원고를 남겨둔 채 자살로 생을 마감한 프랑스인 전직 가톨릭 신부 장-바티스트-프랑수아-자비에 쿠쟁 드 그랭빌이었다. 저자의 갑작스러운 사망으로 살아생전 출간되지 못했던 그랭빌의 『최후의 인간』은 1805년 작가 사후 곧바로 서문 없이 출판되었다가 1811년 샤를 노디에의 서문과 함께 재간행되었지만, 작품의 의미나 중요성과는 별개로 오랫동안 평단과 독자의 관심 밖에 놓여 있었다. 그런데 흥미로운 것은 저자의 죽음 이후 우여곡절 끝에 빛을 본 바로 이 작품이 위에서 언급한 바이런의 「어둠」과 메리 셸리의 『최후의 인간』 탄생에 영향을 미쳤다는 사실이다. 이런 일이 어떻게 가능했을까? 그 경위를 밝히자면 다음과 같다.

그랭빌의 『최후의 인간』이 발간된 이듬해인 1806년 영국에서 『최후의 인간, 또는 오메가루스와 시데리아, 미래의 로맨스』라는 제목의 영어 작품이 익명으로 출간된다. 이 작품은 출간 직후부터 영국의 공공 대출 도서관을 통해 유통되면서 수많은 비주류의 모작과 패러디들을 만들어냈고 결과적으로 바이런과 메리 셸리 같은 작가들에게도 영감을 주었다. 그뿐만 아니라 이 작품은 영국 낭만주의 문학 연구자들로부터 상당한 관심을 받았다. 바이런의 시와 메리 셸리의 소설에서 이 익명 작가의 영향을 발견한 것도 그들이었다. 그런데 각각 프랑스 문학과 영문학 분야에서 평행 가도를 달리며 만날 것 같지 않던 두 작품 사이의 관계가 밝혀진 것은 20세기 후반 SF 연구 분야에서 일어난 우연 덕분이었다. 내용인즉슨 영국의 SF 연구자이자 편집자인 I. F. 클라크가 1961년 출간한 『미래의 이야기』에서 작자 미상의 영어 텍스트를 인용했고, 프랑스의 SF 연구자 피에르 베르생이 1972년 자신의 저서 『유토피아, 기이한 여행, 과학소설의 백과사전』에서 그랭빌의 프랑스어 텍스트를 인용했는데, 평소 서로의 작업에 관심을 두고 있던 차에 두 텍스트의 긴밀한 유사성을 알아본 것이다. 그 후 두 사람은 공동 연구를 통해 메리 셸리의 『최후의 인간』에 영감을 준 것으로 종종 인용되곤 하던 작자 미상의 1806년 영어 소설이 사실상 그랭빌이 프랑스어로 쓴 작품의 해적판 번역이었음을 밝혀냈다. 출간된 이래로 간헐적인 관심과 인정에도 거의 잊힌 상태였던 그랭빌의 『최후의 인간』이 바야흐로 '최후의 인간의 첫 번째 이야기'로 무대의 전면에 등장하는 순간이었다.

2. 세계의 종말과 인간의 선택

『최후의 인간』에서는 생식력을 지닌 인류의 마지막 자손 오메가르와 시데리가 서로 애타게 사랑함에도, 지구와 함께 자신의 삶을 연장하려는 지구의 정령이 이들의 사랑을 지키기 위해 처절한 노력을 했음에도, 결국 종말의 순간이 찾아온다. 사실 '세상의 끝'은 인류의 가장 오래된 판타지 중 하나이다. 그중에서 요한묵시록으로 상징되는 서구의 기독교 묵시록 모델은 역사의 끝에 희미하게 나타나는 우주적 파국,

선과 악의 힘 간에 벌어지는 격렬한 투쟁, 지구의 파괴, 산자와 죽은 자에 대한 보편적인 심판의 순간, 그리고 궁극적으로 새로운 영적 질서, 새로운 예루살렘으로의 전환에 근거한 종말의 이미지를 제공해왔다.

그런데 신과 아담의 출현, 죽은 자의 부활, 세상의 끝을 알리는 천사들의 나팔소리 등 전반적으로 기독교 묵시록 분위기를 띠는 이 작품에서 흥미로운 것은 저자 그랭빌이 세상의 종말이라는 묵시록적 사건에서 최후의 인간 오메가르에게 부여한 중요한 임무이다. 오메가르는 그리스어 알파벳의 마지막 철자다. 그랭빌이 최후의 인간 이름을 오메가르로 명명한 것은 알파, 즉 인류의 시조인 아담과 함께 시작된 인류 역사를 인간에 의해 완결 짓고자 함이다. 기독교 종말론에서 그리스도가 스스로를 알파이자 오메가, 즉 처음이자 마지막, 시작이자 끝으로 지칭한다면, 그랭빌의 종말론에서는 알파와 오메가가 모두 인간이다. 그랭빌의 종말론적 서사시 『최후의 인간』에서는 이야기가 진행되는 내내 메시아의 도래에 대한 어떤 희구도 등장하지 않으며, 최후의 심판과 세상의 종말을 시작하게 될 그리스도의 재림에 대한 어떠한 환기도 등장하지 않는다. 마침내 오메가르가 아담의 요구에 동의하면서 세상의 종말을 가져오게 되는 순간에도, 비록 의인들은 악인들로부터 분리되어 부활하지만, 그 어떤 것도 눈부시게 황홀한 미래로부터 나타나지 않는다. 세계는 요한 묵시록에서 묘사했던 웅장한 아포칼립스 없이 스스로 파괴된다. 『최후의 인간』에서 신은 역사의 초기에 주도권을 쥐었지만, 그것의 결말의 문제는 전적으로 인간에게 속해 있는 것으로 제시된다. 신이 최후의 인간인 오메가르의 동의 없이는 인간의 시간을 끝낼 수 없다는 점에서 이 작품에서 세상의 종말은 신적이기 전에 무엇보다 인간적인 사건이 된다.

이렇게 볼 때, 『최후의 인간』 서사에서 가장 중요한 것은 인간의 종말을 두고 오메가르가 어떤 선택을 할 것이냐가 될 수밖에 없다. 오메가르에게는 두 가지 선택지가 주어져 있다. 하나는 세상의 종말과 인간들의 부활을 위해 아내 시데리와 미래 인류의 시조가 될 태중의 아이를 버리는 것이다. 다른 하나는 시데리가 잉태한 아이를 낳음으로써 후세를 번성시키고 지구라는 행성의 부활을 꿈꾸는 것이다. 전자를 택하면 아담의 잘못과 함께 시작된 인간의 역사가 아포칼립스에 의해 다시 닫힐 것이고, 이때 죽은 자는 부활하고 산 자와 함께 신의 왕국에서 영생을 누릴 것이다. 이는 기독교적 비전과 관련된다. 후자를 택하면 비록 어려움이 닥칠지라도 인간은 그에 굴하지 않는 용기와 지적 호기심으로 자신들의 운명을 개선하고 주어진 한계를 극복하여 계속 진보할 것이다. 이는 인간에 대한 믿음의 영역에 자리한다. 한편에서 아담은 자신의 불복종에서 시작된 근본적으로 불행한 인류의 역사를 끝내기 위해 오메가르에게 복종을 요구한다. 역사의 시간이 닫히고 신의 왕국이 시작되면 모든 인간은 이미 죽었든 아직 살았든 진정한 에덴으로 돌아가 다시 신의 품에 안길 것이다. 이런 목표에 비하면 오메가르가 사랑하는 여인과 아직 태어나지 않은 아이를 포기하는 것은 하찮은 일일 뿐이다. 그러니 한시라도 빨리 지상의 파괴와 시간의 끝을 위한 행동을 수행해야만 한다. 이처럼 종교적 전망을 옹호하는 아담의 반대편에는 지구의 정령이 있다. 지구의 정령은 지구의 움직임을 주재하고 인간이 성취했다고 주장하는 많은 발견의 기원이 되는 자이다. 그런 면에서 종교 담론과 대립하는 물질주의적 낙천주의의 화신이며, 과학기술에 기반한 진보의 믿음을 대변하는 자이다. 지구의 정령은 궁극적으로 자신의 파멸을 가져올 지구의 종말을 막기 위해 인류의 절멸을 막아야 한다. 그런 까닭에 지구 반대편에 살고 있는 오메가르와 시데리가 서로 만나 결혼에 이르고, 아이를 잉태할 수 있도록 꿈과 환상, 계시, 속임수 등 온갖 방법을 동원해가며 전폭적인 지원을 한다. 그러면서 오메가르에게 그들의 결합에서 자손이 번성한다면 죽어가는 지구가 되살아날 것임을 약속한다.

자, 이제 오메가르는 어떤 결정을 내릴 것인가? 양측의 입장은 분명하며, 그들의 주장은 한 치 양보 없이 팽팽하게 맞선다. 오메가르는 지구의 종말을 받아들이라고 신이 보낸 아담과 지구의 재생과 존속을 약속하는 지구의 정령 사이에서 누구를 믿어야 할 것인가? 오메가르는 결국 아담의 주장을 받아들이고 세상의 종말에 동의한다. 세상의 종말과 인간의 부활을 위한 행동을 촉구하는 아담과, 온갖 방법을 동원해 시데리와의 행복한 결혼 생활에서 오는 희망을 불어넣는 지구의 정령 사이에서 고민하던 오메가르는 마침내 신에게 복종할 것을 결심하고 사랑하는 시데리를 버린다. 여기서 흥미로운 것은 오메가르의 결정이 신의 왕국의 도래나 모든 인간의 부활 혹은 휴거 등에 관한 아담의 설득 때문이 아니라는 사실이다. 오메가르는 미래의 자손들이 서로 죽고 죽이는 전쟁을 계속하고, 심지어 서슴없이 식인 행위를 행할 만큼 잔혹하고 흉측한 괴물이 될 거라는 예언 때문에 복종한다. 미래의 인류에게 예정된 끔찍한 운명을 오메가르에게 알린 것은 아담과 신이지만, 최후의 인간이 인류 역사의 끝과 세상의 종말이라는 결정을 내린 것은 그가 미래 인류에 대해 느끼는 연민과 공포의 감정 때문이었다. 『최후의 인간』 서사에서 세상의 종말의 문제가 전적으로 인간에게 달린 것이라면, 그 막중한 책임을 떠안은 인간은 한마디로 '인간적인, 너무나 인간적인' 방식으로 자신의 임무를 다했다.

3. 현대 SF의 전주곡

1805년 출간 당시부터 20세기 중반에 이르기까지 간헐적인 관심을 제외하고는 거의 잊힌 상태였던 이 텍스트가 최근 들어 연구자들의 관심을 끌게 되었다. 이는 무엇보다도 오늘날 발전 일로에 있는 SF 문학의 효시로 자리매김할 만한 요소들이 이 작품에서 부각된 덕분이다. 흔히 서구 문학사에서 SF 소설의 효시는 1818년 익명으로 초판 간행된 메리 셸리의 『프랑켄슈타인 혹은 근대의 프로메테우스』로 여겨졌다. 하지만 1970년대 들어서 그랭빌의 작품에 관한 연구가 활발해지면서 작품 안에 담긴 SF적 요소들, 예컨대 천문학과의 관계, 다른 행성에서의 삶의 가능성, 미친 과학자의 비유, 미래의 테크놀로지, 그리고 무엇보다 인구가 지구의 자원을 고갈시킨 데서 비롯된 기후와 인구 재앙을 골자로 하는 세속적 아포칼립스 개념 등에 주목한 연구자들이 많아지면서 시기적으로 메리 셸리의 작품에 앞서는 이 작품에 SF 소설의 효시라는 명칭을 돌려주어야 한다는 주장이 나오고 있다. 그런 논의와 상관없이 중요한 것은 먼 미래를 배경으로 하는 이 텍스트가 과학기술의 과도한 발전과 그에 따른 인구 과잉 및 환경 파괴로 인해 세상의 종말에 이르는 이른바 '과학적 외삽extrapolation' 가능성을 제공하면서 세속적 아포칼립스 개념을 선취하고 있다는 사실이다. 이 작품의 외관을 덮고 있는 기독교적 묵시록 비전과 그의 서사에 등장하는 초자연적인 요소들을 살짝 걷어내면 그 기저를 이루는 것은 놀랍게도 세상의 끝이 실제로 어떻게 오게 될 것인지에 대한 세속적이고, 휴머니즘적인 계몽주의 비전이다.

『최후의 인간』에서 장식적이고 화려한 고딕 소설 톤으로 묘사되고 있는 파국의 불길한 전조는 무엇보다 기후 위기와 관련되어 있다. 기후 위기의 시작은 먼저 갑작스레 빛과 열기를 잃어버린 태양, 지구에 지나치게 가까이 접근한 나머지 화산에 삼켜져 폭발해버린 달 등 우주론적인 차원의 재앙에서 비롯된다. 지구라는 행성이 기력을 소진하고 불모의 공간이 되어 가는 것은 그것을 데우고 빛을 주는 태양이 힘을 쓰지 못하게 되었기 때문이다. 태양의 표면이 창백해지고, 빛이 온기를 잃게 되자 지구의 북반구는 하루가 다르게 사람이 살 수 없는 곳으로 변한다. 그러자 사람들은 대거

남반구의 브라질에 자리한 태양의 도시를 향해 떠난다. 프랑스 왕실의 마지막 자손 오메가르가 살아남은 이들 가운데 자신의 짝을 찾기 위해 떠난 곳이 브라질인 이유가 그것이다. 한편 전통적으로 풍요를 상징하는 달이 사라진다는 것은 자연, 즉 살아 있는 종들과 지구 자체의 점진적인 불모화를 알려주는 전주곡이다.

그런데 『최후의 인간』에서 지구의 종말을 앞당기는 환경적 재앙은 꼭 우주론적 차원의 것만은 아니다. 그것은 과학기술의 과도한 발전과 자원의 무분별한 착취, 그로 인한 환경 파괴라는 인간적인 요인과도 밀접한 관계가 있다. 비행선을 타고 이동하고, 노화 방지와 불멸의 묘약을 발명하고, 강과 바다의 물길을 돌려 간척지를 개간하는 등 문명의 절정에 다다른 인간들은 자신의 힘을 맹신하며 유한한 자원을 마치 무한한 것처럼 사용한다. 추위를 피해 신세계로 몰려간 사람들은 그들이 이전에 구세계에서 "더 풍요롭고 더 부유한 새로운 세상"을 만들기 위해 자연을 정복하고 무자비하게 착취했던 것과 똑같은 방식으로 신세계의 자연과 환경을 파괴한다. 그들이 도착한 아메리카에서도 기온은 떨어지고, 광대한 원시림은 벌목되고, 물고기는 남획된다. 만일 이런 상황이 끝나지 않고 지속된다면 지구와 지구의 거주자들은 어떻게 될까? SF는 상상하는 문학이다. SF 작가 배명훈의 말처럼 SF 작가는 삶과 세상을 다시 돌아보게 만드는 통합적 상상력을 통해 언젠가 현실이 될 세상의 단편들을 하나하나 이어 붙인다. 『최후의 인간』의 저자 그랭빌은 비록 초보적인 단계이긴 하지만 언젠가 미래의 어느 날 인간 문명이 완전히 붕괴하는 상황을 상상하고 그것을 야기하는 사회적, 정치적, 산업적, 자연적, 인구적 재난에 대한 그럴싸한 추론을 진행한다. 이에 더해 열 번째 노래에서 지구의 정령과 지구의 심부에 있는 그의 작업실로 대변되는 미친 과학자의 형상, 그리고 오메가르와 시데리의 결합에서 탄생할 흉측하고 기이한 인류, 즉 잠재적인 포스트휴먼에 대한 사변은 그랭빌의 작품이 지니는 초기 SF 소설의 지위를 확인시켜주는 데 부족함이 없을 것이다.

4. 이야기를 어떻게 전달할 것인가?

그랭빌의 『최후의 인간』은 서사학적 관점에서도 매우 흥미로운 지점들을 포함하고 있다. 우선 이 작품은 하나의 이야기가 또 다른 이야기를 감싸면서 여러 겹으로 중첩된 액자 구조를 지니며, 그에 따라 여러 명의 화자를 등장시킨다는 특징을 보인다. 『최후의 인간』의 시작과 끝은 시리아의 팔미라 폐허 근처에 자리한 유명한 동굴에 대한 고딕적 상상력과 함께 중동 지방을 여행하다 어떤 알 수 없는 힘에 이끌려 그곳으로 오게 된 그랜빌과 동시대를 사는 것으로 추정되는 일인칭 화자에 의해 이야기된다. 하지만 이 화자가 동굴 속 마법의 거울을 통해 목도하는 인류의 미래와 최종적인 절멸에 관한 이야기는 인류 역사의 마지막 세기 마지막 날에 최초의 인간 아담과 최후의 인간 오메가르가 나누는 대화를 통해 전달되고, 이 이야기에서 일인칭 서술자의 역할은 자연스럽게 아담에게 자신이 살아온 삶을 이야기하는 오메가르에게 넘어간다. 때로는 오메가르의 회상 속에 등장하는 몇몇 인물들이, 예컨대 아메리카로 향하는 비행선에서 수 세기에 걸친 인류의 장구한 역사를, 그 흥망성쇠의 드라마를 열정적으로 이야기하는 이다마스처럼 서술의 바통을 이어받아 직접 자신들의 경험과 지식을 오메가르에게 전달하기도 한다. 독자는 이를 통해 프랑스 고전 비극의 관객이 그러하듯 자신이 보고 있는 무대의 시공간 너머의 이야기를 생생하게 체험할 수 있다. 마치 마트료시카 인형처럼 복합적인 이 작품의 서술 구조는 때로 서사의 진전을 어렵게 만들기도 하지만 독자가 세상의 종말이라는 전대미문의 사건이 발생하는 데 공감하며 이야기를 따라갈 수 있도록 차근차근 서사를 쌓아간다는 점에서 탁월한 서사 전략이 아닐 수 없다. 이야기꾼으로서의 그랭빌의 재능은 그의 생생한 묵시록적 상상력과 극적 긴장을 창조하는 능력과 더불어 무엇보다 복잡한 등장인물들에 대한 동정 어린 묘사에서 그 빛을 발한다. 특별히 아담과의 대화를 마치고 오메가르그가 최종 결정을 내린 이후의 반나절에 할애된 마지막 세 개의 노래는 같은 시간 각기 다른 곳에서 지구 최후의 날을 맞이한 세 주인공 오메가르, 시데리, 지구의 정령의 서로 다른 상황을 영화의 교차편집 방식으로 보여주면서 독자에게 주인공을 대신해 선택의 자리에 서볼 기회를 제공한다.

발터 벤야민은 이야기꾼에 관한 그의 통찰력 있는 글에서 "이야기에는 옹기그릇에 도공의 손자국이 남아 있듯이 이야기하는 사람의 흔적이 남아 있다."라고 말한 바 있다. 오메가르가 아담에게 전하는 자신의 이야기에 그가 살아온 세월의 흔적이 배어 있음은 당연한 일이겠지만, 19세기의 위대한 역사가 쥘 미슐레가 감동적이고 뭉클한 추모의 글에서 언급했듯이 그랭빌이 일인칭 서술자의 입을 통해 우리에게 전달하는 지구 종말의 이야기에도 그의 고독하고 신산한 삶의 흔적이 고스란히 드러나 있다. 벤야민에 따르면, "이야기꾼은 자기 삶의 심지를 조용히 타오르는 이야기의 불꽃으로 완전히 태울 수 있는 사람이다." 이 말은 자신의 이야기를 죽음으로 마무리한 오메가르와 그랭빌에게 더없이 어울리는 말이 아닌가. 말하는 자는 진실만을 말하고 듣는 자는 비난이나 선입견 없이 온전히 상대의 이야기에 귀 기울이겠다는 암묵적 협약하에 오메가르는 침묵이 내려앉은 외딴 동굴에서 자기 삶의 비밀을 털어놓는다. 천상의 정령에 의해 선택되어 인간들은 감히 범접할 수 없는 깊은 동굴 속에서 지구의 마지막 날을 목격한 그랭빌의 일인칭 화자는 명령대로 지구의 마지막 세기 이야기를 동시대의 인류에게 전해야 할 것이다. 그들이 삶을 걸고, 죽음으로부터 권위를 받아 전달한 이야기를 후세에 전승하는 것은 여기 남겨진 독자들의 몫이다.

* * *

하마터면 이 아름답고도 처연한 지구 종말의 이야기가 밖으로 나와 전해지지 못하고 깊고 어두운 동굴 속에서 묻힐 뻔했다. 샤를 노디에나 쥘 미슐레가 전하는 작품의 수용사를 따라가다 보면 작가 사후에 어렵사리 출판되어 초판 판매가 겨우 서너 권에 불과했던 이 책이 이백 년이란 시간을 넘어

한국어 번역본을 통해 오늘 여기 한국의 독자들의 손에 들어오게 된 것이 거의 기적처럼 여겨진다. 실제로 우리 역자들이 그랭빌이라는 작가의 이름을 알게 된 것도, 그의 저작 『최후의 인간』을 발견하게 된 것도 많은 부분 우연의 소산이었다. 하지만 모든 우연이 다 필연이 되지는 않는 것처럼, 때로 어떤 우연은 한 사람의 소명이 되기도 한다. 과장 조금 보태서 이 책의 역자들에겐 그랭빌과의 만남이 꼭 그랬다. 종교와 혁명 사이에서 옴짝달싹할 수 없는 절망적 상황에서 몰아치는 온갖 세파에 맞서 고귀함을 잃지 않으려 몸부림쳤지만 끝내 가난과 모욕과 좌절을 이기지 못하고 스스로 생을 마감한 이야기꾼 그랭빌이 세상에 남긴 유일한 흔적, 즉 『최후의 인간』이라는 그의 이야기를 전승하는 데 기여하고 싶다는 바람이 생긴 것이다.

그렇게 해서 시작된 번역 작업이 드디어 결실을 보게 되었다. 도서출판 b에 번역출판을 제안하는 과정에서 도움을 주신 이충훈 선생님께 감사드린다. 한결같이 정직하고 성실하게 학문의 길을 걸어가는 모습에 힘과 용기를 얻는다. 일면식도 없는 역자들의 번역 제안에 너무나 흔쾌히 '예스!'라고 말씀해주신 도서출판 b의 조기조 사장님께 감사와 존경의 말씀을 전한다. 대형출판사마저도 힘들다고 아우성을 치는 출판시장에서 인문사회 서적을 중심으로 출판하는 출판사라는 명성이 무엇을 의미하는지 잘 안다. 지난 학기 한국외대 대학원에서 <비교문학연구> 수업을 들었던 학생들에게 축하와 격려를 보낸다. 짧지 않은 그랭빌의 『최후의 인간』을 원서로 처음부터 끝까지 읽는 일은 끈기와 열정을 요구하는 일이었다. 김장미 선생님을 비롯해 완성도 높은 책을 만들기 위해 애써주신 도서출판 b 편집부에 고마움을 전한다. 한국어 번역본 최초의 독자로서 여러 차례 꼼꼼하게 읽어주신 덕분에 교정 과정에서 큰 힘을 얻었다. 마지막으로 오랜 시간 동안 물음을 공유하며 함께 공부해온 역자들이 또 하나의 공동 작업의 결과물을 무사히 세상에 내놓을 수 있게 된 것에 감사한다. 모든 공동 작업이 그렇지만 특별히 문학 작품을 공동으로 번역하는 일은 쉽지 않은 도전이었다. '각자 또 함께'라는 원칙으로 작품을 반씩 나눠 초역했지만, 그 과정에서 문체나 종결어미, 형식 등 전반적인 번역의 방향에 대해 함께 의견을 나누고 상대방의 번역본을 읽고 검토하는 시간을 가졌다. 최종적으로는 역자 중 한 사람이 정리된 합본을 대상으로 원본과 다시 대조하고 전체적으로 다듬고 매만지는 데 꽤 많은 공을 들였다. 음반 제작에 비유하자면 레코딩, 믹싱, 마스터링 과정을 거쳤다는 말이다. 그럼에도 여전히 미진한 부분이 남아 눈 밝은 독자의 눈에 띈다면 그 잘못은 오롯이 역자들에게 있다. 그랭빌의 이야기를 귀 기울여 들어준 고마운 독자의 질책은 달게 받겠다.

2022년 9월

역자를 대표하여 신정아